ニッポン蘊蓄《うんちく》紀行

銅像めぐり旅

清水義範

祥伝社文庫

目次

旅はじめ　伊達政宗《だてまさむね》と仙台《せんだい》　7
その街に独特のたたずまいは、どこからきたのか？
意外や意外、銅像の主《ぬし》がすべてご存知だったのだ。

二の旅　坂本龍馬《さかもとりょうま》と高知《こうち》　37
黒潮の地を見回せば、あそこもここも銅像ばかり。
人材が豊富だからか？　それとも銅像好きなのか。

寄り道　ティムールとサマルカンド　67
日本人には、まだ馴染《なじ》みの薄い国・ウズベキスタン。
オアシスの街には圧倒的迫力で英雄像が屹立《きつりつ》していた。

四の旅　織田信長《おだのぶなが》と岐阜《ぎふ》、安土《あづち》　97
愛知をふりだしに戦国の傑物の足跡をたどってゆくと、
都市計画者としてのもう一つの顔が見えてきた……。

五の旅
ヘボンと横《よこ》浜《はま》
知っているようで実は知らない、ハマの成り立ち。
ある人物を求めて異国情緒の街を歩いてみると……。
127

六の旅
前《まえ》田《だ》利《とし》家《いえ》と金《かな》沢《ざわ》
百万石三代の銅像は、なぜ別々の土地に建つのか？
この疑問が、北国の街を深く知るヒントとなった。
157

七の旅
武《たけ》田《だ》信《しん》玄《げん》と甲《こう》府《ふ》
京へ進出できずに死んだ武将が尊敬された理由とは？
江戸期に評価急上昇した名君の実像を考察すると……。
187

●旅はじめ

伊達《だて》政宗《まさむね》と仙台《せんだい》

その街に独特のたたずまいは、どこからきたのか？
意外や意外、銅像の主《ぬし》がすべてご存知だったのだ。

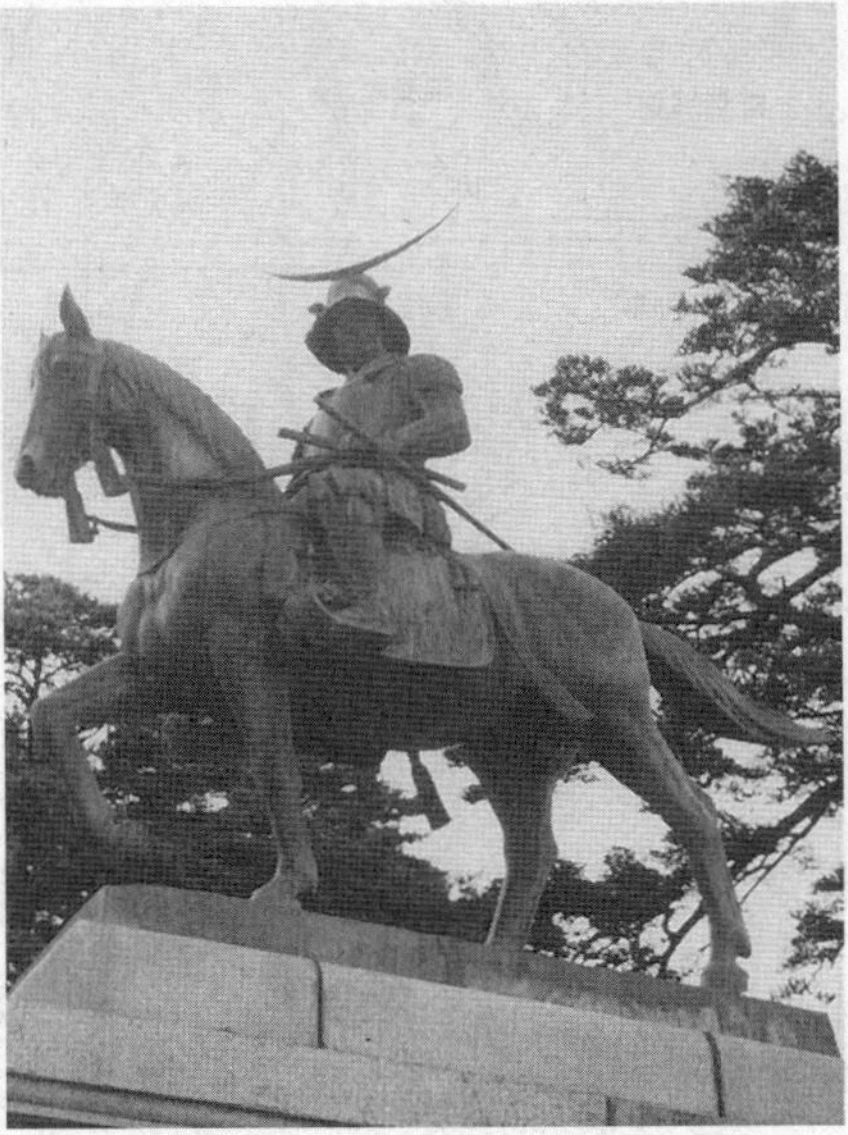

青葉城跡の像は曲折の末に昭和39年再鋳

仙台市中心部
県庁
市役所
勾当台公園
45
一番町
国分町
48
芭蕉の辻
仙台
N
市博物館
青葉城跡
瑞鳳殿
0
500
1000m

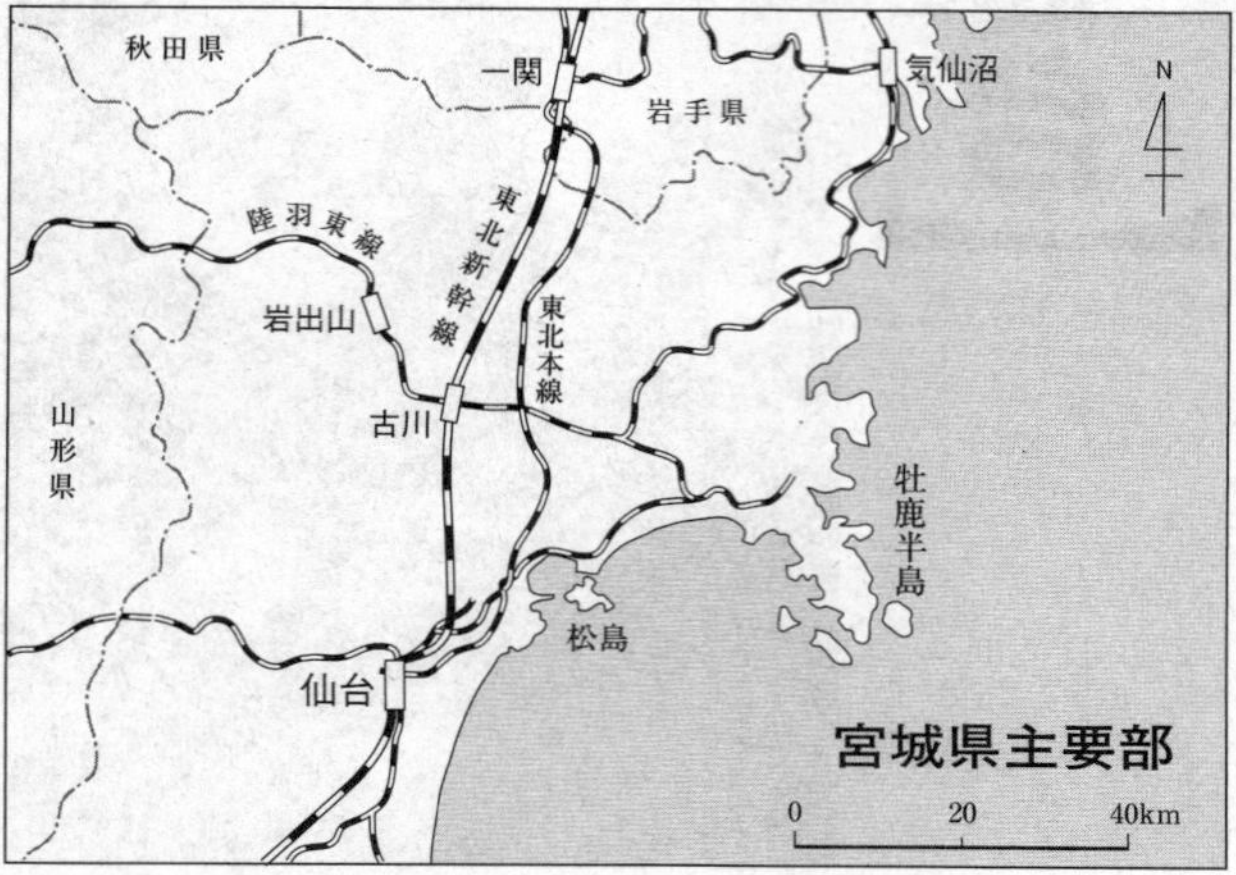
秋田県
一関
気仙沼
N
岩手県
陸羽東線
東北新幹線
東北本線
岩出山
古川
山形県
牡鹿半島
松島
仙台
宮城県主要部
0
20
40km

1

旅をしていて、思いがけなく銅像に出くわすことがある。あれは面白《おもしろ》いものだ。道端でばったりと歴史上の人物に会ったような気がする。

銅像には、有名なものもある。そこへ行ったらその銅像を見物することが外《はず》せない、というような。

たとえば高知《こうち》の桂浜《かつらはま》に行ったら坂本龍馬《さかもとりょうま》（37ページ）の像を見るものでしょう。鹿児《かご》島《しま》では軍服姿の西郷隆盛《さいごうたかもり》（279ページ）を見る。

ところが、当方が無知だからだが、なんでここにこの人の像なんだろう、と不思議に思うようなこともある。あわてて説明の看板を読んで、あの人はここの出身だったのか、なんてことを知って少し得をした気分になる。

それどころか、まるっきり知らない人で、説明を読んでもまだよくわからない人の像なんてのも、結構ある。いったいどういう人の像だったのかついにわからずじまい、とか。

しかし、有名であれ無名であれ、そういう人がいたことは確かだ。だからこそ銅像になっているんだから。

銅像ウォッチングは、旅で訪れたその地をいくらか理解することにつながり、地理と歴史の交叉点を見ることでもある。

それから、銅像にまつわる勘違いや、誤った思いこみなんかもあって楽しい。

ずいぶん昔のことだが、高知城を見物していたら、その庭に板垣退助《いたがきたいすけ》の銅像があった。晩年の、洋服姿ですっくと立っている像である。

それを見ていたら、別の観光客が寄ってきた。三十代の若い母と、小学一年生ぐらいの女の子だった。

そのお母さんは説明を読んでそれが誰の像かを知ると、幼い子にこう教えていた。

「この人はね、『青年よ、大志を抱《いだ》け』という名言を残した人よ」

それは札幌農学校で教頭を務めたクラーク博士の名言で、その人の像は札幌の北海道大学構内と、羊《ひつじ》が丘《おか》展望台にある。羊が丘展望台の像は右手をさしのばした立像で、なかなか格好がいい。

板垣退助の名言は、遊説中に刺客に襲われた時に言ったという「板垣死すとも自由は死せず」である。ただし、その時死んだわけではないので勘違いしないように。怪我《けが》しただけですんだのだ。

というわけで、クラーク博士と板垣退助とは大違いなのだが、実は銅像が似《に》ていなくもない。どちらも鼻の下に立派な髭《ひげ》をたくわえていて、右手をあげていて、スラリとした体つきである。

私としては、あれま、と思いながら、どうすることもできなかった。見ず知らずの人に、もしもし、それは違っていますよ、と話しかけるのも変だから。

そういうことは往々《おうおう》にしてある。靖国《やすくに》神社で大村益次郎《おおむらますじろう》の像を見て、西郷さんの弟だよ、なんて言っている爺さんもいた。ああいう人は私をイライラさせようと、からかっているのだろうか。

その点、トルコは混乱することがない。私はトルコ各地を観光したことがあるのだが、そのいろんな町で銅像を見た。それでもって、そのすべてが建国の父、ケマル・アタチュルクの像だった。どこにあろうが、とにかく銅像があったら、もれなくアタチュルクなのだ。

トルコの紙幣には、五万リラ札も十万リラ札も五十万リラ札も百万リラ札も五百万リラ札（その後トルコではデノミが行なわれ、今はそんな高額紙幣はない）もすべて、アタチュルクの肖像が描かれている。どうしてですか、とガイドにきいたら、次のような答えだった。

「偉人が一人しかいないから」

それは半分ジョークであろう。トルコはイスラム教の国で、イスラム教では偶像崇拝を禁じているから、宗教的偉人の像がないわけだ。二十世紀になってトルコ共和国になったので、オスマン・トルコ時代のスルタンの像もなくなった。それで、アタチュルクだらけなのだろう。

そんなわけで、トルコでは銅像の人違いをする心配がないのだが、思いがけない出会いをする楽しみがない。

やっぱり日本のように、いろんな人がぞろぞろ出てくるほうが面白い。街ごとに、ゆかりの人の銅像があって、この街の特徴は、この街を造《つく》ったこの人の人間性から生まれているのかもしれないな、なんて考えるのにはゲーム的楽しさがある。

そこで私はあるアイデアを思いついた。銅像のある街へ行き、その街と銅像の人物との関係についてあれこれ考えるのは面白いかもしれない、と。

つまり、ある街にその人の像があるのは、その人がその街を造った、もしくは、その人はその街の出身だ、もしくは、その人はその街で大きな業績をあげた、せいである。だからその人の人間性が、その街に有形無形を問わずいろいろ残っているはずである。

そこをくわしく見ていけば、人と、街との関《かか》わりが出てくるであろう。この地方がこんなに寒いのはこの人のせいだったのか、なんてことがわかり、発見の楽しさが味わえるかもしれない。ついつい、その地方の歴史を勉強してしまい、お国柄を理解する上で有益かもしれない。

そういう考えのもとに、私はこの、銅像をめぐる旅のシリーズを始めることにした。

ただし、ここで言う銅像とは、必ずしも銅製のものでなくてもいいことにする。人物記念像全般のことを、ちょっと重々《おもおも》しく銅像と呼びたいだけで、石像でも、木像でも、セメント像でもよいとする。ただし、観光地にある、穴がくり抜いてあってそこから顔を出して写真を撮《と》るボードはこの中に含めない。

それから、渋谷《しぶや》駅前にある忠犬ハチ公の像のように、人間でないものの像も含めない。

人間の像に限り、その人物とその街との関わりを、ぶらぶら歩き的にお気楽エッセイにしていこうというプランである。

では始めよう。

2

私はそのシリーズの第一回目として、仙台《せんだい》へ行ってみることにした。

仙台へは以前にも二度ほど行ったことがある。そして、当然の如《ごと》く、青葉城《あおばじょう》（仙台城）跡《あと》へ行っているのだ。

そこに、伊達政宗《だてまさむね》の銅像（7ページ）があった。甲冑《かっちゅう》をつけて馬に乗った、大変勇《いさ》ましいものである。あの銅像から話を始めればよい。

仙台といえば伊達政宗だ、ということは私も知っている。伊達政宗は独眼竜《どくがんりゅう》政宗だ。豊臣秀吉《とよとみひでよし》に叱《しか》られて白い死装束《しにしょうぞく》であやまった、なんてことは微《かす》かにきいたことがある。

しかし、それ以上のことはあまり知らない。NHKが大河ドラマで『独眼竜政宗』をやった時は、初めの三回ぐらい視《み》ただけで、「梵天丸《ぼんてんまる》もかくありたい」という子役の台詞《せりふ》しか覚えていないのだ。

でも、それでいいのだ。まず銅像を見るところから始めて、次にその街を歩いて風情《ふぜい》を肌で感じて、その上で銅像の人物について少し勉強してみる、というやり方でいこう。歴史人物論が主眼ではなく、お国柄拝見エッセイに歴史人物をからめるということだから。

現地へ実際に行く前に、予習をしておくことがなかなかできない。仕事に追われる毎日の中に、やっとのことで隙間《すきま》を作って取材旅行をはさむという具合なのだ。

そこで、マネージャーであり助手でもある、旅行好きの妻に下調べを頼むことになる。私はその指示に従って予備知識なしで街を見て歩く。

というわけで、まずは青葉城跡へタクシーで行ってみた。そこではその時、石垣の修復工事が行なわれていた。数年前の地震で、石垣の中央部が外へふくらむような形になり、危険だからだそうだ。石垣を組み直すというのは大変な工事のようである。

ちょっとした山の上の、城跡公園に、目当てのものはあった。伊達政宗の銅像である。

タクシーの運転手が教えてくれたところによると、石垣の工事の邪魔となるため、台座ごとジャッキで持ちあげ、数十メートル移動させたのだそうである。武具を身につけ、三日月の飾りのついた兜《かぶと》をかぶった政宗が、馬の手綱《たづな》を取り、見上げる我々のほうを少し見下ろしているような、形のいい銅像である。

顔つきは、やや下ぶくれでふっくらしている。貫禄十分の五十男という感じか。両眼ちゃんとあるように見える。これは政宗が、死後の像は両眼をつけよ、と遺言したのに従っているのだろう。

銅像の後方から、仙台の市街地が見渡せる。今は大都市となっているその街が一望できるのだが、政宗がここに城を築《きず》いた頃にも、今よりはずっと小さな町並みが一望できたに違いない。

仙台は、城も街もすべて政宗が造ったのだ。政宗以前にそこが無人の野であったわけではないが、城下町仙台は彼が造った。慶長八年（一六〇三）のことである。

そのあたりのことは、もう少しあとにまとめて書こう。

明治になって城は破壊されており、今はその形跡をしのぶものはほとんどない。青葉城資料展示館というところの中に、仙台城再現のコンピュータ・グラフィックスを上映する劇場があり、壮大な本丸《ほんまる》大広間をまるでその中を自由に飛翔するように見物できた。青葉城には天守閣がなかったそうである。

次にタクシーで瑞鳳殿《ずいほうでん》というところへ行く。それは政宗の廟所《びょうしょ》だ。昭和二十年の空襲で焼失したが、今は再建されている。

日光東照宮《にっこうとうしょうぐう》の裏手に、大猷院《たいゆういん》という廟がある。三代将軍家光《いえみつ》を祀《まつ》るもので、黒漆《くろうるし》を使ったシックな美しさがある。

政宗の瑞鳳殿は、その大猷院と、東照宮本体のちょうど中間くらいの、黒を基調とした中に絢爛《けんらん》な飾り彫刻もある、という建物だった。考えてみたら、死んだのが家康《いえやす》と家光の中間であった。

近くに、二代藩主の感仙殿《かんせんでん》、三代藩主の善応殿《ぜんのうでん》という廟もある。四代目以降の殿様は廟を造るのをやめ、大きな石碑になったとか。

それにしても、政宗が将軍家に準ずるほどの祀られ方をしていることに驚くべきだろう。

次に行ったところは大崎八幡《おおさきはちまん》神社。政宗が建立《こんりゅう》したもので、豊臣秀吉を祀った豊国《ほうこく》神社を模《も》したものだと言われている。その豊国神社が失われているので、これだけが桃山《ももやま》様式の権現《ごんげん》造りを今に伝えるものとなっており、国宝である。

さらに私は、陸奥《むつ》国分《こくぶん》寺《じ》薬師《やくし》堂《どう》にも行った。そこはもともと天平《てんぴょう》時代に建《た》てられた国分寺の跡で、政宗の時代には何もなかったのだが、そこに政宗が薬師堂を建てたのだ。今のそれは高等学校の裏手にあり、近所の人が散歩したりするような庶民的な場所になっていた。

どうも私は変なことをしている。仙台へ来て、政宗の建てた建造物を見てまわっているのだ。

権力者が立派な建物を建てるのは洋の東西を問わず、いずこも同じである。だから私はまず、その人の建てたものを見て、その人に迫ろうとしているのだ。

見ているうちにわかってくることもある。瑞鳳殿という廟から、日光の家康と家光の廟を連想したのは、時代的にその人がいつ死んだのかを伝えてくれる。生前に建てた大崎八幡が桃山様式なのを見ると、秀吉と同時代に活躍した人だということが感じ取れる。

そんなことから、政宗のイメージ像を作っていくのだ。

この取材旅行では足をのばさなかったが、私は以前に松島《まつしま》へ行ったことがある。その時に、有名な瑞巌寺《ずいがんじ》を見物したが、妻が言うにはそれも政宗が再建したものだそうだ。なるほど、あそこには伊達家歴代藩主の位牌が安置されていた。

そういう政宗の建築趣味から、その人が戦国から江戸初期にかけての、奥州一の大名で、大政治家であったことが伝わってくる。もし秀吉と家康がいなければ、天下を手中に収めたのはあるいは政宗だったかも、というのは空想のしすぎかもしれないが、少なくとも東北でのナンバーワンであることは間違いないところだ。

政宗は城を造り、寺を造り、神社を造り、そしてもうひとつ、仙台の街を造った。ではそれを見ようではないか。

3

タクシーで勾当台《こうとうだい》公園あたりまで送ってもらい、そこで下車した。そして、一番町《いちばんちょう》買物公園、という名称の、アーケードが半分かかっているような通りを私たちはうろついた。

夕刻の街は賑《にぎ》わっていた。若者の姿が多く目につく。その若者たちのファッションがなかなかである。かなりおしゃれに気が入っているのだ。若者が元気なのを見るのが好きな私は嬉《うれ》しくなった。

ところが、よく見るとそのファッションに熱心な若者の、女の子たちの髪が黒いのである。東京ならば、ここまでファッションで頑張れば髪をもっとカラフルにしてるのが普通だよね、と思うのだが、髪は黒いままなのだ。実に微妙な抑制がきいているというか、親が嘆《なげ》く手前で止まっているというか、面白い。

仙台の道には風情《ふぜい》がある。政宗が街を造った時からの古い通りには、今、アーケードがある例が多い。なぜアーケードなのかというと、七夕《たなばた》の時に巨大な飾りを吊《つ》るすためである。あの祭りはアーケードの通りでないとできないのだ。

近年になって造られた広い通りは、ケヤキが美しく並ぶ並木道になっている。そこには、祭りの時にパレードが通る。

仙台には本屋が多い。東北大学をはじめとする大学がいくつかあって、学生の街、という一面もあるからだろう。

大学なら東京のほうがいっぱいあるぞ、と言う人もいるかもしれないが、東京は（大阪も）巨大すぎて、大学がたくさんあってもそれで街全体が学生の街というイメージになることはない。

ところが仙台くらいだと、学生が目立ってしまうのだ。なんとなく、森と若者の都《みやこ》、という感じがする。

もちろん、産業もあり、サラリーマンもいっぱいいる街である。

私と妻は、魚を炭火で焼いて出す飲み屋に入って酒を楽しんだ。その店というのが、客の九割方が男性のサラリーマンだった。

「仙台の若い女性はあまりお酒を飲まないのだろうか」

と妻が不思議そうに言う。

「若い女性が飲むのは違うタイプの店なんだろう」

世のおやじ共に混じって酒を飲むのがＯＬの楽しみなのになあ、という顔を妻はした。

さて、その店であるが、ここで食べた吉次《きちじ》（きんき、という魚だ）の開きの炭焼きはうまかった。軽く干《ほ》した開きを遠火の炭火であぶり、たっぷりの大根おろしをそえて出てくる。脂《あぶら》がよくまわっていてうまい。

そして、身を食べると、骨や頭でスープを作ってくれる。ネギのきざんだものをいっぱい入れ、湯の中でひと煮立ちさせただけの薄味のスープだが、絶品であった。

いわしの刺身も、脂が、いやらしくなくのっていてうまい。

シーズンが終わっているからない、ということだったが、あの炭火でさんまを焼いたらうまいだろうなあ、と思った。

男性的な味わいだが、いい店だった。

そして私は、それとなく周辺の仙台のサラリーマンを観察している。

観察した結果わかったことは、日本は不景気だ、ということだった。なにせ、その取材旅行は平成十年の十一月下旬である。そくそくと不景気風が吹いている感じがしたからといって、それを仙台のせいにしてはいけないだろう。日本中がそんな感じに違いない。

久しくサラリーマンの行くような店で酒を飲むことがなかった私（高級な店へ行くという意味ではない。私は家でばっかり飲むのだ）は、日本の不況と、その中にいるサラリーマンを見てしまったのだ。

食べるものの注文のしかたとかで、そういうのは感じ取れる。バブルの頃には豪勢に美食していたであろう紳士が、魚を一皿へらしてお銚子《ちょうし》を追加することにしよう、などと工夫しているのが見えたのだ。

でも、仙台はうまいものが多いから、その点はサラリーマンも恵まれている。

ほろ酔い気分になって、私はアーケードの商店街をあちこち歩いてみた。若い子がいっぱいのゲーム・センターに入って、生まれて初めてプリクラをやってしまったのは、旅先だという気のゆるみからである。見逃してもらいたい。

中央通りと国分町《こくぶんちょう》通りの交《まじ》わるところが芭蕉《ばしょう》の辻《つじ》で、仙台の市街地の中心だったところである。芭蕉と言われれば松尾《まつお》芭蕉かと思ってしまうが、そうではなくて、政宗に仕えた虚無僧《こむそう》に芭蕉という者がいて、その名にちなんだものだとか。

ところが話がややこしいのは、後に俳人松尾芭蕉が『奥の細道』の旅をした時、仙台に着いて泊まった宿は国分町にあったそうだ。芭蕉と芭蕉の辻の偶然の出合いだ。

仙台市の人口は平成七年の調べで約九五万人である。日本の都市の人口を多い順に並べると次の通り。

東京都区部（七九九万人）
横浜市（三三一万人）
大阪市（三六〇万人）
名古屋市（二〇九万人）
札幌市（一七五万人）
京都市（一四六万人）
神戸市（一四二万人）
福岡市（一二四万人）
川崎市（一二〇万人）
広島市（一〇九万人）

北九州市（一〇二万人）
その次が仙台である。実に程のよい大きさではないだろうか。
私はラーメンを食べてからホテルに戻り、バスを使って旅の疲れをいやした。

4

翌日は早起きをして、午前中に岩出山《いわでやま》へ出かけた。東北新幹線で一駅の古川《ふるかわ》へ行き、そこから陸羽東線《りくうとうせん》に乗って五つめの駅が岩出山である。

そこにも政宗の像がある、と妻が言うのだ。そこにあるのは軍装ではなく平服の政宗の立像なんだとか。

なぜそんなところに政宗像があるのだときくと、仙台に来る前の政宗は岩出山城という城にいたからだ、と言う。

どうもよくわからないまま、とにかく行ってみた。岩出山駅はとてものんびりとした、寂《さび》しい駅である。大きな仙台平野が奥羽山脈にぶつかるあたりと言えばいいか。岩出山からもっと先まで行けば温泉とこけしで有名な鳴子《なるこ》へ行ける。

駅から城跡の公園までは歩いて十分ほど。のんびりと歩いていくと竹細工の製品を売っている店があったりする。素朴なものだ。

それから、大根を何本も吊るして干している家があった。八百屋《やおや》の店先には、そういう干した大根が一山いくら、という感じに売られていた。

少し坂を登ったところに公園はあり、白い巨大な政宗像が台座の上に立っていた。下ぶくれの顔で、ややずんぐりとした姿である。像はセメント製。

説明の看板を読むと、その像はもと青葉城跡にあったのだが、昭和三十九年に岩出山へ贈られたのだ、とある。

「きのうのタクシーの運転手が、仙台市博物館の裏に政宗像の上半身だけがあるって言ってたよな」

岩出山のセメント像は仙台から移築された

私は思い出してそう言った。

「そうよ。戦前の銅像は供出されたんだけど、上半身だけは鋳《い》つぶさずにとってあったんだと言ってたわ」

「どうもその辺に、銅像の歴史がありそうだな」

歴史とまで言うのは大袈裟《おおげさ》だが、面白い推移があったのだ。後で本を読んでやっと調べあげたことを書くと次のような話だ。

そもそも、あの騎馬像は昭和十年に、政宗死後三百年祭を記念して建立されたものであった。

ところが昭和十九年、戦争中の日本は軍備のために金属の供出ということをさせ、ポストや小学校の二宮金次郎像まで鉄砲や大砲の弾《たま》にしたのだが、政宗像もその時供出した。その時仙台市は藩祖出陣と称して壮行会を行なったという。

で、政宗像は溶《と》かされたのだが、上半身だけは誰かが溶かさずにとっておいた。

戦争が終わり、青葉城の台座の上はしばらく空《から》のままだった。

そこで、昭和二十九年になって、小野田《おのだ》セメント会社がセメントの立像を製作して寄贈し、空いていた台座の上にのせたのだ。戦後の日本にふさわしく軍装ではなく平服だったため、平和像と呼ばれたという。

しかし、もともとの騎馬の銅像をなつかしむ人も多く、最初に製作した時の型がとってあったこともあり、昭和三十九年、もとの政宗像が再鋳され、台座の上に戻った。

そこで、セメント像のほうは岩出山町に寄贈され、岩出山城跡に立っている、ということになったのだ。

一方、供出はされたがつぶさずにとってあった戦前の像の上半身は、昭和六十一年に新築された仙台市博物館の裏手に飾られることになった。

そういう、三つの像の物語があったのである。そして、ここまで像の話をしてしまった以上、もうひとつの像があることにも触れておこう。

松島の瑞巌寺には、伊達政宗甲冑像がある。これは、文禄《ぶんろく》の役で政宗が朝鮮へ渡った時の雄姿を、夫人の陽徳院《ようとくいん》が京都の工匠に依頼して造らせたものだそうで、他の三つが昭和の作であるのとくらべて、断然古い。右目があることはあるが小さく作られていて、完全でないことがわかる。その像はあんまり下ぶくれの顔ではなく、どちらかと言えばほお骨の張った顔である。

ところが昭和になって造った像は下ぶくれだ。それはなぜなのか。そして、政宗の本当の顔はどんなものだったのだろうか。

これは私の推理だが、下ぶくれ顔の政宗像は、狩野永真《かのうえいしん》の描いた伊達政宗像を参考にしたのであろう。仙台市博物館で見ることのできるその絵の政宗は、徳川《とくがわ》家康の像だと言われたら信じてしまうくらいの、下ぶくれのふっくら顔なのだ。両眼揃《そろ》って描かれている。

ところが、本当は政宗は下ぶくれの家康顔ではなかったのである。

そんなこと断言できるのか、と思うかもしれないが、断言していいのだ。

政宗の廟所、瑞鳳殿が戦火で焼失し、戦後再建されたことは既《すで》に書いた。ところがその再建にあたり、学術発掘が行なわれたのだ。石で囲まれた墓室の中から、太刀《たち》や、文箱《ふばこ》や、印籠《いんろう》や、ブローチや、煙管《きせる》などの副葬品が出てきた。そして、政宗のほぼ完全な遺骨も発見されたのである。

その頭骨から、政宗の顔が復元されている。私は瑞鳳殿資料館でその復元された顔を見た。

どちらかと言えば面長《おもなが》で、目鼻立ちがくっきりしたいい男である。そして、ややほお骨の張った顔だ。それが政宗の本当の顔にいちばん近いと考えていいだろう。

銅像というのは、彫刻家の作品であって、特に昔の武将などの場合は、本人に似ているかどうかは、さあどうなのでしょう、というものなのだということを私は学んだ。

そこで、岩出山からとって返し、その日の午後は仙台市博物館へ行った。それは、青葉城の三《さん》の丸《まる》跡にある。そして、まずはその裏手にある政宗の上半身像を見た。当然のことながら、城跡公園にある像と同じ政宗である。近くで見ることができて、その勇壮な感じがよくわかった。

近くには、林子平《はやししへい》の碑《ひ》や、魯迅《ろじん》の碑などもある。魯迅は仙台医学専門学校で学んで、仙台にゆかりがあるのだ。

それから、博物館内を見学した。立派な博物館である。伊達政宗関係のことが一通りわかった。そこでは、政宗の生涯をマルチ・スライドで見せてくれ、ようやく私はその人の生涯をざっと知ったのだ。

そして、その博物館では、政宗の頃のもう一人の数奇な運命の男のこともよくわかった。政宗の命で、スペインへ渡り、ローマまで行って教皇に会ってきた支倉常長《はせくらつねなが》のことである。

その人物のことはとてもドラマチックで、語りだせばキリがなくなるくらいだ。

私は今度の取材旅行で、支倉常長の銅像も見たし、その人の墓も見てきた。

しかし、この稿は政宗と仙台の関わりを考えるのが目的だから、支倉常長について考えるのはやめておこう。

さて、そろそろ考えをまとめる時だ。伊達政宗は仙台をどんな街にしたのであろうか。

5

伊達政宗は仙台へ来る前に、岩出山に城を造ってそこに十二年いたという。ならば、その前はどこにいたのであろうか。

その答えは、東北南部を駆けずりまわっていた、である。

政宗が生まれたのは、今の山形《やまがた》県の米沢《よねざわ》城である。

ああそうか、と私は思い出した。実は平成九年に私は米沢へ行き、米沢城跡を見物したのだ。そしてそこには上杉鷹山《うえすぎようざん》の像があり、その人ばかりがやけに有名という具合であったが、資料館の中に、伊達政宗が幼い頃に着た着物が展示してあった。

あそこで政宗は生まれ、育ったのだ。伊達家がその頃米沢を支配していたからである。

伊達家というのは鎌倉時代から続く家だそうだ。源　頼朝《みなもとのよりとも》の奥州攻めに従って戦功をあげ、今の福島《ふくしま》県の伊達郡をもらって、伊達氏となった。そこから数えると政宗は十七代目となる。

そういう伊達氏が、政宗の生まれた頃は米沢の領主だったのだ。五歳の時に疱瘡《ほうそう》にかかって右目を失い、コンプレックスを抱えたが、英知の少年だった。やがて元服し、父輝宗《てるむね》が隠居して、家督を相続した。その後、父と力を合わせて奥州を少しずつ切り取っていく活躍をした。おそるべき若武者の出現、と奥州では受け止められていた。

そういう政宗だが、家族間でのごたごたが異様なほど多いという、数奇な運命の人でもあった。

まずは、父との無残な別れ。ある時、降服してきたある武将が、降服しても許されず殺されるだろう、という誰ぞの声を耳にし、恐怖心から、政宗の父輝宗に刀を突きつけ、人質にして自領へ逃げようとしたのだ。政宗が駆けつけると、まさに河を渡って逃亡というところ。逃がせば厄介《やっかい》なことになる。

その時輝宗は、わしに構わずこいつらを討て、と叫ぶ。政宗はやむなく、そのように兵に命じた。

そこで、政宗の目の前で父輝宗は殺されるのである。

次に、母との確執。輝宗の正室で政宗の生母である保春院《ほしゅんいん》は、どういうわけか政宗を嫌い、弟の小次郎《こじろう》を溺愛した。片目の子を嫌ったのかとも言われるが、あの時代の常で、その母は隣の最上《もがみ》氏から嫁いできており、ひとつの政治勢力だったのだ。そういうところから、政宗より小次郎を伊達の当主に、という判断だったのかもしれない。

ある時、政宗は保春院に呼ばれて酒肴のふるまいを受けるが、それに毒がもられており、危《あや》うく死ぬところだった。実の母が子を毒殺しようとしたのである。

やっと回復した政宗は、母を殺すことはできないからと、自らの手で弟小次郎を殺す。保春院は激怒して最上領へ帰ってしまった。

なんだか暗黒の中世のような話である。ドロドロ具合が、秀吉と同時代の人の話だとは思えない。

つまり、その頃の東北は都に近い中央部にくらべて、時代色が五十年分ぐらい遅れていたんだろうなあ、というのが私の感想である。伊達政宗は名将ではあったが、秀吉や家康などにくらべて鄙《ひな》びた地方の人間であり、どうしたって泥臭かったのだろう。

政宗は東北南部をどんどん手中に収めていく。今の宮城《みやぎ》県の南側半分を取り、福島県の海岸線以外のすべてを取り、茨城《いばらき》県に次の狙いを定めるほどに領土を拡大した。

ところが、そのあたりで秀吉に前に立ちふさがれてしまうのだ。ほとんど天下を手中に収めようとしていた頃の秀吉に。

小田原《おだわら》攻めに参軍せよと秀吉に命じられた政宗が、じらしにじらして、数カ月遅れでやってきた話は有名である。その間、秀吉の家来になってしまっていいのかどうか考えていたのであろう。政宗にも天下人になる夢があったのだ。

しかし、ついに大いに遅れてではあるが参軍する。白い死装束におわびの気持をこめて秀吉の前に出、許されたというのはこの時のことである。

秀吉という人間に接して、政宗は格の違いを感じて、配下の一大名となった、と言えばそういうことだ。だが、政宗は秀吉を見て、相手が時代の一歩先を行く近世人だと感じたのではないか、というのが私の空想だ。くやしいが、当方は遅れている、と感じたのだ。それを感じ取り、近世人の教養を身につけようと考える英知が政宗にはあった。政宗は茶道や能や和歌などをたしなみ、並々ならぬ教養人になっていくのである。

秀吉によってもとの米沢の領主に戻された時代が続く。文禄の役で朝鮮へ渡ったりもした。一説によれば、その時の出陣行進で、伊達勢のいでたちがあまりに見事で、政宗の服装が派手であったために、伊達者とか、伊達男という時の伊達、という言葉が生まれたとされている。それは違う、という説のほうが今は有力なのだが。

でも、政宗が都会性を大いに取り入れ、我は鄙にあらず、という気分を持っていたことをこのエピソードから感じ取っていいと思う。

秀吉に会ってカルチャー・ショックを受けてからの政宗は、東北では最も進んだ人間である、というふうに自分を作っていったような気がする。

秀吉が死んで家康の時代になる。政宗はこの際自分が天下を、という野望も頭をかすめつつ、やっぱり家康につくしかない、とも思う。

このあたり、彼の思いは実に微妙である。だから行動も微妙なものになり、関ケ原《せきはら》の戦《たたかい》で家康側につき、上杉を牽制《けんせい》する役をしながらも、チョコマカと自分の領土拡大の戦もしてしまう。政宗はどうも全面的に信用できない奴だなあ、という印象だった。

だがそれは、政宗がもうちょっとのところで天下を取れなかった男だからである。だからこそ、誰の完全な家来にもなりきれず、自分のための戦もしてしまうのだ。

しかし、結局は家康が天下を取る。政宗はその命令で、他の領地を取られ、今の宮城県を与えられる。

岩出山の時代があり、仙台を拓《ひら》く時代になるのだ。天下が徳川幕府の力で安定してからは、政宗もついに自分の野望を捨て、家康にも信頼される大大名となった。家康は死ぬ時政宗に秀忠《ひでただ》のことを頼み、秀忠は死ぬ時政宗に家光のことを頼んだという。

仙台は、もと国分氏の旧城のあった千代《せんだい》であった。ここを自分の城下にしようと政宗が目をつけ、名を仙台と変えたのだ。

城も造り、街も同時に造った。家来たちも、商人たちも、すべて米沢時代からつき従った者たちである。

政宗は一種の独裁者として、すべてを思いのままに造り、農政も、商業振興も、すべて彼がした。

つまり、仙台の商人たちとは、自然に経済が興《おこ》って集まってきたのではなく、独裁者政宗の統制の中で育てられたのである。

米沢にあった伊達家由緒《ゆいしょ》の寺も仙台に集められた。こうして、ほとんど荒野だったところに、突如《とつじょ》として人口四万人の都市が出現したのである。

仙台は会津若松《あいづわかまつ》に代わって、奥羽の都となったのである。

6

初日の取材中に、私はタクシーの運転手にきいてみた。

「仙台人の気質はどんなふうですか」

すると彼は、仙台人全体のことはわからないが、仙台商人のことはわかります、と言った。

「仙台の商人は、売ってやるぞ、というような殿様商売をして、東北でいちばん評判が悪いですよ。だから山形や岩手《いわて》の商人に負けてしまいます」

面白い話だ。仙台商人がそういうふうなのは、政宗が育てた御用商人のようなものがスタートだったからではないだろうか。そして、東北では自分たちがいちばんだ、という自負があって、ついつい威張《いば》ってしまうのでは。

政宗自身の気持がそういうものだったかもしれない。中央の大物には惜《お》しくも一歩後《おく》れをとったが、でも、東北ではわしがいちばんなのになあ、という。

そういう自負を持っていいだけの、教養を政宗は積んだし、寺社を建造したし、文化も生み出した。だが仙台にそこはかとなく漂《ただよ》ったのは、東北じゃあいちばん、という気分だったかもしれない。

逸見英夫《いつみひでお》氏という、仙台郷土史研究家の本によれば、宮城県人の性質は次の通りとか。

・見栄こそ藩祖以来の伝統。

・他県人には沈着でおっとりしているように見えるが、カバネヤミ（骨おしみ）のタレカモノ（一緒に車を押したりする時に、そのふりはするが力を入れない横着者）を錯覚しているだけだとか。

・いつも、山形や岩手や福島県人や中央資本に、もうけはすっかり持っていかれる。

・寡黙《かもく》だとよく言われるが、打ちとけた仲になると自慢し、威張りたがる。

・米も多くとれ、山の幸も海の幸も豊かであるため、ケチるより、見栄を張る。

その県の人だけに、やや自国の人間を自嘲的に語っていると考えるべきで、宮城県人がこの通りだと思ってはいけないかもしれないが、なかなか面白い。

ここにある気分をまとめると、地から這《は》いあがるような努力はしたことがなく、この辺じゃいちばんだぞ、と自負を持っているということだろうか。

そして、それは政宗に育てられたからこその気分のような気が、私にはするのである。

伊達政宗は英傑であり、名君だったと思う。そして、少しくやしいなあ、という気分で生きた人かもしれない。

そういうことが、現代の仙台にもなんとなく伝わっているとするならば、銅像を訪ねる旅をしてみてよかったと思う。

仙台市博物館を見物し終えた私は、その前に停《と》まっていたタクシーをひろって、市街の中心部に出てもらった。するとその運転手がこう言った。

「警察官と、犬がいましたね。あれ、警察犬かなあ」

「そう言えば、いましたね」

「大変だよね。国賓が来るとなると」

「は？」

うかつなことに、私は何も知らなかったのである。

「爆弾とかが仕掛けてないか調べてるわけでしょう」

「あの、国賓というと、誰が来るんでしょう」

「あら、知らなかったんですか。江沢民《こうたくみん》さんが、数日後に仙台へ来るんですよ」

「へえ。どうしてです」

「魯迅の碑があるんで見に来るんだそうです。仙台に国賓が来るなんて初めてのことで、大騒ぎですよ」

「ああ、そうだったんですか」

そんな時事ニュースを知らないまま、私は仙台をうろついていたわけであった。

そして、バカなことを考えた。

江沢民は確かに世界の大物ではあるが、それぐらいで仙台人は驚きゃしないよな、と。だって江戸時代の初期に、家来をローマの教皇のところに使いに出しているのが伊達政宗なんだもの。

そういう意味では仙台は、初めから国際的なところだったのである。

その日の夕食は、かき料理で有名な店でとった。

その年（一九九八）、広島《ひろしま》のかきは赤潮のせいでかなりの被害をこうむったそうであるが、仙台（宮城県）のかきは健在であった。生がきも、土手鍋も、とてもうまい。かきフライもいける。

確かに仙台は食の豊かなところだ。私はあまり得意ではないので食べないのだが、牛タンという名物料理もある。

それから、米の大生産地でもある。

仙台藩の石高は六十二万石だが、実際には百二十万石の米を生産していたそうだ。そして、三十万石ほどが江戸へ売られていた。つまり、江戸の人間が食べていた米は仙台のものだったのだ。それだけをもってしても、経済的底力のある藩だったことがわかる。

かき料理の店には、製薬会社のセールスマンに接待される医者のグループ、なんていう団体がいて、なんとなくエリートっぽく宴会をやっていた。

しかし、チラッと見ただけでそこまで決めつける私も大胆すぎるが。でも、そんなふうに見えたのだ。その席のあたりには、この街の文化人は我々だものなあ、というムードが漂っていた。東北には一般に、学歴が他より重んじられるような気分がある。

しかし、料理店で他の客をなんとなく見ているのも、あまり上品なことではない。もう取材は終わったんだから。

そう考えて私は食事を終え、仙台駅へ出て新幹線のチケットを買った。

そして、それに乗ってしまえば、二時間かからずに東京に着いてしまったのである。なんて近いんだろう、と驚く。

伊達政宗には、江戸はものすごく遠いところだったろうになあと、彼が東北に生まれたことを惜しんでやりたいような気がするのに。


（一九九九年一月号）

●二の旅

坂本龍馬と高知《さかもとりょうまとこうち》

黒潮の地を見回せば、あそこもここも銅像ばかり。
人材が豊富だからか？　それとも銅像好きなのか。

有志青年の募金で建った高知桂浜の龍馬像

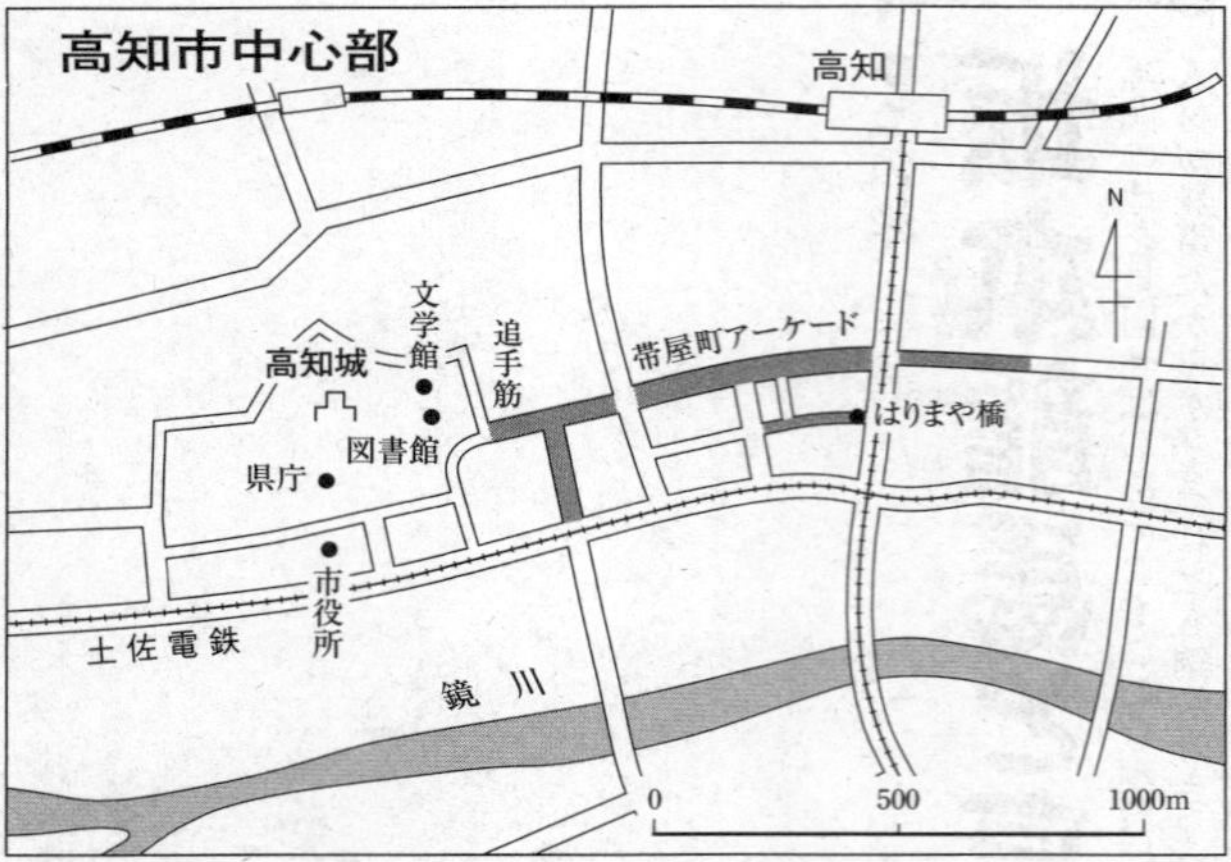
高知市中心部
高知
N
文学館
追手筋
帯屋町アーケード
高知城
はりまや橋
図書館
県庁
市役所
土佐電鉄
鏡川
0
500
1000m

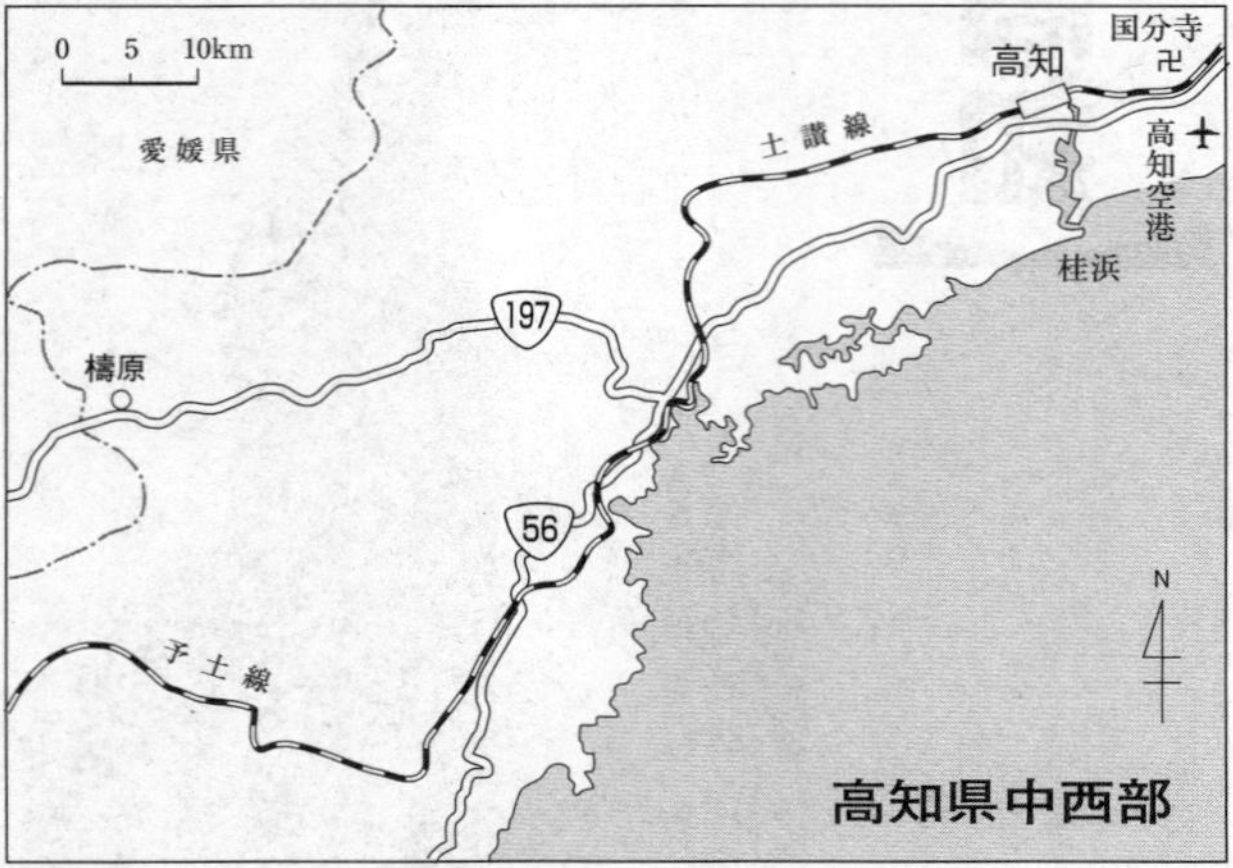
0
5
10km
国分寺
高知
土讃線
高知空港
愛媛県
桂浜
197
檮原
56
N
予土線
高知県中西部

1

この取材から十八年前、生まれて初めて飛行機に乗って私は高知《こうち》へ行き、高知から足摺《あしずり》岬にかけてを観光した。真夏のことだった。

その時に、当然のことながら桂浜《かつらはま》へ行き、坂本龍馬《さかもとりょうま》の銅像を見ている。高知へ来てそれを見ないでどうする、というぐらいの観光スポットなのだ。

銅像をめぐる旅シリーズの第二回は、高知へ行って坂本龍馬の銅像を見てみることにした。銅像を見るシリーズをやっていて、触れないわけにはいかないもののひとつだからである。

その銅像が、今、特別な状況になっていることは知っていた。造られて七十年もたつ像が、あちこちかなり傷《いた》んでいるので修復工事がされているのである。情報誌で調べてみたところ、いつもは高い台座の上にある像が、修復のために下におろされていることがわかった。つまり、いつもとは違って地面におりている像が見えるわけである。それも面白いかもしれないと期待した。

ところが、それが大誤算だったのである。今回の取材旅行は、もくろみは外《はず》れるわ、気候はめちゃくちゃだわ、体調をこわして歯ぐきが大きく腫《は》れてくるわ、というさんざんなものだった。あまりのことに、かえって笑えてくるぐらいだった。

まず、気候のことから。本当は、気候のいいシーズンを選んだつもりなのである。春のお彼岸の連休だ。平成十一年の三月は異様なほど暖かくて桜の開花が早く、高知ではきのう開花宣言が出た、という時に行ったのである。行きの飛行機は春の連休を楽しもうという観光客で満席だった。

ところが、曇り空の羽田《はねだ》空港を午前八時に飛びたって、高知空港に着いてみたら雨だった。そして、気温がかなり低い。桜をほんのひとつかふたつ咲かせたと思ったら、いきなり寒い雨がしとしと降る、という天気に逆戻りしてしまったのだ。

高知は南国だから暑いぞ、と覚悟していたのに、念のためにセーターを持ってきてよかったなあ、という具合なのだ。もちろん、高知だけが寒かったわけではなく、東京でも寒さがぶり返し、天気はぐずつき、今にも咲きそうだった桜は三日ばかり足止めをくらう、ということだったのだが。

でも、旅に出ちゃったんだから東京のことはどうでもいい。私にしてみれば、暖かい東京から高知に来てみたらえらく寒かった、ということである。話が違うやないか、という気分になった。

でも、それはまだ小さな誤算だった。次にタクシーで桂浜へ行ってみることにして、運転手と話をしていたら、大変なことがわかったのである。

龍馬の銅像は台座からおろされて修復されていたが、今はまた台座の上に戻されているというのだ。そして、現在それはシートでおおわれていて見ることができない、と。除幕式は約一週間後の三月二十八日だそうである。

ぎゃっ、と叫んで放心状態、というような事態だ。銅像のある街を語るシリーズのためにわざわざ高知まで、苦手な飛行機に乗ってやってきて、坂本龍馬の銅像を見ることができないのだから。なんたる間《ま》の悪さか、というところである。すこぶるトホホである。

かくして、取材を始めようとしたらいきなり、最重要ポイントは取材不能、ということになってしまった。十八年前の旅行の時にその銅像は見ているからいいようなものの、これが初めての高知だったら決定的なミスであった。

やむなく私は、桂浜公園にある坂本龍馬記念館へ行った。十八年前にはなかったものである。

変わったデザインの、立派な記念館である。展示の焦点がややボケている印象を受けたが、龍馬のやったことが一応わかる。特に見て面白いのは、龍馬の手紙が、レプリカだろうが何通も展示してあったことだ。龍馬の手紙というのは、ユーモアもあり、人間性がにじみ出ていてとても魅力的なのである。姉の乙女《おとめ》にあてた手紙の中で自慢して、エヘン〳〵と書いているような可愛げがあるのだ。

雨だというのに記念館はまずまず混んでいた。私と同じように、龍馬像が見られないのでやむなくそこへ来たという人が多かったのだろう。

坂本龍馬は、つくづく高知市の宝である。

龍馬に触れたくて高知へ来る人もたくさんいるのであろう。そして、お菓子の名前も、イベントのタイトルも、やたらに龍馬の名が使われているのだ。

ひろめ市場（後で詳しく説明する）の中にあったコーヒー豆の店で、いちばん高い豆が〝坂本龍馬〟という名で、その次が〝中岡慎太郎《なかおかしんたろう》〟だった。コーヒー豆にまで龍馬というのはすごい。でも、高知ではそのくらいに龍馬が偉大なのだ。

しかし、考えてみれば少々皮肉な話でもある。龍馬記念館の展示が、やや焦点ボケの印象だったと私は書いたが、実はそれも無理はないのだ。

高知市内のどこを探したって、龍馬誕生地の碑《ひ》を除いて、龍馬にまつわる記念の物はないのだ。龍馬は、高知を出て、外で活躍したのだから。高知とは龍馬の出身地であるだけで、むしろ、脱藩という形で、龍馬に背《そむ》かれた古里なのだ。

高知市は、郷里を捨てて出ていった龍馬を財産としている。だから、肝心《かんじん》の銅像を見られないとなると、にわかに苦しいことになってしまうのだ。

2

そう考えてみると、銅像のある街、とは言うものの、前回（7ページ）の伊達政宗《だてまさむね》の仙《せん》台《だい》とはかなり意味あいが違うことに気がつく。仙台は、伊達政宗がゼロから造った城下町で、そこには政宗の個性が色濃くにじみ出ている。政宗が造った街だからこそ、今でもその個性がお国柄や人々の価値観に影響を残していると言えた。つまり、政宗のせいで仙台はこうなのだということがある程度言えた。

だが、高知のお国柄や人柄を、龍馬のせいでこうなのだとは言えない。龍馬は高知で育ったが、外に出て仕事をしたのだから。むしろ伊達政宗の仙台とは逆に、高知のお国柄から龍馬の人間性が影響を受けていると考えるべきであろう。

龍馬がなぜああいう人柄だったのかの原因を、高知の街に求めるべきなのだ。

ところが、そう考えようとして、はたと困ってしまうことがある。私は坂本龍馬の人間性を知っているだろうか、ということが問題になるのだ。多少はそれを知っているとして、それは何から知ったのか、だ。

答えは、司馬遼太郎《しばりょうたろう》氏の小説『竜馬がゆく』を読んで、である。

それは私に限ったことではない。考えてみると、今現在の坂本龍馬の人気は、ほとんどがその小説のせいなのである。その小説のせいで、高知へ龍馬の銅像を見に来る人が後《あと》を絶たないということになっているのである。

その例外は、小さな子供だけで、その子らはマンガの『お〜い！竜馬』のせいで龍馬ファンなのだが、さかのぼって考えてみれば、そのマンガも司馬氏の小説あっての作品かもしれない。

今日の坂本龍馬像は実は司馬遼太郎氏が作った、と言って過言ではないのである。あれはそれほどの小説で、あの小説がなければ坂本龍馬というのはもっとずっとマイナーで、人にそう知られてもいなかっただろう。

たとえばの話、司馬氏が『竜馬がゆく』を書かず、『燃えよ剣』しか書かなかったとしたら、武田鉄矢《たけだてつや》の音楽グループの名前は、海援隊《かいえんたい》ではなくて、新選組《しんせんぐみ》だったかもしれない。それぐらいのものである。

ということは、私がここでうかつに龍馬の人間性について語るのは考えものだ。エラソーにしゃべって実はすべて司馬氏の受け売りだということになりかねないから。

あの小説を離れた龍馬の実像は私には見えてこないのだ。そして、銅像も見ることができない。

まっことめった《こまった》ことになったぜよ、というところだ。

わかることだけから、じわじわと考えてゆくしかない。

記念館の中では、『才谷屋《さいたにや》と坂本龍馬』という企画展をやっていた。龍馬の出た家の歴史がそれでわかった。

坂本家は、もともとあの地の地主（農民）であったようだ。家紋が桔梗《ききょう》なので、明智光《あけちみつ》秀《ひで》の一族が山崎《やまざき》の合戦《かっせん》後土佐《とさ》に逃げてきて住みついたのが坂本家、という伝説があるが、ま、それはすぐさま忘れていいだろう。その種の伝説をいちいち真《ま》に受けていたら日本史がマンガになってしまう。

龍馬から数えて六代前の先祖が、高知城下に出てきて、才谷屋という質屋を始めた。そして次第にかなり大きな商家になっていったらしい。

龍馬の三代前の先祖は、才谷屋から分家して坂本姓をなのるようになり、郷士株《ごうし》を取得して郷士というものになった。郷士とは下級武士と考えていいだろう。

つまり、坂本家はもともと農民の家で、それが商売で成功し、侍《さむらい》の株を買って下級武士になったという家柄なのである。だからこそ龍馬には商人のようなセンスがあったのかもしれない。

そして、郷士というのは武士とは言うものの、正規の武士である上士《じょうし》よりは身分の低いものとされていて、バカにもされた。だからこそ龍馬は、土佐藩のワクを越えて、もっと大きなスケールでものが考えられたのかもしれない。少なくとも、龍馬が上士で、土佐山内《やまのうち》家の家来であることに誇りを持っていたら、あんなにあっさりと脱藩はできなかっただろう。彼は土佐藩のことよりも、日本のことを考えていた。それは国元で差別されていた郷士だったからであろう。

では、なぜ土佐には郷士なんてものがあるのだろう、と考えを深めていきたいのだが、あんまりいろんなことを一度に考えるのはよして、少しは雨の高知市を歩いてみよう。

3

高知市の繁華街である帯屋町《おびやまち》商店街のあたりを歩いてみた。天井《てんじょう》の高いアーケードで傘をささずにそぞろ歩きできるところは具合がよい。そのせいもあってか、人通りは多く、賑《にぎ》わっていた。

十八年前に高知に来た時も、そのアーケードの商店街はあった。その時とくらべて、多少こぎれいになったかもしれないが、同じ印象である。前に来た時も私は、高知は若々しくて明るい印象のあるところだなあ、と思ったのだ。もちろん、その中心の繁華街を見ただけの印象にすぎないが、開放的気分があるのだ。

ただし、注意してよく見れば、東京にある若い人のタウンとは違うところがある。前回（7ページ）行った仙台とも違う。

たとえば若い女性が集まっているようなファッション店があり、その店先に〝つけ毛〟が売られているのを見た。くしゃくしゃっとしたカラフルなつけ毛を、自分の髪に混ぜてつけるというものであり、近頃流行のものである。それは、東京にそう遅れることなく、高知でも売っているのだ。

ところがそのファッション店の隣には、創業何十年という感じのカバン屋がある。もう少し行くと、もんぺや前かけを売っている店がある。若者向けのバーガー・ショップの隣が大きな仏壇仏具店であったりする。

つまり、原宿《はらじゅく》や渋谷《しぶや》のようだなあという一面と、巣鴨《すがも》のとげぬき地蔵商店街のような一面が混ざっているのである。すべての商店街の性質を、そのあたりが一手に引き受けているのだ。若い子も、年配の人も、繁華街へ出るとなるとそこなので。

それが、人口三十二万人の都市の繁華街というものなのだろう。人口八百万人の東京（二十三区）のようには、住み分けがおこっていないのだ。

でもまあ、明るくて気持のいい商店街である。なつかしい気分で私はそこを歩いた。

高知市には路面電車（市電と呼びたいのだが、土佐電鉄という私鉄である）がある。アーケードの通りとは別の、広い主要道の真ん中をそれが走っている。前に来た時も同じ印象を持ったのだが、その路面電車がとてもチャーミングだ。一両ずつ、絵柄の違うカラフルな電車なのだ。広告電車もあれば、アート電車もある。電車の形も様々で、どうしてだろうと思ったら、外国を走っていた車両を買って走らせたりしているのだそうである。

そんなふうに、いろんなタイプの電車を集めて、デザインを統一するのではなくてバラバラに明るい色調に塗って走らせるというやり方も、どことなく南国調である。高知の気分のよさはそんなところから来ているのかもしれない。

道路は、意外に広いと言っていい。アーケードの道は別として、電車の走る道などはゆったりしている。名古屋《なごや》出身の私にはなじみやすい道幅である。

帯屋町商店街を抜けて広い道にぶつかって少し右に行ったあたりが、播磨屋橋《はりまやばし》（はりまや橋）である。

今の若い人はどのくらい知っているのだろう。その昔、ペギー葉山《はやま》の歌った「南国土佐を後にして」というヒット曲があり、その中に「ヨサコイ節」が歌いこまれていた。

〽土佐の高知のハリマヤ橋で
坊さんかんざし買うをみた
　ヨサコイ　ヨサコイ

坊さんが恋に落ちて好きな女にかんざしを買った、という話が伝わっているのだ。高知の郷土玩具に、その坊さん純信《じゆんしん》と恋人のお馬《うま》を象《かたど》った人形もある。そういうわけで、はりまや橋というのは有名なのだが、長らくそこは、日本三大期待外れの名所のひとつ、なんて言われていた。

橋とは言うものの埋めたてられていて川はなく、広い道路脇に赤い橋の欄干《らんかん》があっただけなのだ。そこで高知市は平成十年についにそこをリニューアルした。

ちゃんと川に水を巡らせ、その両岸を親水公園として整備したのだ。そしてその川に、三つの橋をかけた。ひとつは石造りの橋、次は朱塗りの欄干の太鼓橋、もうひとつは明治・大正期のものを復元した橋。

というわけでそこは散策にもってこいの公園となっている。もう期待外れの名所とは言わせないぞ、という市の意気込みが感じられちゃうわけだ。

私は、昔の期待外れのはりまや橋も見ているし、今回、きれいになったそれも見た。素直に、よくなりましたねえ、と言おう。

そんなところを歩いているうちに、夕食を食べたい時刻になった。それについて、実は桂浜へ行った時のタクシーの運転手から耳寄りな情報を得ていた。

きのう、初鰹《はつがつお》が水あげされて、今夜はそれが食べられますよ、という情報だ。そこで、迷うことなく土佐料理店へ行った。

やっぱり、土佐の鰹のたたきはうまかった。それから、のれそれ、というあなごの稚魚を三杯酢でいただくのも珍味である。高知の酒もいける。

その料理店には、声が大きくて、どことなく荒っぽい印象の高知の男性客が多くいて、しきりに何か命令していた。命令口調でしゃべっているように他国者にはきこえるのである。

「雨が降りゆう」

「一仕事終わったき、飲むぜよ」

「おまんもめしにするろう」

高知の言葉は独特で面白い。

4

翌日は日曜日。午前中に、有名な日曜市を見物する。ただし、空はどんよりと灰色で、しっかりと雨が降っている。

なのに連休中の有名な日曜市だというので大変な人出である。人ごみをかき分けるように歩かねばならず、傘をさしているのもままならぬ、という具合だった。

高知の日曜市は面白いです。高知城に続く市の中心部の追手筋《おうてすじ》に、五百メートルほどにわたり六百軒の露店が並ぶのだ。野菜あり果物あり、花や植木があるかと思えば、海産物の店がある。日用品、刃物、そして骨董品まである。私が驚いたのは、巨大な庭石を売っている露店まであったことだ。買ってもいいが、どうやって持って帰るのだろう。

天ぷら（東京で言うところの薩摩揚《さつまあ》げだ）を揚げている店もあり、そこで熱《あ》つ熱《あ》つのを買って食べてみたらとてもうまかった。

もう筍《たけのこ》が出ていて、筍好きの私はなんとかこれを持って帰れないかと悩んだが、妻がやめておけ、と言うのであきらめた。代わりにフルーツトマトを買う。ホテルで食べようという考えである。

とにかく、開放的で楽しい市である。追手筋の並木は楠《くすのき》だ。その大木の下にガラクタをぶちまけたような露店が並んでいるわけで、同じ言葉ばかり使っているようだが、南国のムードがある。アジアの原風景を見る感じ、と言おうか。

日曜市のお城に近い外れのあたりに、ひろめ市場、という大きなマーケットがある。四千平方メートルの敷地に約六十の店舗があり、ガーデン風の広場がいくつも造られているという、お祭りの会場のような市場だ。食べ物屋もいくつかあり、そこで買ったものをガーデン風の広場へ持ってきて食べられる。そういうところが、遠足のようで楽しいのだ。ひろめ市場という名の由来は、もともとそこが土佐藩の名家老として有名な深尾弘人《ふかおひろめ》の屋敷跡だったことによる。

私たちはそこで昼食を食べた。ここで食べたラーメンのスープには、いりこだしの味がついていて、ちょっとしたカルチャーショックを受けた。高知の人にとっては、いりこ、つまり煮干でだしをとらなくてどうする、ということなのだろうが。

そのラーメンのことはさておき、市場そのものは私の好きなセンスのものであった。ざわざわしていて、自由で、カーニバル的である。たこ焼きはうまく、そういうところで飲む生ビールは格別である。そして、高知はおおむね物価が安い。ある意味で暮らしやすそうである。高知県の平均所得は低い、というデータがあるのだそうだが、それなりに生活しやすいのでは、という気がした。

昼食をすまして、高知城を見物した。ここも、見るのが二度目だった。

高知城を造ったのは山内一豊である。

山内一豊といえば、妻のへそくりで名馬を買ったことで男をあげ、掛川《かけがわ》五万石の城主にまで出世したことで有名なあの山内一豊である。一豊は徳川家康《とくがわいえやす》にもうまくつかえ、慶長五年（一六〇〇）に土佐一国二十万余石を与えられたのだ。

その一豊が十年かけて造ったのが高知城。

一豊の銅像は、この前の戦争の時に供出され、長らく不在のままだった。それが、平成八年に再建され、追手門をくぐる前の、県立図書館の前に建《た》っていた。武具をつけ、槍《やり》を持って馬に乗る勇壮な銅像である。

それにしても面白いのは、戦争の時に、一豊の銅像は供出されたのに、龍馬の銅像は供出されなかったということである。

追手門をくぐってすぐの広場の一角に、板垣退助《いたがきたいすけ》の銅像がある。

そして、石段をあがっていった三ノ丸跡の広場の隅に、一豊の妻千代《ちよ》と馬の銅像がある。説明を読むとこれは、高知商工会議所の婦人会が建てたものだそうだ。

いずれにしろ、どうも高知の人は銅像好きである。人材が多く出た、ということもあるのだろうが、あちこちに銅像があるのだ。

銅像をめぐる旅をしているのだからそれらをよく見物したあと、高知城内を見た。

さて、そこで考えてみる。土佐一国は、ひょんなことから尾張《おわり》出身の山内一豊が授《さず》かっ

高知城内の図書館前に建つ山内一豊像。戦時中に供出され、平成８年再建

た領地である。土佐にいたもともとの武将は、長宗《ちょうそ》我《か》部《べ》元親《もとちか》だった。その人物がほとんど一代で土佐の全土どころか、四国の全土を平らげたのである。それなのに、秀吉《ひでよし》と戦って敗れて土佐一国におしこめられ、後に、家康によって家をつぶされたのだ。そういうところへ、一豊は赴任してきたのである。

もともとの長宗我部の家来と、一豊がつれてきた家来の間に、運命の逆転があったことは容易に想像できるであろう。もともとの長宗我部の家来は、武士は武士でも郷士という一格下の者とされたのだ。土佐の上士と郷士の差別はそこから生まれた。

特に、長宗我部の家来には一領具《いちりょうぐ》足《そく》と呼ばれる、半農半士のような者が多かった。常は農民をしているが、戦《いくさ》があると具足をつけて武士になるという一団だ。

その伝統があるからこそ、後の坂本家のように農民が金で郷士株を買って武士のはしくれになる、ということが可能だったのだろう。つまり、坂本家がもともとは農民だったと言っても、他の国のように根っからその身分だったのではなく、もとは一領具足の半農半士の家だったと考えるほうがいいと思う。だからこそ、一応士分になったのだ。

そして、上士からは差別されている。この地方はもともとおれたちの土地だったのに、という思いもあるだろうに。

そこから、龍馬という、土佐藩山内家のことよりも、日本全体のことを考えるという人格が出てきていると考えるのが妥当のような気がする。

5

私たちの泊まっているホテルの窓から、高知城がよく見えた。ホテルはお城のほぼ真南にあったのだ。

お城も見えるが、高知市がよく見渡せる。その中心部が一望できるのだ。

そして、市街地は思いのほかすぐとぎれて、そのむこうは山である。そう高くはないが、山並みがつらなって、雨だから白く雲がかかっていて水墨画のようである。

高知市の背中（北側）はすぐ山なのだ。そして、四国の地図を持ち出して見てみればすぐわかることだが、高知県というのは南側の小さな平野を除いて、ほとんどすべて山の中なのである。その山を越えて瀬戸内海側へ出るということが至難である。なるほど方言がユニークなのもうなずける、と私は思った。山のせいで他国から隔離されたような具合なのだ。

しかし、そこが中央とはまったく隔絶された秘境かというと、そうではない。土佐には古代文化もあり、細々とではあるが中央と交流があった。

その証拠が、紀貫之《きのつらゆき》の『土佐日記』である。

平安時代の代表的歌人である紀貫之は、六十歳ぐらいの時に土佐の国司《こくし》に任じられて、土佐の国府に赴任し、五年の歳月を送った。そしてそこから帰任する時に、軽い気持で書いたのが『土佐日記』である。

男もすなる日記といふ物を女もしてみむとてするなり。

なぜか女のふりをして書いた日記文学だ。

平安時代に、京の貴族がそんなに簡単に土佐に来れたんだろうか、というのが不思議になり、私は、県立図書館の裏手にある高知県立文学館へ行ってみた。そうしたら実にまあ立派な文学館だった。

　高知県は文学者続出の県である。古代は、紀貫之しかゆかりの人がいないけれども、近代文学では、中江兆民《なかえちょうみん》、植木枝盛《うえきえもり》、幸徳秋水《こうとくしゅうすい》、黒岩涙香《くろいわるいこう》、大町桂月《おおまちけいげつ》、田中貢太郎《たなかこうたろう》、寺田《てらだ》寅彦《とらひこ》らがおり、現代文学では、田中英光《たなかひでみつ》、上林　暁《かんばやしあかつき》、田宮虎彦《たみやとらひこ》、大原富枝《おおはらとみえ》、安岡 章太郎《やすおかしょうたろう》、清岡卓行《きよおかたかゆき》、宮尾登美子《みやおとみこ》らが高知にゆかりを持っている。すごい豊饒さである。

どうも高知県は、文学的才能の出やすい土地らしい。不思議なことだ。

しかしまあ、高知県文学のことを考えるのが目的ではないので、古代のコーナーで『土佐日記』に関する展示だけを熱心に見た。そこでわかったことは、紀貫之の土佐路が、船で海を来たものだということだ。船に乗って大阪湾を南下し、淡路島《あわじしま》の南を通って四国に渡り、いくつもの港に寄りながら室戸《むろと》岬まできてそれをまわり、ついに土佐の浦戸《うらど》へ着くというコースだ。帰路もその逆のコースだった。

もちろん、楽な旅ではなかっただろう。海が荒れれば小さな漁港で何日も足止めをくらうという旅だった。なんとまあ遠くまで来たことか、という感慨が貫之にはあったに違いない。

でも、海路によってかろうじて、土佐は中央とつながっていたのだ。山がどんなにつらなろうとも、海を行けば土佐に行けたのだ。そのようにして、古代から土佐にはちゃんと文化があった。

実は私は、そのあと高知県立歴史民俗資料館というところへ行き、いくら何でも立派さにも程があるぞ、と思ったのだが、そこでひとつ面白い事実を発見した。弥生時代の日本では、独特の青銅器が作られたことで知られるが、そのうち、九州には銅鉾《どうほこ》が多く見られ、近畿・中国では銅鐸《どうたく》が多く見られる、ということを習ったものだ。ところが高知県には、銅鉾と銅鐸の両方が出土するのだそうである。

つまり、海を通じて西とも東とも交流があり、その両者が混じっていたのが高知県なのだ。けっして秘境ではなかったのである。

だからこそ、紀貫之は国司としてやってきたのだ。

でも、紀貫之は土佐のことをどう思っていたのだろうか。文学館では、『土佐日記』の一節を現代語訳して、ビデオ映像にかぶせて流していた。

「私が帰国することになると、多くの人が別れの宴《うたげ》に集まってくれ、一という字も読めない人々が、十の字に足を踏んで踊ってくれた」

うーむ。どうも貫之は土佐をとんでもない田舎《いなか》だと思っていたようである。

6

高知市立自由民権記念館、というものがあった。ちょっと他に類《るい》を見ない記念館である。

しかし、行ってみたところ、それはとても立派で、展示も充実したいい記念館だった。今回の旅でいろいろ見た博物館、記念館の中でナンバー1だという印象を持った。

ここを見て私は、高知県に龍馬以外の、もうひとつの名物があることに気がついた。それは、自由民権である。

面白いことだなあ、と思う。差別されていた郷士だったからこそ、坂本龍馬は全日本のことが考えられ、薩長連合を実現するというような仕事ができた。

そして龍馬は暗殺され、明治の世になって、土佐も倒幕に功のあった藩として中央政界に人材を出すが、次第に薩長閥《ばつ》に主要ポストを独占されていくわけだ。土佐の板垣退助らは政界から失脚する。板垣は土佐藩の上士の出身だったが、新政府においてはしめ出された側になった。

すると、理屈っぽくて弁の立つ土佐人は、反政府運動を始めるのだ。今のままではまだ日本は近代国家ではないぜよ、という運動だ。それが、自由民権運動であり、国会を開設せよという運動だった。

なにせ、中江兆民も植木枝盛もいるんだから理論のほうの人材には事欠かない。

そういうわけで、高知県は自由と民権の先進地方なのである。

その時代に、自由というのはとてもきらびやかで、魅力的な流行語だった。ちょうど、フランス革命の時に、自由と平等と博愛が、誇るべきスローガンだと受け止められたのと同じように、明治初期の日本では自由民権がすばらしい主張だと思われたのだ。その思想の総本山が高知県だった。

明治の頃の令嬢たちは、自由恋愛というものに憧《あこが》れていた。つまり、親の言いなりに結婚するのではなく、自分で相手を見つけて恋愛するわ、ということで、今は自由をとってただ恋愛と言えばいいもののことだが、そう表現したのだ。自由という言葉には、人間の当然の権利であり、すばらしいもの、というイメージがあったのである。

だからこそ、自由化粧水、なんていうものまであったそうで、展示してある。自由双六《すごろく》とか、自由独楽《こま》なんていうおもちゃまであった。

そこを見て知ったのだが、高知県内のある町では、明治時代にもう女性にも選挙権を与えたのだそうである。日本でそれが実現したのが先の戦争に負けた後の昭和二十年のことであることを思えば、恐るべし自由民権先進県高知、というところである。

おそらく、自由民権運動家たちの頭の片隅には、龍馬のことがあったと思う。龍馬の考えていたような国家を実現しようぜ、というところからの運動だった、と。

ひとに縛《しば》られず、好きなことをのびのびとできる国にしたいがよ、というのが土佐の風土なのだ。そういう、開放的気分のあるところだからこそ龍馬が出、明治には自由民権家が出たのだろう。

もう一度、龍馬の銅像のことを考えてみよう。

私の泊まっているホテルのフロントのカウンターの上に、龍馬像修復工事のための募金箱が置いてあった。同じものは龍馬記念館にもあったが、そこならともかく、ホテルにまであることを思うと、市内のいろんなところにそれが置かれていると推測できる。高知市民がこぞって募金しているのだろう。

今度の修復に必要な金額は五千万円だそうだが、タクシーの運転手は、それがまだ三千万円しか集まってないのだ、と言っていた。しかし、高知の人は必ずや資金を集めるだろう。なぜなら、以前にもそれをやってのけたのだから。

坂本龍馬の銅像は、昭和三年に建っている。当時の高知の青年たちが、郷土の偉人である龍馬のことを正しく伝えようと、全国に協力を呼びかけ、一年余りの努力の末、約二万五千円（現在のお金で七〜八千万円）の募金を集めて完成にこぎつけたのだ。だから銅像の銘板には『建設者高知県青年』とある。

それはひじょうに珍しいケースで、いかにも龍馬にふさわしいことのような気がする。

像は、龍馬が長崎で撮《と》った写真をもとにしているようで、台に右手の肘《ひじ》をつき、その右手の先は懐《ふところ》に入っている。ゆったりと構えた、見事な銅像だ。

ところが、建ってからもう七十年の歳月が流れているのだ。昭和五十八年と平成元年にも修復工事をしているのだが、像のつなぎめの部分や、台座とのつなぎめの部分には亀裂の進行が激しく、いよいよ本格的大工事の必要が出てきたのである。

その大工事のせいで、私は龍馬像を見ることができなかった。

実は、この原稿を書いているのは取材日から十日ばかりたってからなので、テレビのニュースでつい先日、修復なった龍馬像の除幕式の模様を見た。きれいになった龍馬像は、以前より色も黒っぽく、どっしりと落ちついたものになっていて、とても見事であった。

しかし、せっかく高知県に来ていて龍馬の銅像が見られないのは残念である。なんとかして見ようではないか、という気にもなる。ほかに龍馬の銅像はないのか。

7

高知県以外になら、ある。

京都の円山《まるやま》公園には、龍馬と中岡慎太郎の二人が並んでいる銅像があり、私も見たことがある。龍馬が立っていて、慎太郎はしゃがんでいる像だ。

長崎市の風頭《かざがしら》公園には、腕組みをしてすっくと立つ像があるそうだ。

龍馬がお龍《りょう》と新婚旅行に行ったという縁から、鹿児島市天保山《てんぽうざん》公園には坂本龍馬新婚の旅碑がある。

それから、その二人が新婚旅行で湯治《とうじ》をした、鹿児島県塩浸《しおひたし》温泉にも二人の像ができている。龍馬の銅像は人気があるのか、案外いろんなところにあるのだ。

「高知県にはほかにないのか」

と私がきくと、妻が、

「実は、ある」

と言った。

つい最近、平成七年に造られた銅像が、高知県高岡郡《たかおか》檮原町《ゆすはら》にあるのだそうだ。檮原町というのは高知市から真西に八二キロほど行った山の中で、愛媛《えひめ》県に接している田舎の町だ。

なぜそんなところに龍馬の像があるのかときくと、意外な答えだった。

まず、銅像は龍馬像一体だけではないそうだ。そこに、八人の幕末の志士の群像があり、〝維新の門〟と名づけられている。その八人の中に龍馬がいるのだ。

なぜそこに、の答えは、そこが龍馬らが脱藩する時に通った道だからで、最近その脱藩ルートがやや注目されていて、〝維新の道〟と呼ばれているのだそうだ。新時代はこの道から始まった、ということであろう。

脱藩の時に通った道が、西へのびていることに私はちょっとびっくりした。脱藩して、京や江戸で活躍するのだから、当然北東へ山越えして、徳島《とくしま》県のほうへ出たのかな、とぼんやり思っていたのだ。

おそらくそれだと山が険《けわ》しすぎるのだろう。龍馬は西の山中を進み、伊予長浜《いよながはま》へ抜けているのだった。そして、まだ脱藩ルートのすべてが解明されているわけではないが、檮原で那須俊平《なすしゅんぺい》、信吾《しんご》父子の家に泊まり、翌日伊予大洲《おおず》の宿まで道案内されたことがわかっている。

私はぜひともそこへ行ってみたくなった。それらの人々の群像がつい最近できた、ということである。

取材の三日目、ようやく雨はあがったが、異様に寒い日だった。私は疲労で歯ぐきが腫れてヨレヨレである。妻は風邪《かぜ》をひきそうである。でも、高知駅から特急電車に乗ってまず須崎《すさき》へ行った。そこからはタクシーで四国山地の中へ入っていく。

途中の東津野《ひがしつの》村で銅像をひとつ見た。維新の志士の一人で、天誅組《てんちゆうぐみ》を組織して戦死した吉村寅太郎《よしむらとらたろう》の銅像だ。正面から風を受け、剣を杖《つえ》のように持って立つ堂々たる像だった。

やっぱり、高知県は銅像好きだよなあ、という印象が強まる。

檮原町の「維新の門」。中央が龍馬

須崎から約一時間で檮原に着く。何もない山里の町である。ただ、道路脇に〝維新の道〟のモニュメントがある。そして町の中心部へ進み、中世の和田《わだ》城跡へ来てみると、〝維新の門〟がある。八人の志士の像が三つのブロックに分かれてあって、かなりの迫力だ。銅像はまだ赤っぽい銅の色をしており、それにうっすらと緑青《ろくしよう》がふきかけてきたところである。かなりの名作銅像と言ってもいいだろう。

中央のブロックに、合掌する掛橋和泉《かけはしいずみ》。この人は檮原の人で、脱藩する志士に資金的な援助をしていたのだそうだ。

右のブロックは龍馬脱藩の情景と言っていいだろう。先頭に、案内する那須俊平がいて、次に龍馬がいて、最後に、龍馬といっしょに脱藩した澤村惣之丞《さわむらそうのじょう》。

左のブロックには、その他の、檮原にゆかりのある志士四人、ということか。吉村寅太郎と、那須信吾と、天誅組の前田繁馬《まえだしげま》と、忠勇隊《ちゆうゆう》の中平龍之助《なかひらたつのすけ》。

つい、龍馬の像を熱心に見てしまう。

やっぱり龍馬は、はるか遠くを見ているような風情だ。龍馬を像にするとなると、つい彫刻家もそう造りたくなるのであろう。そして、またしても左手が懐にしまわれている。懐手をして、袖《そで》がだらり、というのが龍馬には似合うのだ。

まだ新しい銅像だが、とりあえず私は龍馬の像に会うことができた。ここまで見に来てよかった、という気がした。

そのあと、狭い町の中心部をちょっと歩き、掛橋和泉邸を発見した。その家の前が、龍馬脱藩の道、つまり維新の道であると看板が出ていて、私はその、舗装もしてない道を二十メートルばかり歩いてみた。田舎びた古い道であり、風情があった。

「龍馬の像も見たし、もう取材は十分だな」

「寒いから、もう帰りましょうか」

ということになり、我々は高知市へと戻ったのである。

タクシーで高知空港へ向かう。のどかな田や畑が広がる一帯だ。

空港の敷地内に入る。すると、比較的新しそうな銅像がポツンと建っていた。

「あれは誰の銅像ですか」

とタクシーの運転手にきいてみた。

「吉田茂《よしだしげる》です」

なるほど、と思う。吉田茂は東京生まれだが、実父竹内綱《たけうちつな》が高知の人だとかで、高知県にもゆかりがあるのだ。

そう思っていると、運転手がとても面白いことを教えてくれた。

「銅像を造ってはみたけど、置くところがなくて空港へ置かれちゃったんだよ」

さもありなん、である。高知県は銅像が大好きであちらこちらにいっぱいあるんだから。

私たちは、銅像だらけの、自由民権の総本山高知をあとにした。

（一九九九年五月号）

寄り道 ティムールとサマルカンド

日本人には、まだ馴染《なじ》みの薄い国・ウズベキスタン。オアシスの街には圧倒的迫力で英雄像が屹立《きつりつ》していた。

偉大な国父は像も巨大だった（手前は著者）

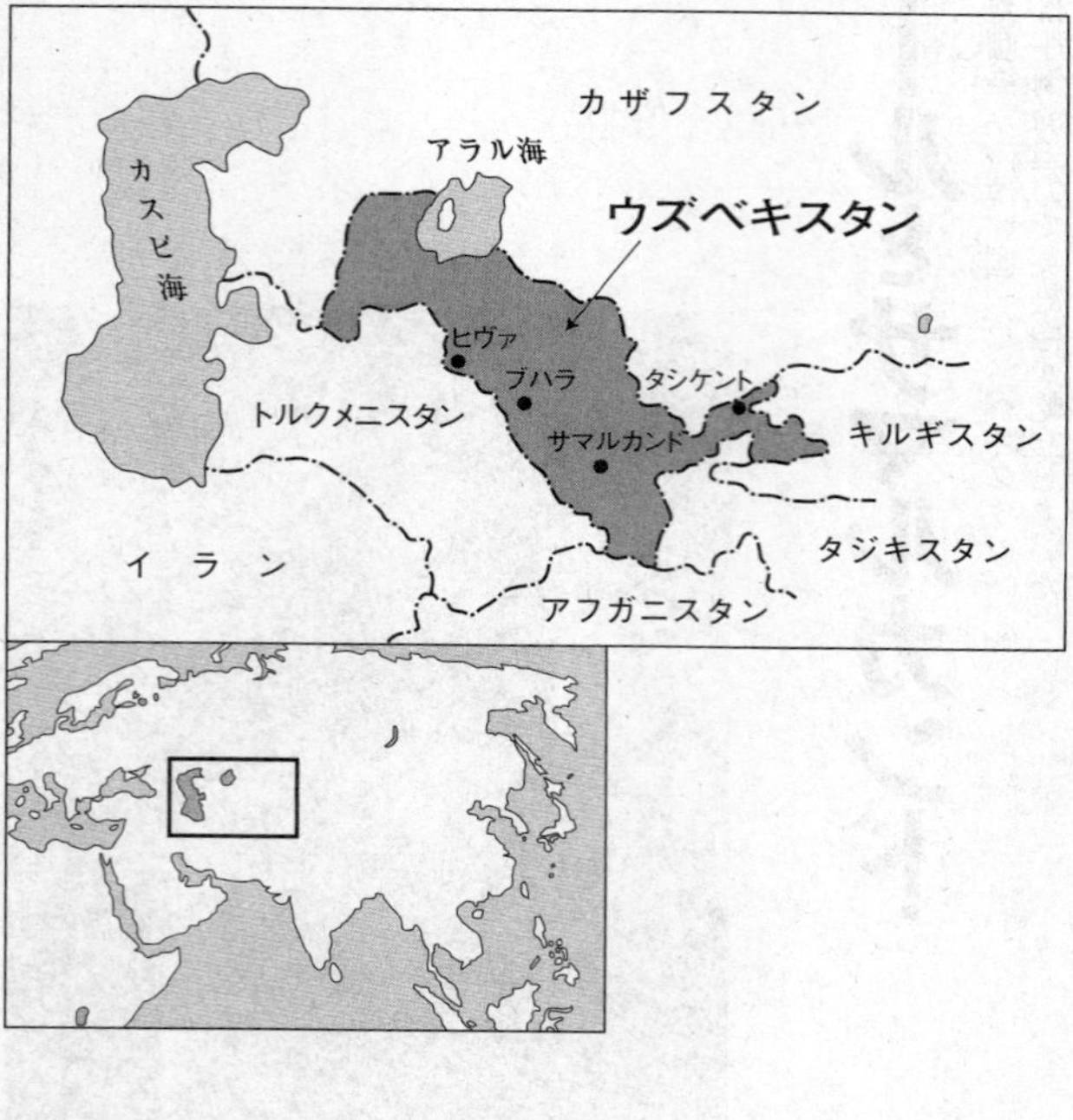
カザフスタン
アラル海
カスピ海
ウズベキスタン
ヒヴァ
ブハラ
タシケント
サマルカンド
トルクメニスタン
キルギスタン
タジキスタン
イラン
アフガニスタン

1

私は今年（平成十一年）の五月に海外旅行をしたのだが、あんなにひとにうらやましがられなかった海外旅行も珍しい。

去年行ったトルコについては、そうではなかった。今度海外へ行くんです、という話になると相手は、どちらへ行くのです、ときき、私がトルコだと答えると、それはいいですねえ、とうらやましそうな声を出した。若い女性の編集者などは、私もトルコには憧《あこが》れてるんです、なんて言い、行ってみたいなあ、とため息をついたりしたのだ。

ところが今年の旅行は、行く前から様子が全然違っていた。

「五月の連休に海外旅行をするんですよ」

「ほう。どちらへ行かれるんですか」

「ウズベキスタンです」

「は？」

「ウズベキスタンという国です」

「それは、どこにあるんです」

「中央アジアです」

「はあ。そこには何かあるんですか」

「サマルカンドという、歴史のある古い町がありますす」

「きいたことがあるような、ないような」

「サマルカンドはティムール帝国の都《みやこ》だったところで、青の都と呼ばれてます」

「ティムール帝国って、何でしたっけ」

というような具合なのである。

記憶力のいい人で、ウズベキスタンって、サッカーのワールド・カップのアジア地区予選で日本が闘った相手国のひとつでしたよね、ということを覚えているだけ。

「そんなところに何か見るべきものがあるんですか」

なんて言う人までいた。

もちろん、大いに見るべきものがあるのだ。まだ日本ではあまり人気になっていないが、この先、中央アジアの、内陸シルクロードの、オアシスタウンの、青いドーム屋根を持つモスク（イスラム寺院）の見事なロマンチック古都として、サマルカンドはきっと人気が出てくるであろう。

しかし、私はそこに目をつけるのが早すぎたため、誰にもうらやましがられない旅行になってしまった。

まずは、ウズベキスタンについて基本的な説明をしよう。

一九九一年に、ソ連が崩壊してあそこはもとのロシアという国になった。その時に、中央アジアにある、下にスタンという語のついた国が五つ独立した。

東（日本に近いほう）から順に、キルギスタン（最近はキルギスと称している）、タジキスタン、ウズベキスタン、トルクメニスタンと、その四つの北にかぶさるように大きなカザフスタンだ。位置的には、中国の新疆《しんきょう》ウイグル自治区と、カスピ海にはさまれたまさに中央アジア。そしてウズベキスタンは、アフガニスタンの北あたり、だと言えばおよその位置がわかるだろう。

あのあたりは長く遊牧民族の住むところで、イスラム化しており、数々の王朝が入れ替わっていた。民族的にはトルコ系の中央アジア人と言っていいだろう。

そこが、十九世紀末頃に、帝政ロシアに支配され、二十世紀になってソ連の一部となっていた。そして、一九九一年に、ソ連が崩壊して五つの独立国となったのだ。

五つの国の中では、ウズベキスタンが最も安定していて、観光で見るべきポイントも多い。なんと言っても、サマルカンドがあるというのが強いわけだ。ほかに、ブハラ、ヒヴァ、フェルガナ地方なども歴史があり、見所である。首都はタシケント。

余談だが、隣のタジキスタンは、長く内戦が続き、今も反政府テロ活動が続いていて、観光で行けるところではない。一九九八年七月に、国連のタジキスタン監視団UNMOTに参加していた元筑波《つくば》大助教授秋野《あきの》豊《ゆたか》氏がテロ集団によって殺されたことはよく知られているだろう。

その連想で、ウズベキスタンもそういうこわいところじゃないかと思っている人がいるかもしれないが、そうではない。

日本から行くには、韓国のアシアナ航空が直行便を出しているので、金浦《きんぽ》空港で乗り替えてその便でタシケントに入ることになる。

そのようにして私は、草原と砂漠の国の首都に着いた。

2

タシケントは大都市である。路面電車も走っているし、地下鉄もある。道幅《みちはば》が広くて、なんとなくソ連的な印象がある。

しかし、私が参加しているパッケージ・ツアーは、夜中に着いたタシケントには一泊するだけで、翌朝すぐにバスでサマルカンドへ向かうのだ。タシケントの観光は旅の最後ということになっていた。

タシケントからサマルカンドまでは約三百キロ。約四時間の行程だった。

五月一日のウズベキスタンは春である。新緑の頃で、菜の花畑が黄色い絨毯《じゅうたん》のように広がっていたりする。

ただし、内陸なので昼は三十三度ぐらいにもなる。そして、朝晩は寒い。一日に四季がある、なんて言われているのだ。

昼にはサマルカンドに到着した。憧れのオアシスタウン、サマルカンドである。人口三十六万人のまずまずの都市であると同時に、歴史の都でもある。

ホテルで昼食をとったあと、まずはグリ・アミール廟《びょう》（グル・エミル廟と表記することも）へ行った。ティムールの一族が眠る廟である。旅は、いきなりティムールの墓から始まったのだ。

イスラム風の建築物に、まず圧倒される。

この国を見てまわるうちに、同じような建物をいやというほど見ることになるのだが、中央アジアのイスラム建築である。

私は海外はインドとトルコにしか行ったことがなかったのだが、そのどちらでも、イスラム建築を見ている。インドにはムガール朝の時代があり、その時はイスラム文化なのだ。有名なタージ・マハルや、名高いモスクを見た。トルコでも、イスタンブールのスレイマニエ・モスクなどたくさんのモスクを見た。

ウズベキスタンのイスラム建築は、それらと似たところもあり、違うところもある。

イーワーンというアーチ型のくぼみを持つ門があり、ドーム屋根を持つ礼拝《れいはい》所があり、ミナレットという塔が建ってるなんてところは、すべてのイスラム建築に共通である。

しかし、インドのイスラム建築は主に赤砂岩で造られているために赤っぽい（タージ・マハルは白大理石で造られていて別格だが）。

トルコのモスクは、灰色の石で造られていて、外観が重々しく、簡素である。

それに対して中央アジアのイスラム建築は、黄褐色のレンガを積んで造ってあり、基調となる色は白っぽい黄色である。つまり、砂漠の色という感じなのだ。そして、その建物に色つきタイルを張って装飾がしてある。門の前面や、ドーム屋根にタイル装飾があるのが中央アジア式なのだ。そして、ティムールがその色を好んだ、ということもあって、タイルの主な色は青である。砂色の建物が青いドームを持っている、というような感じだ。サマルカンドが青の都と呼ばれるのはそのせいである。

建物の説明を文字だけでしても実態を伝えることはできなくてもどかしいが、見れば必ず息をのむであろう。門の大きさ、天をつく青いドーム、砂色のミナレット、左右対称の幾何学的デザイン。それは砂の国の幻想の建造物というイメージなのである。

グリ・アミールとは、タジク語で〝支配者の墓〟という意味。もともとそれは、ティムールが、若くして戦死した孫のムハンマド・スルタンのために建てた廟だったが、一四〇四年に完成したその翌年、ティムールも急死したので彼自身もここに葬られた。

廟の中には、いくつかの石の柩《ひつぎ》が並んでいるが、一階にあるそれはダミーであり、本当の柩は地下に、同じ形に並べられている。私は、そのどちらも見た。

中央に黒っぽいティムールの柩があり、周囲に、彼の息子たち、孫たち、聖人の柩などがある。

一九四一年にそれらの墓は開《あ》けられ、調査されている。ティムールは、脚《あし》が悪かったと伝えられているのだが、そこにあった骨からそのことが確認された。また、ティムールの孫のウルグベグは、刺客《しかく》に首をはねられて死んだと伝えられるのだが、その骨は確かに首が切断されていた。

つまり、それらの骨は本物だということである。そして、ティムールの頭蓋骨《ずがいこつ》をもとに、顔が再現されている。その廟にその再現像があるわけではないが、関係資料などを見ているとよくその写真が出ている。ヘルメットのような冑《かぶと》をかぶり、髭《ひげ》をたたえたその顔は、「勇敢にして恐れを知らず、あたかも強固な巌石《がんせき》の如《ごと》くであった」と伝えられる通りのイメージの、意志の強そうな面構《つらがま》えである。

このシリーズの第一回（7ページ）で取りあげた伊達政宗《だてまさむね》も、墓から出た骨をもとに顔が再現されていたが、ティムールも同様のことになっているのだ。写真のない時代の偉人の顔がそのやり方によってある程度わかるのはありがたい。

おっと、いきなりティムールの墓を見てしまい、基本的な説明を忘れていた。ティムールとは、いつ頃の人なのか。

その人は一三三六年生まれ、一四〇五年没である。日本の歴史で言えば室町《むろまち》時代で、将軍足利義満《あしかがよしみつ》とほぼ同時代人だ。義満が金閣寺《きんかくじ》を建てていた頃、ティムールもサマルカンドにいくつかの名建築を建てていた、と考えればいい。

グリ・アミール廟はかなり崩壊が進んでいたのだが、一九九六年に修復工事が完了し、今は昔の美しさを取り戻している。

そのことは、ウズベキスタンにある遺跡のほとんどに共通している。一九九一年に独立して、以後は共産主義大国ソ連から離れて独自にやっていかなくちゃいけなくなって、観光を産業のひとつの柱にしようと、あっちでもこっちでも大いに修復工事が行なわれたのだ。そのおかげで、今行けば見るべきもの（主にイスラム建築）がとても多いということになった。この先ブームになるかもしれないのはそのせいもある。

3

簡単に、ウズベキスタンの歴史を説明しよう。

簡単にしかできないのだ。どんな王朝が栄えたか、なんてことまで細かく見ていくと、めちゃめちゃややこしいのだから。あのあたりはコラズムという地方名なのだが、あんな内陸地方がどうしてまた、と思うぐらいに、歴史的変異が濃密なところなのだ。

旧石器時代の遺跡などもあるし、世界で最も古いもののひとつである農耕の遺跡もあるのだが、そういう先史時代のことはひとまずおこう。

あのあたりはまず、シルクロードのおかげで栄えた。中国とヨーロッパを結び、物品と文化が流れたシルクロードにはいろいろのルートがあったが、内陸シルクロードというものひとつがあの国を通っており、サマルカンド、ブハラ、ヒヴァなどはオアシスタウンとして古くから繁栄したのだ。物流があるのだから商業都市として栄え、文化もおこった。

紀元前七世紀に、黒海《こっかい》北岸（今のウクライナのあたり）にスキタイ人がおこり、黄金の装飾品を持つ文化を築いたことは有名だが、その頃もシルクロードを通じて、サマルカンドやブハラはスキタイと交流をしていた。ブハラのあたりは金を産出するので、スキタイの黄金文化への金の提供地であったと思われる。

砂漠と草原の地方だが、決して辺地ではなく、むしろ文化の交流ルート上の重要地点だったのだ。

オアシスタウンでは商業と、農耕があり、それ以外の草原地帯には、遊牧民族がいた。もともとのそのあたりの民族は、ソグド人であった。

交通のメインルートなのだから、紀元前四世紀にアレキサンダー大王がインドまで大遠征をした時には、もちろんサマルカンドも攻略されている。

唐《とう》の玄奘《げんじょう》（三蔵法師《さんぞうほうし》）がインドへ行った時には、ヒマラヤ山脈を迂回《うかい》しなければならないので、大まわりしてウズベキスタンを通っている。つまり、中国と、インドと、ヨーロッパを結ぶ道はそれしかなかったと言えるぐらいなのだ。

八世紀には唐と戦って勝ち、中国の紙の製法がもたらされ、サマルカンドに世界最初の製紙工場が造られている。すごく文明の地だったのだ。

そういうサマルカンドあたりに、九世紀から十世紀にかけて、二つの大きな変化がおこる。その二つとは、トルコ化と、イスラム化である。

もともとは中国辺境の突厥《とっけつ》人であったトルコ系遊牧民（チュルク族ともいう）が、じわじわと西へ進んできて、中央アジアに根をおろし、さらには今のトルコまで進むのだ。トルコ人というのは不思議な民族で、進んだ地方で王朝を建てたりせずに（オスマン・トルコは別）、もとからの王朝の軍人や貴族になって食いこんでいくのだ。そしていつの間にかそこの言葉がトルコ語になってしまう。

そういうわけで、今もウズベキスタンの公用語のウズベク語は、トルコ語系である。

もうひとつのイスラム化とは、アッバス朝のペルシアから聖戦《ジハード》をくらい、イスラム教に改宗《かいしゅう》していったことである。もともとはゾロアスター教徒であり、一部仏教も入っていた地だったが、ここでイスラム化したのだ。

それ以来、今もウズベク人の大多数は、戒律《かいりつ》のゆるいスンニ派のイスラム教徒である。

そして、一二一九年、中央アジア（コラズム）に襲いかかってきたのがチンギス・ハーンである。あの大征服王の使者を安易に殺してしまったという失敗のおかげで、完膚《かんぷ》なきまでに叩きつぶされたのだ。

翌年三月、サマルカンドは廃墟《はいきょ》と化し、人の住めるところではなくなった。

今、サマルカンドの旧市街の外《はず》れに、アフラシャブの丘という、見渡す限り草しか生えていない枯れた大地の丘がある。ほんのわずかの羊飼いだけが羊を追っている。その丘が、チンギス・ハーンが破壊する前のサマルカンドの町があった場所だ。かつては「人間が見た中で最も美しい眺《なが》めのひとつ」と言われた都が、そのように消滅しているのである。チンギス・ハーンが破壊する前のサマルカンドは人口五十万人もいたと言われているのだが、その大都市が消し去られたのだ。

かくして、中央アジアはモンゴルに支配されることになる。

チンギス・ハーンは次男のチャガタイ・ハーンを派遣し、中央アジア一帯はチャガタイ汗《ハン》国となる。

それから百五十年ほどは、チャガタイ汗国が東西に分裂したり、小さな王朝が出かけたりはしたが、モンゴル支配下の時代だった。

ただし、チンギス・ハーンやその子孫たちモンゴル人は、町を壊し、金品を略奪するだけで、決して自分たちの町は造らないのだ。遊牧の騎馬民族で、自分たちは天幕《てんまく》に住み、どんどん移動するのだ。都を築いたり、宮殿を造ったりしないことでは徹底している。だから、コラズムのもともとの部族も、モンゴルに逆らわなければ存続できた。

そういう状況であった十四世紀の中央アジアに、ティムールが出現する。

4

ティムールはモンゴル系の人である。

五代前に、チャガタイ・ハーンの重臣として中央アジアにやってきたのがティムールの家祖だという説がある。一家は一時期ペルシアに移住していたが、ティムールの父の代にトルコ化したモンゴルの小部族の族長となったという説や、貧しい鍛冶屋《かじや》だったという説や、定住する農耕民となっていたという説などがある。モンゴル系ではあるがそう大した家の子ではなかった、というあたりが事実に近いのかもしれない。

ティムールはサマルカンドの南、シャフリサーブス（昔の名はケシュ）という町の郊外の村に、一三三六年に生まれた。幼い頃の話がほとんど伝わっていないのだが、弓矢と乗馬が得意で、人を統率する才にたけていたらしい。

ティムールはチュルク語とタジク語を話せたが、読み書きはできなかった。ただし、読み手に本を読ませてよく聞き、教養はあった。医学、天文学、数学、建築を好んだ。記憶力が確かで、嘘と冗談が嫌いだった。自分に都合の悪いことでも、事実を話されるのを好んだのだ。声は太く、力が強くて勇敢だった。

そして、右脚が不自由だった（いつ、どんな怪我によって脚を悪くしたのかについては諸説ある）。

そういうティムールは若い頃、盗賊の親分だった。七人だとか、九人だとか伝えられる親友の子分を率《ひき》いて、近隣から羊や牛を盗《と》っていた。指揮が見事なので子分は三百人、五百人と増えていき、隊商を襲ったりするなかなかの勢力となっていった。

ティムールが二十五歳の時、ただの盗賊の親分であった彼に転機が訪れる。小説ならば彼にこう言わせるところであろう。

「もう盗賊なんかで満足している時ではない。おれはやるぜ」

「何をやるんで？」と子分。

「この国を盗る」

「ふへっ。この国を」

「ただこの国を盗るだけではない。この国を今の十倍にも、二十倍にも大きくしてやる」

戦《いくさ》上手のこの親分なら本当にやるかもしれない、と子分は思ったであろう。

一三六〇年、モンゴルのトクルグ・ティムールが、チャガタイ汗国の再興《さいこう》をめざして中央アジアに侵攻してきた。それに対して、各地の領主はばらばらでひとつにまとまらず、逃げまどう始末だった。

その時ティムールは、トクルグ・ティムールの家臣になる。私はモンゴル系の者です、なんてことも言っただろう。そして、故郷シャフリサーブス（ケシュ）の代官となる。

こうして、一領主の地位を手に入れたのである。そして、いつまでもトクルグ・ティムールの家来ではいない。

チャガタイ汗国の血を引くエミル・フセインと手を結び、まずトクルグ・ティムールとの関係を切る。トクルグ・ティムールは一三六三年に死んだ。

次は、盟友《めいゆう》だったエミル・フセインとの戦いである。途中いろいろあるのだが、一三七〇年、ついにエミル・フセインを倒し、ティムール帝国を建てる。その時、都をサマルカンドに移した。

それからのティムールはまるで戦争の鬼である。ひとつ戦争に勝てば、すぐ次の戦争に出かけるという具合で、生涯休む暇なく各地に侵攻し続けた。その結果、東は中国の西辺から西は小アジアまで、南はインド北部から北は南ロシアの草原地帯にいたる世界帝国の建設に成功したのである。

インドを攻め、イラン（当時はイル汗国）を攻め、一時はオスマン・トルコを取り、エジプトのマムルーク朝を倒し、中国の明《みん》に攻めのぼろうとして急死したためにそれは中止になった、というのだからすごい。一代でまさに大帝国を築いたのだ。

ティムールの戦争のやり方は苛烈《かれつ》だった。敵をみな殺しにしたり、何万人も土に生き埋めにしたこともある。襲われた町は何もかも略奪された。

現代人の倫理観で言えば、暴虐《ぼうぎゃく》の略奪者のように見えるかもしれない。無慈悲で悪魔のような侵略者だと。だが、それは時代性というものを知らない子供の考え方であり、ヨーロッパ史観にうまくまるめこまれた考え方だと私は思う。

アジアの遊牧民族にとって、偉大なる王とは、殺して、盗って、次へ進む、という者なのだ。フン族のアッティラも、チンギス・ハーンも、ティムールもみな同じである。

それを、何万人も殺したから悪い王です、なんて、たとえばイギリス人あたりに言われるのは、ちゃんちゃらおかしいのだ。イギリスはインドをうまく経営したからいいんです、なんてのはひどいごまかしなのである。

私のウズベキスタン・ツアーには現地のロシア人の女性ガイドがついていたのだが、その彼女が、ティムールは武力で支配したおそろしい王だった、なんてことを言うので私はムカムカした。

あんたの国（ロシア）が十九世紀末にこのあたりの人々にしたこと（侵略）を棚にあげて、よくそういうことが言えるものだ、と思ったのである。もちろん、そんなことを言いはしないが。

とにかく、今の感覚でティムールをこわい王だと言うのは子供っぽいことである。世界史とは、ずーっとそういう移動と、戦争とで形成されているのである。それを人類がほんの少し反省したのはこの五十年間のことなのだから。

過去の歴史としてティムールを見る我々としては、ものすごい大王だなあ、と思うのが妥当《だとう》だと私は思う。

そして、むしろティムールは、チンギス・ハーンにくらべればはるかに建設的な活動もした。もともとはモンゴル系とは言うものの、五代も中央アジアにいて、定住生活も知っていたティムールは、サマルカンドやシャフリサーブスで大いに町の建設をしているのだ。

破壊者であると同時に、都の建設者でもあったのであり、その点はチンギス・ハーンとはまるで違っていた。

サマルカンドには、征服した地域から一流の職人、芸術家、学者、神官が集められ、巨大で壮麗な建造物が次々に造られた。サマルカンドには世界の富と文化が集中し、未曾有《みぞう》の大繁栄がもたらされたのだ。

そんな栄華《えいが》の名残りを、私は現地に来て見ているのである。

5

次に私は、レギスタン広場を見物した。

大きな広場を囲んで、三つのメドレセが建っている。メドレセとは、イスラムの神学校のことであり、この旅行中に私は各地でたくさんのメドレセを見た。今の感覚で言えば、宗教大学のようなもので、それがいっぱいあるのは、文化的にとても進んでいたことを表わしている。

ただし、我々の目から見ると、メドレセはモスクと大差ない建造物である。イーワーンのある大きな門があり、ドーム屋根があり、ミナレットが建っているのだから。中庭を囲む回廊部分が、寄宿学生の個室（二人で一室だそうだ）になっていて、その入口がずらりと並んでいるところがやや学校らしいか。

レギスタン広場にある三つのメドレセは、どれも壮大で見事なものである。それが三つ集中しているだけで、迫力に圧倒される。

いちばん古いものは、十五世紀にティムールの孫のウルグベグによって建てられたもの。この、ウルグベグというのは学問好きで知られ、自《みずか》らも優秀な天文学者だったという人で、ウズベキスタン観光をするとあちこちで耳にする名前である。

あと二つのメドレセは、十七世紀に建てられたもの。とにかくまあ見事なものだが、見てない人にムードを伝えるのはむずかしい。かつてここは世界有数の大都市だったんだ、ということが実感できる、とでも言っておこうか。

我々の一日目の観光はそこで終わり、残りは二日目だったのだが、ここには、見物したところをまとめて書いてしまおう。

翌日はまず、アフラシャブの丘（昔のサマルカンドの廃墟の丘）を見た。それから、ウルグベグの天文台跡。学者であったウルグベグが造った天文台で、巨大な六分儀《ろくぶんぎ》の地下に埋まっていた十一メートル分が残っている。この六分儀はかつて地上四十メートルもあったのだそうだ。

次に見たのが、シャーヒズィンダ廟群。イスラム教の聖地で、階段だらけの丘の道に沿って十以上の廟が並んでいる。古くから聖地で、チンギス・ハーンもここは破壊しなかったところであり、ティムールの縁者の廟もある。

感じとしては、高野山《こうやさん》のような、聖なる宗教ゾーン、といったところか。イスラムの聖地なので、観光客だけではなく、その国のイスラム教徒がどっとお参《まい》りに来ていて、とても賑《にぎ》わっている。ウズベキスタンの田舎《いなか》から来ているらしい娘さんたちは、着ているものの色が華やかで活気があった。

それから、ビビハニム・モスクへ行った。

これは、ティムールが愛妾《あいしょう》のビビハニムのために建てたもので、あきれるほどのスケールのモスクである。中央アジア最大のモスクで、サッカー場がすっぽり入ってしまうほどの敷地に大モスクと二つの小モスクが並んでいる。モスクのドームは、ティムールの好んだ青色のタイルが張られていて美しい。青の都を紹介する写真によく使われる。

ソ連時代のこのビビハニム・モスクの写真を見ると、レンガは崩れ、ドームは欠け、ほとんど廃墟のようである。それが今は見事に修復されているのだ。そして今も、入口の大門の修復工事中だった。

いやでも、ティムールの持っていた権力の大きさを感じさせてくれるモスクである。

ビビハニム・モスクの次に、すぐ近くのバザールへ行って見物した。その昔から、あのあたりではバザールで商取引きが行なわれるのであり、今もバザールは大変な活気である。

巨大な、なんでもマーケットであり、個人の出店が無数に並んでいて、人々がたむろして日常の買い物をしている。ただ見てまわるだけで楽しくなってくる庶民空間だ。

野菜が豊かで、食料はまずまず足りているが、お菓子は素朴で、日常生活用品の石ケンとか電球などはまだそういいものがない、という様子に見えた。

ウズベキスタンの通貨はスム。一ドル百二十円ぐらいの時に、一ドル百四十スムぐらいだったから、一スムは〇・九円ぐらい、まあ約一円と考えればよいか。ホテルでコーラを飲むと二百スムだったが、公園の売店では四十三スムだった。公定レートでは一ドルが百四十スムだが、闇では一ドルが四百スムぐらいになる、という話だった。

バザールで感じられる人々の生活ぶりは、貧しそう、と言っては失礼だが、今スタート地点についたところで繁栄はこれから、という印象だった。四十年前の日本を見るような感じ、と言えば年配者にはわかってもらえるかもしれない。決して人々が飢《う》えている感じはないのだが、石ケンや歯みがきなどがとても素朴でなつかしい、と言うか。

さて、話を変えよう。

一日目の観光のあと、私と妻は、泊まっているホテルにほど近い大通りの中央広場のようなところへ行ってみた。そこに、ティムールの銅像があるからである（67ページ）。

それは巨大な銅像だった。王座にすわっている像だが、高さが約十メートルぐらいはあろうか。王冠をかぶり、王笏《おうじやく》のようなものに手をつき、ガウンのような服を着て肩かけをしている。

顔は凛々《りり》しいが、やや優しげに造られていた。大征服者というよりは、国の父という印象を受ける像である。

像が巨大なのは、ソ連時代からの癖がつい出てしまったのかもしれない。つまり、そのティムール像はほんの数年前に造られたもので、それ以前（ソ連時代）はそこに、レーニンの像が建っていたのだ。

ソ連から独立して、レーニン像でもあるまいということになり、国の英雄ティムールの像ができたのだ。ウズベキスタンはその英雄を国のシンボルとして、新しい道を歩みだしたばかりなのである。

6

ウズベキスタンの料理は、あまり洗練されてなくて、今ひとつという感想を抱いた。

肉が、マトンである。マトンだって食べ方によってはおいしいものだが、トルコ料理にくらべると調理が未熟で、ちょっと臭いのだ。

トルコ料理に欠かせないオリーブ油が、ここにはないのが残念である。オリーブは地中海地方にしか育たず、この国では油が、コットン・オイル、つまり綿実油《めんじつゆ》である。とても油っこい。

ウズベキスタンの国のシンボルは綿花であり、大統領官邸（タシケント）の塀にもその絵が描かれている。ソ連時代にここは、綿花の生産を担《にな》わされていたのだ。国の命令でそればかりを作っていた。そのせいで今もオイルがコットン・オイルなのだ。

パンはまずまずいける。チャイハナ（茶店）のナンは特にうまい。

意外なのは、中国料理によく似た料理があることである。

プロフという炒飯のようなもの、マンテという肉饅《にくまん》、餃子のようなもの、うどんのようなもの、などがあった。ただしどれも、マトンを煮込んだスープで味をつけ、綿実油のせいでこってりと油っこいので、あまり食べやすくはない。それらはすべてシルクロードを通って中国から伝わったものなのかと考えてしまうが、そう言っていいのはうどんだけである。ピラフの原型はペルシアの料理でそれが中国へ伝わって炒飯になったのだ。トルコ人の兵糧食だったマントゥというものが中国に伝わって饅頭や餃子になった。西から東へ伝わった料理も多いのである。

ウズベキスタンの料理は、あのおいしいトルコ料理の原形であり、それのおそろしく粗《そ》野《や》なものだな、というのが私の感想だった。

そんな時についついトルコを思ってしまうのは、根っこのところで同じチュルク人なので、共通性があるのだ。

ここで脱線をして、なぜ私はウズベキスタンなんていうところへ行ったのか、という話をしよう。それまでにインドとトルコしか行ったことのない私が、次に選んだのがどうしてウズベキスタンだったのか。

それは、インドとトルコのルーツのあるところが、ウズベキスタンだったからである。

インドのムガール朝の始祖、バーブルは、ティムールの血を引く者で、ウズベキスタンのフェルガナ地方の出身なのだ。彼は若い頃に国を征服しようとして、何度もサマルカンドに攻めのぼっている。一度はサマルカンドをおとしたが、すぐに追い払われたり。

そこで、新天地に希望を求め、バーブルは南下してインドへ行ったのである。彼の心の中の理想の地はサマルカンドだった。

一方のトルコは、既に書いたように、中国辺境の突厥人が西へ西へと進んでいって、セルジュク・トルコの時代を経て、十四世紀にアナトリア半島にオスマン・トルコとして建国した。そして後には、コンスタンティノープルを陥落して東ローマ帝国を滅ぼし、その都の名をイスタンブールと変える。

そういう強国のオスマン・トルコも一度はティムールに征服されかけたのだが、ティムールが急死して息を吹きかえすのだ。トルコ人（チュルク族）は中国から出て、西アジアまで進んだわけであり、同じ一族がその道すじに残っている。ウズベキスタンはそういう意味で、トルコ人のルーツのひとつなのだ。マトンを食べるイスラム教徒で、遊牧がもともとの生活、だというようなところが共通している。言葉も同じグループである。

インドとトルコへ行ってみたら、自然に、そのルーツのサマルカンドが見たくなった、というのが私の旅の動機だったのだ。

そして行ってみると、私の考え方が間違っていなかったことがわかった。ホテルでテレビのチャンネルを回してみると、自国の放送以外に、インドの放送と、トルコの放送が映るのだ（ロシアの放送も映ったけど）。

八年前に独立して、資本主義国の一年生になったウズベキスタンに、経済進出して手をとり足をとり導いてくれるのが、インドとトルコなのだ。私がサマルカンドで泊まったホテルはインド資本で建てられたものだった。タシケントで泊まったホテルはトルコ資本のもの。

自動車工業や、綿工業の会社がインドやトルコとの合弁《ごうべん》で作られているという話もきいた。なんとなく、その二国との関係が強いのである。

脱線話をさらに脱線させると、その二国以外でもうひとつ、ウズベキスタンに経済進出している国は韓国である。だから韓国のアシアナ航空が直行便を持っている。

そのわけは、ウズベキスタンにはほんの少し、韓国系の人が住んでいるのだ。サマルカンドやタシケントのバザールに、キムチを売っているコーナーがあり、そこには我々日本人とよく似た顔立ちの韓国系の人がいた。

第二次世界大戦後、ソ連に抑留《よくりゅう》されてここへつれてこられた人たちだそうである。同じ時に日本人捕虜《ほりょ》もここへ抑留されて、タシケントにある劇場の建設にたずさわったりしているのだが、日本人は病没した者以外は日本へ帰った。ところが韓国系の人たちはこの地に残ったのだ。そんな縁で、韓国もウズベキスタンに経済進出している。

ウズベキスタンの人種構成はウズベク人が七五パーセント、ロシア人が六・五パーセント（ソ連時代には一〇パーセントだった）、タジク人が四・八パーセント、カザフ人が四パーセント、その他が約一〇パーセントというところだが、その他の中に、韓国人二パーセント、というのがあるわけだ。

だから、我々旅行者が歩いていると、ウズベキスタンの人はすぐに日本人だと見抜く。よく知っている韓国系の人間とよく似た顔をしていて、カメラをぶらさげている景気のよさそうなのは日本人、と判断するのだろう。旅行中あちこちで、ジャパン？　と声をかけられた。

旅行中に、あんなにジロジロと好奇の目で見られたのは初めてだった。ウズベキスタンの人は、まだ外国人が珍しくてたまらないらしい。すごく見つめるのだが、もじもじして、気やすく話しかけてはこない感じである。その昔、戦後すぐの頃には日本人も、外国人を見るとそれだけであがってしまった。うわ、アメリカ人だ、リッチなんだよなあ、と憧れたりした。そんな感じが、今のウズベキスタン人にはあるのである。

ウズベキスタンはまだまだ貧しいかもしれない。一流ホテルのスプーンやフォークがペナペナのものだったりする。サービス、なんて概念に不慣れな感じである。

そして、ソ連時代の名残りがなんとなく残っている。空港の職員の態度がおっそろしく尊大で、仕事があきれるほど遅かったりするのだ。

ホテルのバスに湯が出ないとか、便座のすわり心地が最悪だ、なんてのもソ連風だ。それと、これからあの国へ行く人にアドバイスしたいのは、トイレット・ペーパーを一ロール持っていきなさい、ということ。タシケント、サマルカンドあたりはともかく、西へ行くに従ってものすごいペーパーになるから。

でも、それはまだ資本主義国として一年生だからである。これからだんだんに、あの国も発展していくことであろう。

7

この稿はティムールとサマルカンドについて語るものだから、私がまわったほかの場所の話はごく簡単に触れるだけにしよう。

ブハラ、へ行った。シルクロードのオアシスタウンとして古くから栄えたところで、世界遺産に指定されている歴史の街だ。砂色のイスラム建築や、キャラバン・サライ（隊商宿）や、タキと呼ばれる古いバザールなど見るべきものがいっぱいある。

カラーン（カリアンともいう）ミナレットは四十六メートルもある高い塔で、そこに登ったのは面白い体験だった。

ブハラから西へ、ヒヴァまで行った。その道は、キジルクム砂漠の中を行く旅である。砂漠といっても、砂が動かないように乾燥に強い姿の悪い植物が植林（飛行機で種をまいたのだろう）してあるので、痩《や》せた草原という具合に見えるが、バスから降りてさわってみたらまぎれもなく砂の大地だった。

ヒヴァは十七世紀に栄えた内城（イチャン・カラ）都市だ。町全体が城壁で囲まれていて、その中に宮殿やモスクが集まっている。まさに砂漠のイスラム・タウンという感じで、別世界へ来たようである。もちろん世界遺産だ。

そこまでひたすらバスで西へ進んで、帰りは飛行機でタシケントに戻った。

タシケントについては、あまり語ることがない。ソ連のムードのある大都市である。イスラムの雰囲気はあまりない。

ただし、私にはそこで、見たいものがあった。そこにも、ティムールの銅像があるのだ。

市の中心部に、ティムール広場というところがあり、そこにその像はあった。

こっちは、馬に乗っているティムールの像である。左手で手綱《たづな》を引き、右手をさしあげている見事な像だ。これはそう巨大ではない。

もちろんこれも、最近造られたものだ。もともとそこにはレーニンの像（やっぱり）があり、独立後はそれをやめてマルクスの像を建てたのだが、それも変だぜ、ということになって近年ティムール像になったのだ。

広場の近くには、ティムール博物館も、まだできたばかりの姿であった。それほど豊富な展示ではないが、ティムールがらみのものが飾ってある。ティムール家の家系図があり、それにはインドへ行ったバーブル以下、ムガール王朝の皇帝たちまで書いてあった。

タシケントの騎馬像もレーニン像跡に建つ

ウズベキスタンは、独立国となって、自国の英雄ティムールを国のシンボルのように売り出していくことにしたのだ。ティムール広場の銅像は、その意気込みが確かに伝わってくる見事なものであった。

しかし、よく考えてみるとそれは

ちょっとした矛盾でもあるのだ。

今のウズベキスタンの中心となる人種は、トルコ系のウズベク人なのだから。ティムールは、チンギス・ハーンが攻めてきた時以来の、モンゴル人の血を引く者である。そういう他から来た支配民族から出た王を、国の英雄としているわけだ。ほかにあんまり偉大な人がいないからだろう。

中央アジアは世界の通路だったのだな、とつくづく思う。そこはあらゆる人種がやってきて、文化を築き、通り過ぎていったところなのだ。その中でティムールは最も大きな活躍をした人間なので、とりあえず国の英雄だと思えばいいのだろう。

内陸シルクロードは、大航海時代が始まって、その繁栄にややかげりが出た。歴史から置き去りにされた辺地のようになったのだ。

十九世紀にロシアが侵攻してきた時、その地の人は鉄砲を持っていなかったので簡単に侵略されてしまったのだそうだ。

そして約百年間、綿花ばかり作らされていて、やっと一九九一年に独立した。

資本主義国一年生のウズベキスタンを、妙に応援したくなってしまった私である。ティムールを旗頭《はたがしら》にして、大いにやってくれ、と私は思ったのだった。

（一九九九年九月号）

●四の旅

織田信長と岐阜、安土《おだのぶながとぎふ、あづち》

愛知をふりだしに戦国の傑物の足跡をたどってゆくと、都市計画者としてのもう一つの顔が見えてきた……。

清洲公園の像は桶狭間出陣を表現したもの

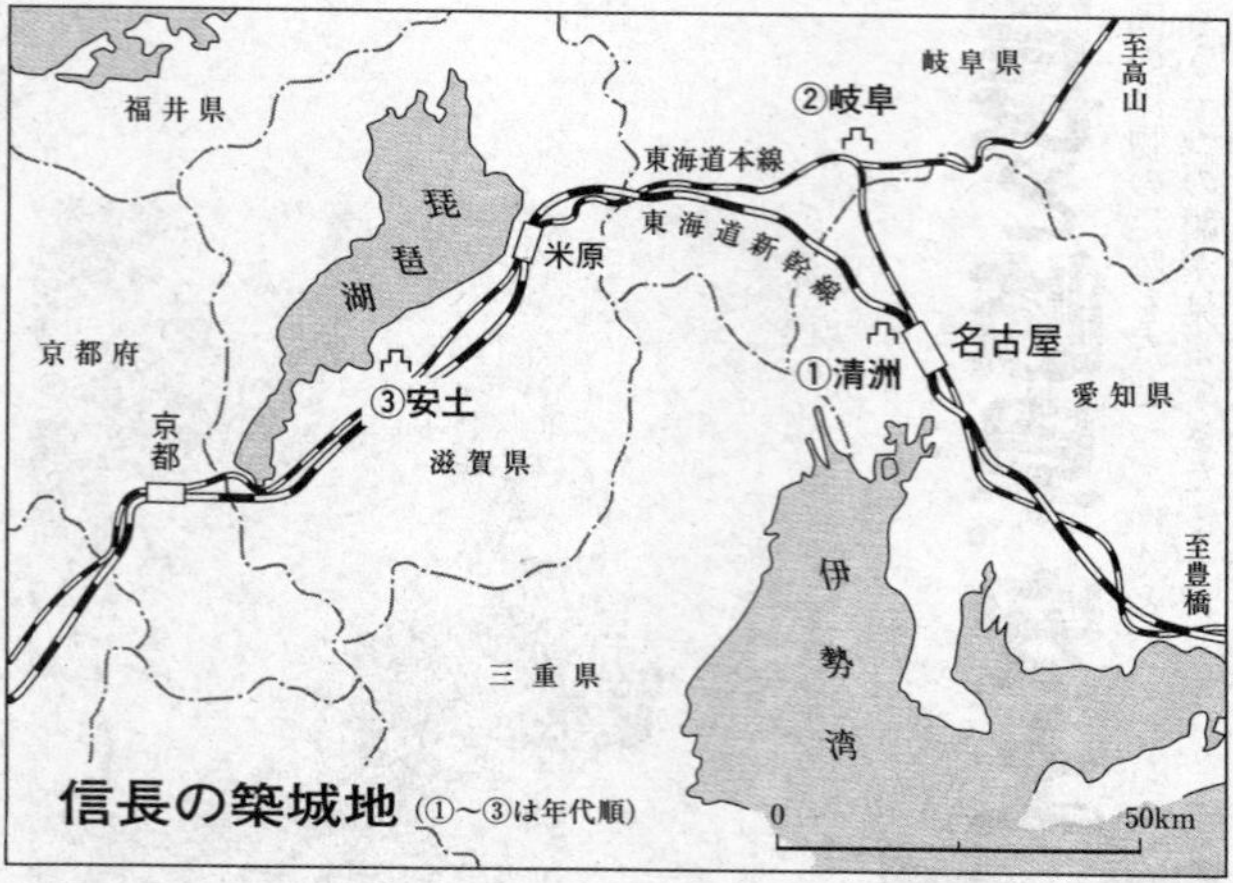

信長の築城地 (①〜③は年代順)

1

簡単にはわからないことも、世の中にはある。いろいろ資料を読み、空想をめぐらし、推理してみるのだが、すぱっと全部わかった気にはなれない。たとえば歴史上の人物について考えるような時、その人物のスケールが大きいほど、理解は一筋縄《ひとすじなわ》でいかない、ということになる。

私は織田信長《おだのぶなが》のことを考えているのである。そして、どうもわからないなあと、途方にくれている。

ただし、もちろんこのわからなさは、何をもってわかったとするかに関わっている。たとえばこのシリーズで前回（67ページ）取りあげたサマルカンドのティムールについては、私はいろいろ、わかったような口をきいている。ティムールについては、あれだけ知っていれば日本では上等のほうなので、平気な顔で、知ってます、と言えちゃうわけだ。だが実はあれは、観光ガイドレベルの、わかってます、なのである。

信長についてだって、観光ガイドレベルでなら、私もいろいろわかっている。しかし、日本史上の偉人で、知名度は抜群で、様々な小説にも描かれている人物のことを、観光ガイドレベルでわかっていても意味ないわけだ。

そう思って、もう少し深く理解しようとすると、さあ、信長はわからない。

うつけ者なのか、天才なのか、本当はどっちだったのだろう。

家来の使い方があきれるほどうまかったのか、恐怖の独裁君主だったのか、どっちだったのだろう。

初陣《ういじん》と言うべき桶狭間《おけはざま》の合戦で成功した奇襲戦法を、その後二度と用いなかったのはなぜなんだろう。

比叡山《ひえいざん》や、石山本願寺《いしやまほんがんじ》や、高野山《こうやさん》を攻めたのはなぜなんだろう。

なぜ明智光秀《あけちみつひで》に討《う》たれたのだろう。

あそこで死ななければ、あの後何をしようとしていたのだろう。

そういうことがすべて、くっきりとは見えないのだ。

楽市楽座《らくいちらくざ》という経済政策をとったことが有名だが、それは何をめざしたものだったのだろう、というのもわかりにくい。

私は、その辺のことがどうもぼんやりとしてわからないまま、信長の城があったところを歩いてみることにした。下調べをして、いくつか信長の銅像があることがわかっていたので、それを訪ね歩くことにしたのだ。銅像をたどるうちに、信長のことがもう少しわかってくるかもしれない、と考えたので。

平成十一年の十月某日、私は、名鉄《めいてつ》の新清洲《しんきよす》の駅で普通電車を降り、田舎《いなか》びた道をぽくぼく歩き始めた。その駅から清洲城まで歩いて十五分くらいなのである。

私は名古屋《なごや》市出身なので、愛知県清洲町にはなんとなく身近な思いを持っている。名古屋市を出て北北西に進むと、新川町《しんかわ》（現・清須《きよす》市）があって、その次が清洲町（現・清須市）だ。すぐ近くなのである。私の育った名古屋市西区は市の北西部にあるのだが、そこから清洲町までは五キロもないのではないか。

私が高校生になった時、それまでの名古屋市立の中学校時代と違って、県内のいろんなところから生徒が集まっていた。そして、清洲町から来ている者もいた。そういう生徒に対して、

「お前《みゃあ》、清洲から来とるんか。どえりゃあ田舎だな」

と、みんなが言っていた。

なるほど、歩いてみると田舎だ。住宅が雑然とあり、ところどころ工場があり、ときどき小さな畑が点在する、というようなところである。五条川《ごじょう》というのんびりしたたずまいの川の土手の桜並木の道を進んだ。

城に着いてしまう前に、信長はどこで生まれたかの話をしておこう。信長は父信秀《のぶひで》の子として、天文《てんぶん》三年（一五三四）、尾張《おわり》の那古野《なごや》城で生まれた。この那古野城は今の名古屋城とは別だが、そう遠くではなかった。

十三歳の時に、父信秀の居城である古渡《ふるわたり》城で元服《げんぷく》した。古渡も今の名古屋市内で、熱《あつ》

田《た》の近くである。

つまり、信長のスタート地点ははっきりと名古屋である。そして、信長の一生というのは確実に一歩ずつ京都へ近づいていく、というものだったが、その最初の一歩が清洲だったのだ。

数え年で十八歳の時、父が死んで家を継ぐ。

この折、尾張守護代《しゅごだい》である清洲城主織田広信《ひろのぶ》(同族で、本家筋)が信長をつぶしにかかろうとしたが、逆に信長は、機先を制して清洲を攻め、広信を殺して城を奪った。弘治《こうじ》元年(一五五五)のことで、数え年で二十二歳である。

それからが、信長の清洲時代だ。まだ勢力は小さいが、戦国大名のひとつとして尾張に立った、というところだ。

さて、私も清洲城に着く。

清洲城の跡というのは、現在、その真ん中をJR東海道本線と、新幹線が通っていて、斜めにだが南北に分断されている。

その南側が今は、清洲公園という公園になっている。それよりは小さい北側が、古城跡ということで、石碑が立っていたり、ふるさとのやかた、という立派な休憩所が建っていたりする。

そして、ふるさとのやかたの前から五条川を赤い欄干《らんかん》の橋で渡ったところに、清洲城が再建されている。昔の本当の位置とは違うけれど、そこしか場所がなかったので、川向こうに城を再建したのだ。

そこでまず私は、清洲公園を見た。人気《ひとけ》も少ない寂しい公園だが、そこには信長の銅像があるのだ(97ページ)。

烏帽子《えぼし》をかぶって、鎧《よろい》を身につけ、左手を刀にかけ、右手で首にかけた数珠玉《じゅずだま》を握っており、ややそりぎみにすっくと立った像である。若武者(顔はちょっと老《ふ》けている)の、いざ出陣という姿に見える。鎧などがかなり細密に表現された、具象的な銅像だ。

その銅像が建てられたのは昭和十一年のことだと、説明の看板でわかった。銅像がきりりとした表情で見すえている方向に、桶狭間がある。

この像は永禄《えいろく》三年(一五六〇)、二十七歳の信長がさて桶狭間へ出陣せん、という姿を表現しているのだ。あの時信長は、ここから出陣したのだ。「人間五十年、下天《げてん》のうちをくらぶれば……」と、「敦盛《あつもり》」の一節を舞い、そのあと、立ったまま湯づけを食べて出陣したという有名なシーンは、清洲城であったことなのである。

銅像を見てから、再建された城を見た。平成元年に、町制百年を記念して建てられた四階建ての天主閣(信長がこの表記を用いたので、天守ではなく、天主と表記している)だ。内部は郷土館である。

立派なものである。夜はライトアップもしているそうで、新幹線の上りで、もうじき名古屋だぞ、という頃に線路のすぐ近くにこの清洲城が見えるが、あんまり近いのであっという間に通り過ぎてしまう。

その中には、信長公桶狭間出陣展示、なるものもあった。信長の人形が「敦盛」を舞っていて、妻の濃姫《のうひめ》が鼓《つづみ》を打っている、というような展示である。

最上階へ出てみたところ、驚いたことに遠くに名古屋城が見えた。見えるほど近いのか、と実感する。

ただし、信長の頃には、そういう景色はなかった。今につながる名古屋城ができたのは江戸時代になってからのことだから。

信長の頃には、尾張の国では清洲のほうが中心（守護代がいた）で、名古屋のほうが田舎だったのだ。信長は一段上昇して清洲に来たのである。

それからいろいろあるのだが、慶長《けいちょう》十四年（一六〇九）に、尾張藩都が清洲から名古屋に移され、清洲城は廃城となり、名古屋城が建てられたのだ。その頃、こういう歌があったそうである。

　思いがけない名古屋ができて
　　花の清洲は野となろう

清洲城の材は名古屋城のために使われ、名古屋城の西北櫓《やぐら》は清洲城天主の古材で作られたため、それは清洲櫓と呼ばれている。

そうか。高校生の頃清洲から来ている生徒のことを田舎者呼ばわりしたのは、昔を知らぬ浅はかな発言だったのだなあ。

2

清洲はそのぐらいでいいだろう。次に私はもとの駅まで戻り、また名鉄に乗って岐阜《ぎふ》に出た。バスを利用して岐阜城の下まで行く。

岐阜城は鵜飼《うか》いで有名な長良《ながら》川のほとりにある金華《きんか》山という山のてっぺんにある。そこへは、ロープウェイで昇る。

桶狭間の合戦に勝って勢力をのばした信長が、次にめざしたのが岐阜だった。

岐阜はその頃稲葉《いなば》山という名で、斎藤道三《さいとうどうさん》の孫、龍興《たつおき》が居城としていた。美濃《みの》をめざす頃の信長を成長期と見ていいだろうか。秀吉《ひでよし》に墨股《すのまた》の一夜城（実際には一夜でできたわけではない）を築かせたりして、太閤記《たいこうき》の側から見ても面白いところだ。

そして永禄十年（一五六七）、三十四歳の信長はついに稲葉山を攻め取り、山の名を金華山と変え、それまで井《い》ノ口《ぐち》といっていたふもとの町を岐阜と改める。

信長の歩みは、奇《く》しくもJR東海道本線の線路の通りに、京へ行こうとする道である。名古屋—清洲—岐阜—安土《あづち》—京都、というコースなのだ。

そういう岐阜に居を構えた信長は、岐阜城を大規模に改築し、城下町の整備を行なったという。

ロープウエイを降りたところからでも十分は階段を登らねばならず、ふらふらになって私は岐阜城に着いた。

私がたどり着いて、中を見学した岐阜城は昭和三十一年に再建されたものである。そして、平成九年に大がかりに新装されたもの。

先に岐阜城のたどった運命を語ってしまうと、天正《てんしょう》四年（一五七六）に信長は安土城を造営し、岐阜からそこに移る。岐阜には信長の子の信忠《のぶただ》が残ったが、六年後に起きた本《ほん》能寺《のうじ》の変の際、自刃する。以後は、織田信孝《のぶたか》、池田輝政《いけだてるまさ》、織田秀信《ひでのぶ》らの居城であったが、秀信が関ヶ原の戦に西軍について敗戦し、それによって織田氏は滅び、城は廃城となった。江戸時代の岐阜は城下町ではなく、町人の町だったのである。昭和になって、信長をしのぶ史跡として、岐阜城は再建されたのだ。

さて、そういう城で、まずは像を見よう。

実を言うと、私はロープウェイに乗る前に金華山のふもとの公園で予想外の信長像を見た。そこには、板垣退助《いたがきたいすけ》の銅像があって、なぜここに板垣退助なんだろうと思ったら、自由民権運動中に、岐阜で刺客《しかく》に襲われて負傷したという事件があったのにちなんだものだ

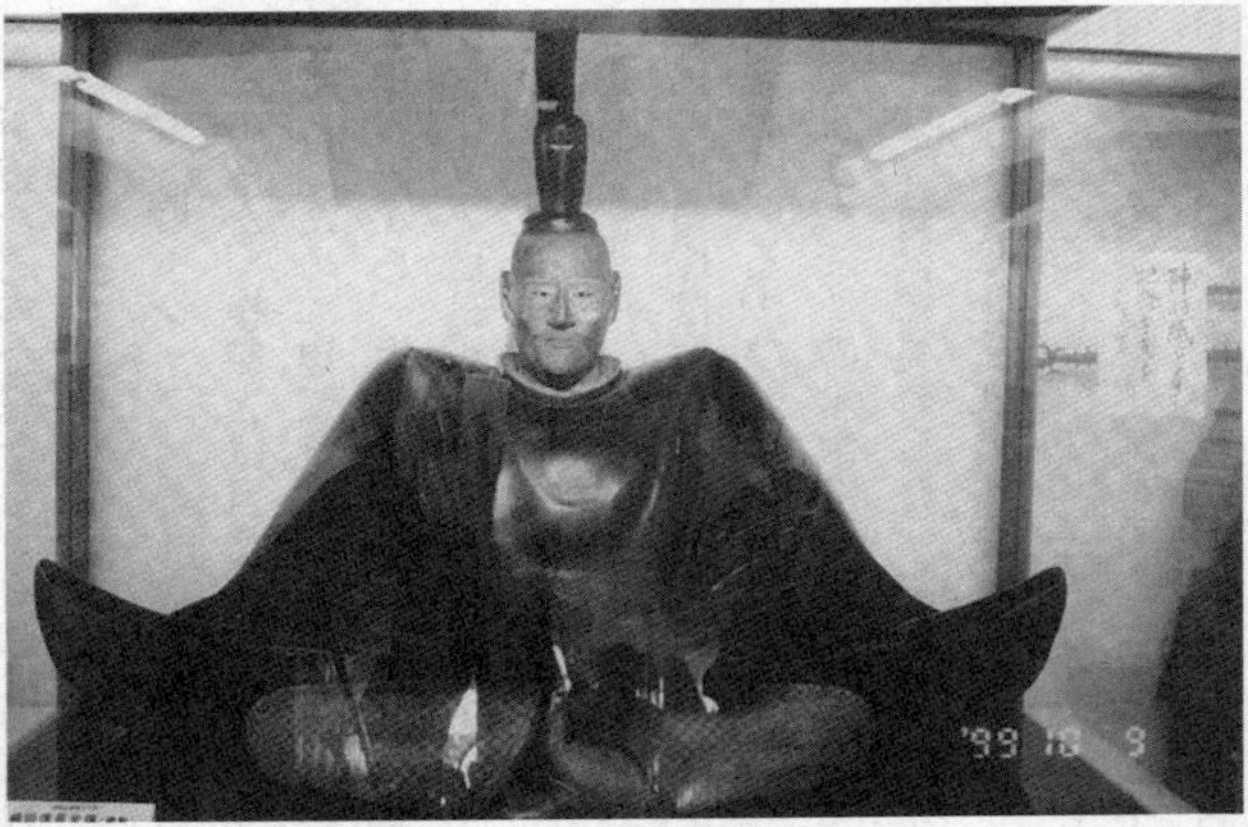

京都大徳寺総見院に伝わる、没後1年に製作された座像の複製（岐阜城）

った。その時に板垣が言ったとされるのが、有名な「板垣死すとも自由は死せず」である。ただし板垣はその時は助かっており、死んだわけではない。

　その板垣退助像を見てさらにうろついていたら、若き日の織田信長、という像を見つけた。走る馬に乗った少年が、弓を射ようとしている姿の像である。そんなものがあることは、まったく調べがついてなかった。

　ただし、その像はこのシリーズで言うところの銅像とはちょっと雰囲気の違うものだった。少年の活動力を表現した芸術作品、という感じのものなのだ。これはそう重要なもんじゃないな、と私は決めつけた。

　私には、岐阜城で見てみたい信長像があったのだ。それは、平成十年から、城の二階に常設展示されている織田信長座像の複製である。新装一周年を記念してそこに置かれるようになったものだ。

私は城の中で、その座像を見た。衣冠束帯《いかんそくたい》姿をしてすわっている等身大の像で、像高は一〇七・四センチ。

その像が、複製とは言え、見る価値ありなのは、本物は、豊臣秀吉が織田信長の菩提《ぼだい》をとむらうために建てた、京都大徳寺《だいとくじ》の総見院《そうけんいん》に伝えられるものだからである。そして像の底部の銘から、織田信長の没後一年に製作されたものとわかっている。

つまり、信長が死んですぐ、秀吉によって作られた像なのだ。だとすれば、秀吉が満足するくらいには、信長に似ているのだろうな、と思えるではないか（製作者が立派そうに誇張してしまう、ということももちろんあるだろうが）。

信長の肖像は数々伝わっているが、どれもやや面長《おもなが》かな、ということ以外は、いろんな顔をしている。ひげがあったのは確かだな、ぐらいのことしか言えない。

そんな中でこの木像は、いちばん本人に似ているんじゃないだろうかと思い、私は大いに興味を持って見物した。細面《ほそおもて》で、眼光《がんこう》が鋭く、少しほお骨の張った顔つきだった。その像があることにより、城に主《あるじ》がいる、という感じがしてよかった。

私は天守閣（こっちはこの字を使っていた）の最上階から、四方をながめてみた。特に、南のながめがいい。南を見ると、まっ平らな濃尾《のうび》平野の全体がながめわたせるのだ。その日は見分けられなかったが、清洲も名古屋も一望の中にあるのだ。

この城を手に入れた時信長は、東海の覇者《はしゃ》になった、という実感を持ったに違いない。濃尾平野を一望できる山の上の城なのだ。そして、そこから背後には山々が連なり、その山を西に越えれば琵琶湖《びわこ》に着くのだ。次なる目標は近江《おうみ》、そして最終目標は京都、とくっきりと進路が描けたであろう。

そこで信長は、岐阜の都市造りをした。

3

陽が落ちた頃、岐阜の繁華街をぶらぶらと歩いてみた。有名な柳ケ瀬《やながせ》のあたりである。きくところによると、このところの不況風の中で、岐阜もなかなか厳しい状況に立たされているのだそうだ。柳ケ瀬にも、閉店してしまってシャッターの降りている店がぽつんぽつんとある。岐阜を活性化するにはどのような策があるか、と知恵がしぼられているのだとか。

ところが一方で、こんなこともきいた。これは名古屋に住む中学生の姪《めい》からの情報なのだが、岐阜って今熱いんだよね、なのだそうである。つまり若い子にとってはホット・ゾーンらしいのだ。

歩いてみて、それを実感した。

まず、言わずもがなだが、岐阜はかなりの都市である。人口四十万人は、中部地方の他の県庁所在地とくらべて、長野《ながの》、福井《ふくい》、富山《とやま》、甲府《こうふ》より多い。江戸時代には城下町ではなかったのに町人の町として栄え、今も商工業が盛んである。名鉄で名古屋と近密につながっている（JRの東海道線もあるけど）ので、姉妹都市のような気分もある。

何より、歩いていて街に若々しい気分が漂っている。若い人が元気に闊歩《かつぽ》しているのだ。私の街診断法に、若い人がちゃんとバカをやっているかどうか、というのがある。ちゃんと流行のファッションを着、流行の化粧をし、道端にたむろしたり、すわりこんだりしているか、だ。岐阜はその点で合格だった。

そういう街の、アーケードのある道を歩いていて、私は発見した。アーケードの天井から大きなたれ幕がさがっていて、そこには、柳ケ瀬楽市楽座、の文字があったのである。

商店街を活性化させよう、となれば、その標語は楽市楽座なのだ。ここは岐阜なんだもの、楽市楽座の元祖なんだぞ、というような強い主張を感じた。

実は私は、清洲でも楽市楽座の文字を見た。清洲城を見物して、その裏のほうへまわり、広場へ出たのだ。その一角で、濃姫の銅像を見つけた。

そして、その広場では明日お祭りがあるということで、出店《でみせ》用の屋根が組まれ、看板がついていた。焼とうもろこしや、うどんや、ぜんざいや、みたらし団子などを食べられる素敵な店がずらりと並ぶらしい。うどん二百円は安いなあと、思わず声が出る。

ところで、その出店の看板に、信長楽市楽座、の文字があったのである。

ここでも楽市楽座か、と驚いた。本当を言うと、信長が清洲で楽市楽座をやったとはきいていないのだが、信長ゆかりの地で出店を並べたら、楽市楽座と呼ばずしてなんとする、ということなのだろう。

それくらい、信長の楽市楽座はよく知られている。

信長は岐阜を新しい城下町として整備する時、楽市楽座ということをやったのだ。後に安土に城を構えた時も、同じことをした。

楽市楽座とは、戦国時代から安土桃山《ももやま》時代にかけて、城下町の経済の統一と繁栄を目的として発布された経済政策である。

中世の商工業は、座、と呼ばれる商工業者の組合を核として展開していた。座は荘園《しょうえん》領主と結びついていたり、商業を独占していたりして、戦国大名が自領の経済を掌握しようとするさまたげになるものだった。

そこで、座から離れて、自由な出店を認める、というのが楽市である。楽座のほうは、ものの本には座の解体を行なったとも書いてあるのだが、いっぺんにそこまでできたわけではなさそうで、楽市を成立させるために、座と調停したり、組んだりしてやっていく、ということらしい。

つまり、独占的商業組合の力を弱め、特別の許可地区では、自由商業を行なえるようにした、というのが楽市楽座である。

そして、これを初めてやったのは残念ながら信長ではない。六角《ろっかく》氏の城下町近江国石寺《いしでら》に出された天文十八年（一五四九）のものが最も古い楽市楽座の令と言われている。

しかし、発案者ではなかったかもしれないが、信長は熱心に楽市楽座を行なった。

つまり信長は、たとえば岐阜を手に入れたら、そこに城を築いて家臣を住まわせ、一種の軍事基地にする、というだけでは不足である、とかなり早く考えついた男なのである。城の近くに、商業エリアも育ててしまい、近代的な都市を形成していくのだ、という発想があったのだ。

楽市楽座の意味はそこにある。

岐阜は、信長がいよいよ本格的に造ろうとした、近代的都市の第一号だったのである。

金華山のふもとに、信長の居館跡が、発掘して整備してある。言うまでもないことだが、平時に山のてっぺんの天守閣で生活していたわけではないのだ。ロープウェイもなかったのだし、当然のことである。

そして、信長居館の周辺に、家来たちの住むところがあったのだろう。羽柴《はしば》秀吉なども、そういうところに屋敷を持っていたわけである。

その一帯が、軍事基地としての城下だ。そしてそれ以外に、楽市楽座の令によって、商人たちの集まってきた商業地があったのだ。そこには自由が保証されていた。

①大名権力などは介入しない。
②あらゆる暴力行使を禁止。
③通行安全を保証し、通行税は免除。
④完全な免税地。
⑤ここでは債務《さいむ》は消滅し、追及されない。
⑥奴隷《どれい》も市場住人となれば身分解放。

そういう保証がされていて、大いに商業が興《おこ》ったのである。

前に言ったように、江戸時代には岐阜は城下町ではなかったのだから、信長の造った岐阜からは一度切り離されたと言うべきかもしれない。しかし、江戸時代にもそこが商業の地として栄えてやってこれたのは、信長が楽市楽座の令でまいた種が育ってのことだったと、言っていいのじゃないだろうか。

そういうわけで、現在の岐阜市が、楽市楽座を喧伝《けんでん》するのは正当なことだと思う。

私は柳ケ瀬にある老舗《しにせ》の川魚料理店で、うなぎの蒲焼《かばや》きと、鮎《あゆ》の塩焼きを食べた。どちらもうまかったが、天然物の鮎が絶品だった。

東京の気取った料理屋で出す鮎の塩焼きは、さっとあぶって、皮が乾いている、ぐらいの焼き方である。身をほぐすと、骨の周辺はゼラチン状に半透明のような具合で、それが粋人の好む焼き方です、なんて言う。私はあれが嫌いなのだ。

相手が鮎でも、魚は皮が黒くこげるくらいに焼け、と思っている。そんなことをしたら鮎のあの上品な香りが消えてしまう、と言われることは知っているが、一度我に返ってしっかり焼いた鮎を食べてみなさい、と言いたい。なるほどこいつも上品ぶったところで川魚だ、といううまさがある。皮が香ばしくてなんともいける。

その店の天然鮎はそんな私好みにしっかり焼いてあり、さすが歴史があり、鮎の本場でもある街は違う、といたく感心したのだった。

4

翌日は、安土に行った。安土は、行くのが大変なところである。

新幹線で米原《まいばら》まで行き、そこから東海道本線（琵琶湖線）に乗り替えて安土まで行く。安土は米原から行って、近江八幡《はちまん》のひとつ手前の駅である。新快速は止まらないので本数の少ない普通電車を待たねばならず、たっぷりと時間をくう。

安土駅前の北広場にはめざすものがあった。信長の銅像である。

その銅像は、四十歳をすぎてからの堂々たるお殿様姿の信長であった。立ち姿の信長が、左手で刀を握り、右手には閉じた扇子《せんす》を持って前にさし出している。安土城の建設を采配《さいはい》している信長の姿、ということだそうだ。

私だけのイメージなのかもしれないが、信長には若々しい精悍《せいかん》さが似合うような気がする。その点でその銅像は、年齢から考えればそれでいいのかもしれないが、なんだかおじさんぽくて信長には似合わないような気がした。

銅像の台座にも、どこにも製作年が書いてなかったので、あとで安土町の役場に電話してきいたところ、平成三年の製作だとわかった。わりに新しいものなのだ。

天正四年（一五七六）、信長は安土に城を築くことを命令し、天正七年（一五七九）にそれは完成した。そうしてできた安土城は比類がないくらいに壮大で華麗なものだったという。

ところが、今、安土へ行っても見るべき華やかなものはほとんどない。信長の城は跡形《あとかた》もなく消えうせているのだ。

とにかく、安土城跡へ行ってみよう。駅から二十分ほど、歩いて行くしかない。田んぼの中の農道である。びっくりするぐらいの田舎道で、ここにくらべたら清洲は街だ。

やがて木々の茂った小山にぶつかるが、それが安土山で、その山全体が城を中心とする城塞《じょうさい》都市だったのだ。

長く、安土城のことは何もわからない状態だった。その山のどこにどういう建物があったのか、なんてことも不明だった。建物跡も道の跡も埋もれてしまっていたのだ。

安土城の本格的な発掘調査が始まったのは平成元年のことである。その時から、調査整備二十年計画というのが始まり、半分ほど進んだところなのである。

だから、この先数年は、行くたびに安土城の整備が進んでおり、新しいことがわかっていると思う。

私は、大手道という石段をひーひー言いながら登っていった。道の左右に、羽柴秀吉邸があった、前田利家《まえだとしいえ》(157ページ)邸があった、などと伝えられる跡地がある。それらも、すべて最近の調査によって発掘され、整備されたものだ。

やがて山のてっぺん(金華山ほど険《けわ》しく高いわけではない。しかし息はあがる)に、二の丸跡、本丸跡、天主跡がある。もちろん、どれも整備された平らな土地があるだけだ。

安土山の周囲は、今はまっ平らに田んぼの広がる景色である。だがそれは、昭和に入って、それも戦後に干拓《かんたく》されたもので、昔は琵琶湖の内海である大中《おおなか》の湖だった。つまり安土山は湖に突き出た半島だったのである。四方のほとんどを湖に囲まれた安土城は防御上、この上ない要害の地だったのだ。

息もたえだえになって天主跡までたどり着き、ジュースの自動販売機もないことを愚痴《ぐち》りながら、信長はいいところに目をつけ、そこを見事な城塞都市にしたものだと感心する。

岐阜の金華山とは違って、安土のほうは日常住んだ城である(もちろん天主閣には住まない。本丸や二の丸に住んだのだ)。石段がきついと音《ね》をあげている私がだらしないのであって、武士なら平気で駆けあがったであろうゆるい坂なのだ。その坂道の左右に、家臣たちの館が並んでいたわけである。

そして信長は、ここでも岐阜の時と同じく商業エリアを設《もう》けた。安土山を降りた、その前の平地を町人の町として同時に造営したのだ。そしてそこに、楽市楽座の令を発した。

安土がそのように整備されて、すぐに城下には五、六千人の住人が住まい、大いに賑《にぎ》わった、ということが『イエズス会日本年報』に記録されている。つまり信長は、何もなかったところにいきなり都市を生み出したのである。

城造りを采配する姿(JR安土駅前)

そして、安土城の天主閣は、あっと驚くほど見事なものだったことが伝えられている。

それはいったいどんなものだったのか、知りたいではないか。では、それを知るために安土町の、文芸の郷、というところへ行こう。

ごく新しい、その名の文化エリアがあるの

である。安土山を降りてきて、そこから農道のような道をとぼとぼ歩き、線路の下をくぐって二十分ばかり行ったところだ。

そこに、総合体育館や、音楽ホールや、博物館などが集まった、なんともリッチな一角があり、文芸の郷というのだ。どの建物も新しくて豪華である。私には、どうしてそこに、文芸の郷、という名をつけたのかとうとう理解できなかった（近くに、近江風土記《ふどき》の丘というところがあるので、そこからの連想なのかもしれない。しかし、歴史と文化に触れるところで、文芸とはあまり関係ないのだ）。

そこにある、県立安土城考古博物館へ行くと、安土城のこと、その天主閣のこと、安土の町のことがよくわかる。ＣＧによる、羽柴秀吉邸の復原映像なども見ることができて、すごく感心した。

そしてそこで、安土城の天主閣についての研究成果を見る。長らくそれについてはよくわからないままだったのだが、近年になって、加賀《かが》藩のお抱え大工に伝わる「天守指図《さしず》」という資料が発見されたりして、ようやくその全貌がわかってきたのだ。細かな点については研究者ごとにいろんな説があるのだが、有力な説を紹介しよう。

ただしその前に一言。

天守閣というものは信長以前にもあったが、本格的な高層の天守閣は信長が安土に建てたものが最初なのである。大坂城や名古屋城などの天守閣は、みんなそれにならって造られたものなのだ。

今、清洲城や岐阜城の天守閣があるではないか、という反論が出そうだが、それは近年になって歴史モニュメントとして建てられたもので、お城なんだもの天守閣がなくちゃ、という発想で造られているのだ。

信長を天守閣の考案者とまでは言えないかもしれないが、今我々が思うあの天守閣は信長以後のものだとは、言っていいのである。

さてその、天主閣（信長はこの字を使う）は、地上六階地下一階（石垣下穴蔵）で、高さ四十六メートルもあった。

四階までは、我々がよく見る、上に行くほどだんだん小さくなる四角の建造物だが、五階が突飛《とっぴ》である。五階は八角形の堂であり、法隆寺《ほうりゅうじ》の夢殿《ゆめどの》のような形なのだ。柱や天井はすべて朱《しゅ》に塗《ぬ》られていた。

そしてその上の六階は、三間《けん》四方の四角なのである。金閣寺《きんかくじ》のように金色に輝いていた。

六階内部の壁には、中国の道教、儒教に基づく壁画が描かれていた。そして五階の壁画は仏教に基づくものだった。

とにかく、壮大であり、華麗であり、奇抜な建造物だったようだ。信長は、ここが天下の中心である、という意味をこめてその天主閣を造ったのかもしれない。

模型でもいいからその天主閣が見たいな、と思う人がいるだろう。それには次の二ヵ所へ行くとよい。

ひとつは、安土駅南側のすぐ前にある、安土町城郭資料館。そこへ行くと、安土城天主閣の二十分の一のひな型を見ることができる。そしてこのひな型はまっ二つに割れ、中の構造がわかるようになっている。

もうひとつは、文芸の郷にある、安土城天主信長の館だ。私はとりあえず、そこを見物してみた。

そこはドームのような建物で、内に、安土城天主閣の五階と六階の、実物大の復元物が展示してある。あまりにも絢爛《けんらん》で、ど肝《ぎも》を抜かれる。

それは、一九九二年の、スペイン・セビリア万国博覧会の日本館のメイン展示として造られたものだそうだ。その万博の後、安土町が譲り受けて解体移築した、というわけだ。お見事、と言うしかない展示物であることは私が保証しよう。

5

しかし、安土町の考えていることはよくわからないなあ、という感想を私は持った。

そこが、近頃安土城の調査に力を入れ、それに関するいろいろな展示をし、文化をアピールし、観光の面で力を入れていこうとしているのはわかる。文芸の郷は、かなりお金をかけて造ったに違いない。

しかし、やってることの全体がうまくからんでなくて、バラバラの印象がするのだ。安土城の発掘調査のほうは、ひたすら学術的に進められていて、観光客などどうでもいい、という感じである。駅からそこまで歩いて行くための道案内がろくにない。そこへ行っても、ジュースやインスタント・カメラを買う売店もない。

文芸の郷へ行くにも、道案内がない。こんなところをとぼとぼ歩いていて大丈夫なんだろうかと不安になってくるのである。

安土町に文句をつけている、ととらないで、意見具申《ぐしん》しているのだと受け止めて下さい。

文芸の郷は、観光施設なのか町民の文化センターなのか、コンセプトがあいまいである。大概《たいがい》の人は、安土城天主信長の館と、安土城考古博物館の両方を見たいはずだと思うのだが、その二つが隣あっているのに、入口の向きがまったく逆なのはどうしてであろう。大きな博物館をぐるっと半周しなければ中に入れないのである（博物館のほうは県立なので話がつかなかった、ということかもしれないが）。

要するに、その町からは、客あしらいに馴《な》れてない、という感じがビンビン伝わってくるのだ。ものはとりあえず造ったが、細かいところではほっぽらかしなのである。

客あしらい、と言えば、文芸の郷に唯一あるレストランだ。お昼どきにそこに入ってみたところ、パートで雇われている近所のおばさんたちとおぼしき従業員がパニックをおこしていた。セルフサービス方式で、ただ注文品を作ればいいだけなのに、それがおぼつかないのである。私は思わず、ビールだけでも先に下さい、と大声を出してしまった。

つまりまあ、素朴《そぼく》なのである。そーんなに、いっぺんに言われてーも、どーしてええかわからねーだがよ、というペースですべてが進められているのだ。

それが、のどかな安土らしさ、なのかもしれない。これまで、のんびりと田舎でやってきたので、急に観光に力を入れていこうと思っても、いっぺんに器用にはできないのかも。

でも、安土は、信長によって一度は日本でいちばん進んだ都市になったこともあるのである。それが、あの一瞬の繁栄は夢だったのか、というように鄙びたところになってしまっている。

安土桃山時代、という言葉はよく使われるが、安土がどこにあるのかを知らない人も多いのではないだろうか。

もっとも、それを言うならば、桃山というのが何のことだかわからない人も多いと思う。桃山というのは、秀吉が晩年に築いた伏見《ふしみ》城のあった地の別名だそうである。

ともかく、安土は今ではすっかり田舎だ。安土城に何がおこったのであろう。

天正七年に安土城が完成し、信長はそこに住むようになった。市街地も整備され、そこは日々賑やかに成長していきつつあったという。

ところが、安土城が地上にあったのはわずか三年のことだった。

天正十年（一五八二）、本能寺の変がおこり、信長は京都で宿舎としていた本能寺で殺される。四十九歳のことであった。

その変の時、どさくさの中で安土城が焼き払われる。

本能寺の変のあと、一度は明智光秀が安土城に入っており、部下にその財宝を分与している。その時には安土城はあった。

ところが、変の半月後に、羽柴秀吉が安土に帰った時には、そこは灰になっていた。すっかり焼け落ちていたのだ。

安土城に放火をしたのは、光秀の婿《むこ》明智秀満《ひでみつ》だという説もあるが、確かではない。信長の子、信雄《のぶかつ》とする説もあるが、信長の子がどうして安土城を焼くのか根拠が不明である。

そこで、近郊の土民一揆《いっき》の手で焼かれたのではないか、とする説もある。

とにかく、信長が消えて半月後に、彼の造った安土城も消えたのだ。

その後秀吉の時代になり、そのあたりは豊臣秀次《ひでつぐ》の領地となったのだが、秀次は居城を近江八幡に定め、城も城下町もそこに移してしまった。そのせいで安土はあっという間に衰退してしまったのである。

安土はたった三年間だけこの世にあった、幻のような最先端都市だったのだ。

考えてみるに、信長には天才的な都市計画の能力があったのではないだろうか。ほかの面では、まだわからないことだらけなのだが、それだけは確かかな、という気がするのである。

6

彼が本格的に始めた楽市楽座制度は、経済都市造りの方策だったと考えるとよくわかるのだ。城塞とセットで、経済エリアも育ててしまい、そこで自由経済を行なわせるのである。

つまりそれは、近代的な自由経済都市造りであった。

信長は、まず岐阜をそのように経営し、次に安土をそういう都市にし、そこで死んだ。

豊臣秀吉は、信長を先生として多くのことを学んだ男である。だから秀吉も、町造りの名人であった。

博多《はかた》に、太閤《たいこう》町割りという区画整理をして、商都として育てたのが秀吉である。秀吉は博多の商人にいろいろと特権を与えていて、そこでは楽市楽座という言葉は使ってないのだが、内容は楽市楽座と同じだそうだ。

それから秀吉は、京都でも太閤町割りをやっている。先生である信長から学んだ都市計画を大いにやったと考えていいだろう。

信長とはそんなふうに、近代都市を生み出そうと考えた天才だったと言えるのではないか。

ところが、信長の造った町はすべて歴史の中に消え去ってしまったのである。

清洲は、尾張の都である地位を名古屋に奪われ、そこにあった城は名古屋城の一部になってしまった。それ以後は単なる田舎になってしまう。

岐阜は、城下町であることをやめさせられ、商人の町になってしまう。

そして安土は、信長がいなくなると、一瞬にして消えた。イエズス会宣教師がその繁栄を書き残した一個の都市が無と化したのである。

まるで、信長の造った町はわざと消し去られ、あえて思い出されなかったかのようである。

文芸の郷から安土駅までを、本当にこの道でいいんだろうかと不安がりながらよたよたと歩きつつ、私は考えた。

秀吉や家康は、わざと信長の造った町を消したのかもしれないな、と。

なぜなら、信長の造った町は完璧にできすぎているからだ。その町があり、繁栄している限り、そこに信長がある、という印象になってしまうのだ。フィレンツェという都市がある限り、メディチ家が思い出されてしまうように。

だから信長よりあとの人物は、あえて信長の造った町を消したのかもしれない、という空想がわいた。

岐阜はそれでも商都としてまずまず栄えたが、清洲も安土も、普通の人が、どこにあるのかよく知らない、というようなところになっているのである。

近頃になってようやく、歴史モニュメントとしての城が造られたり、調査が行なわれたりしていて、今後は有力な観光地になっていくのかもしれないのだが。

さて私は、歩きすぎてくたびれはて、安土駅前にやって来た。その駅前に、味の楽市、という食べものどころがいくつか入った建物があると、ガイドブックで調べてあったのだ。

ところが、比較的最近に建てられた様子のそこは、思ったより客が来ないのであろうか、やけにさびれていたのである。ガイドブックにのっていた、近江牛を食べさせる店はなくなっていた。ほかの店も、その日は祭日で、その夕方なのに、営業している気配がなかった。

しかたがないから帰って、名古屋で夕食を食べようか、ということになったのである。

信長の死はあまりにも突然だったとつくづく思う。あのあと信長が天下を取っていれば、どこにどんな都市を造っていたことだろう、というのを、私は様々に空想してしまった。

（二〇〇〇年一月号）

●五の旅

ヘボンと横《よこ》浜《はま》

知っているようで実は知らない、ハマの成り立ち。
ある人物を求めて異国情緒の街を歩いてみると……。

山下町合同庁舎前（旧居留地39番）の浮彫り

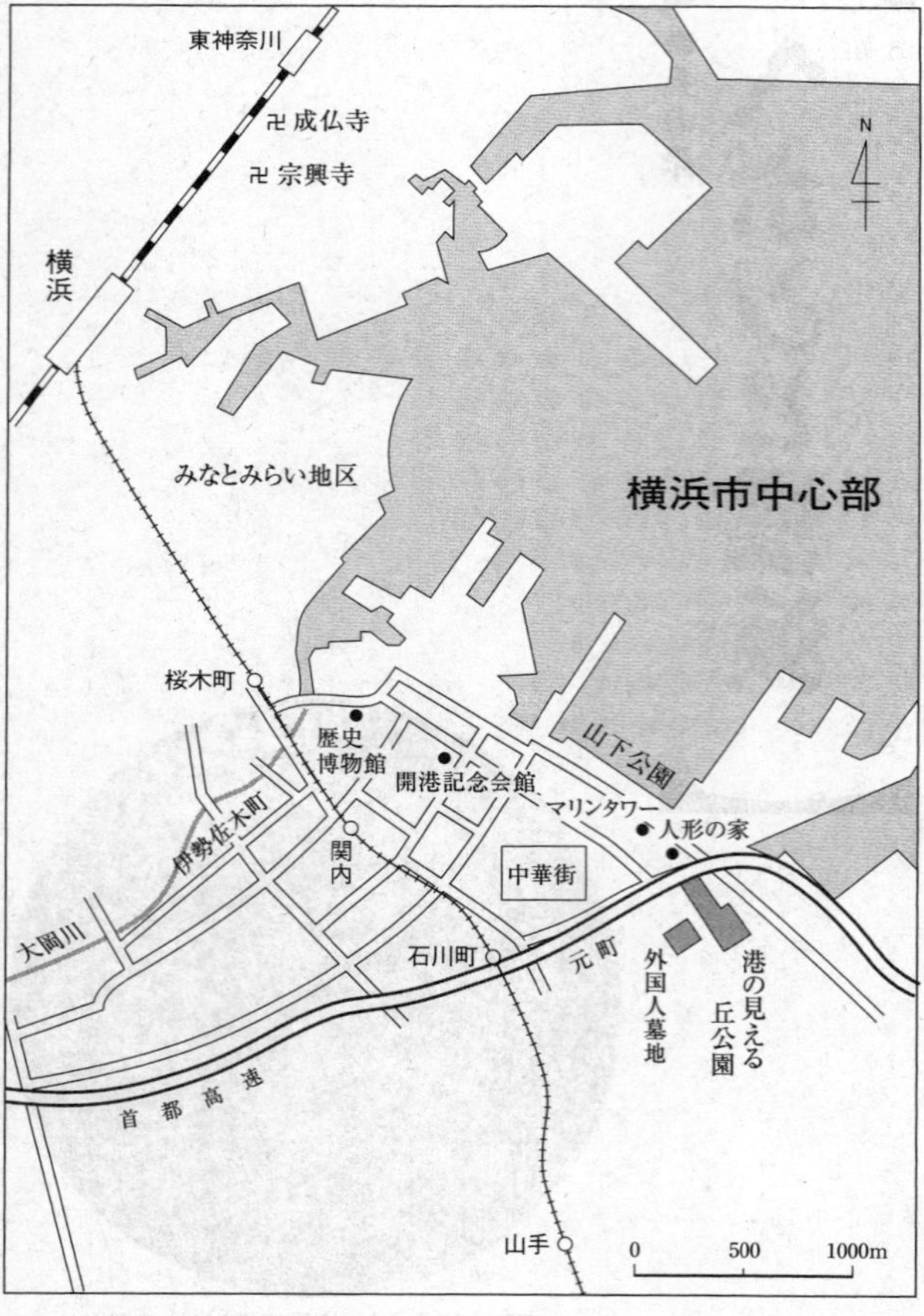
横浜市中心部
東神奈川
成仏寺
宗興寺
横浜
みなとみらい地区
桜木町
歴史
博物館
開港記念会館
山下公園
マリンタワー
人形の家
伊勢佐木町
関内
中華街
大岡川
石川町
元町
外国人墓地
港の見える丘公園
首都高速
山手
N
0
500
1000m

1

私は横浜《よこはま》という街になじみが薄い。ロマンチックで魅力的な街だと言う人が多いのだが、その魅力がどうもよくわからなかった。

東京にもう三十年近く住んでいるんだから、横浜へ行ったことは何度もある。かれこれ十回ぐらいは行っているだろう。

そのうちの一度などは、私が横浜市内の高校を舞台にした学園ＳＦを書くというので、横浜通の編集者に、横浜のいいとこばっかりを集中的に案内してもらった。

港の見える丘公園、外国人墓地、ブリキのおもちゃ博物館、元町《もとまち》のバーで一杯。山下《やました》公園、マリンタワー、中華街でごちそう。

なのに私には、横浜が見えてこなかった。エネルギーがあって、美しげで、どこかエキゾチックで、なんだかみんな気取ってないか、ということは感じられたが、横浜ってところがわかってこないのである。若い人に活気があるってことは伝わってくるが、この街は何なんです、ということがわからなかった。

私はどうも、ある街を知ろうとする時、そこのなりたちを承知して、なるほどと納得する癖《くせ》があるらしいのだ。

そこで私は、横浜を知るために、ヘボンのことを調べてみることにした。

幕末期から明治の初頭にかけて、主に横浜を中心に、キリスト教伝道と、医学と、教育と、聖書の翻訳などの仕事を精力的にやったアメリカ人である。

ヘボンの名は、ヘボン式ローマ字、という名称の中に今も残っていて、それを通じてきいたことのある人が多いであろう。

ローマ字には、ヘボン式と、もと日本式といい、後に少し改良して訓令式と呼ばれるものとの、二種類がある。

私は小学校では訓令式を習ったが、今、よく使われているのはヘボン式のようである。

訓令式はなるべくシンプルにしようとして、やや英語から遠のいている、と言えようか。

シを si とするのが訓令式で、shi とするのがヘボン式である。

チ、チャ、フ、ジ、ジョなどは、訓令式だとこうなる。

ti, tya, hu, zi, zyo

これがヘボン式だとこうなる。

chi, cha, fu, ji, jo

最近ではこっちのローマ字のほうをよく見かけるでしょう。つまり、ヘボンはアメリカ人だったので、英語に近い表記でローマ字を作ったのだ。

彼がなぜローマ字を作ったのかというと、『和英語林集成』という、和英辞典を作っていて、その時にローマ字も考案したのだ。

ヘボンとはそういう大変な偉人である。まだ侍《さむらい》がいる時代に日本へ来て、攘夷《じょうい》派浪人に斬り殺される危険性が大いにあった中で、西洋医学で人々を治療し、和英辞典を作り、後に聖書を何人かのグループで翻訳し、教会を作り、英語教育をし、学校を作った。

そのヘボンを通して、私は横浜を見てみることにした。

ただし、ひとつ問題がある。横浜にヘボンの銅像はあるのだろうか。それがないと、この〝銅像のある街〟シリーズでは取り上げようがないわけだ。

調べてみると、全身像の銅像はないが、レリーフがいくつかあるとわかった。それから、これは横浜ではなく東京だが、白金《しろかね》にある明治学院大学内のヘボン館という研究室棟の脇に、胸像があるらしい（147ページ）。

それだけあればなんとかなる、と考え、私は横浜へ向かった。横浜の『みなとみらい21地区』のホテルに一泊しよう、という計画である。

そこでまず、品川《しながわ》から京浜東北《けいひんとうほく》線で東神奈川《ひがしかながわ》へ行った。横浜のひとつ前の駅である。

もともと、あの地は神奈川だったのだ。東海道の宿場として栄えており、海が近いので漁業の地でもあった。

一八五三年に、ペリーが黒船で浦賀《うらが》に入港し、日本に黒船ショックが走る。そして翌年に日米和親条約が締結される。その条約が結ばれたのが、今の横浜の開港資料館のあるあたりだ。

かくして、日本は開国した。

そして、アメリカ総領事としてハリスがやってきて、一八五八年に神奈川沖で、日米修好通商条約が調印される。その中に、神奈川、長崎《ながさき》、新潟《にいがた》、兵庫《ひょうご》の開港が約束されており、翌一八五九年の七月に神奈川は開港された。

すると、その年の十月に、もうヘボンは神奈川にやってきている。

日本が開国して、ほとんどいの一番に来た外国人のうちの一人が、ヘボンなのだ。

ヘボンはその時四十四歳。妻のクララを伴《ともな》っての来日だった。

ところが、彼がアジアへ来たのはその時が初めてではなかった。二十代後半の四年間、ヘボンはシンガポール、マカオ、アモイなどに来て、キリスト教伝道の仕事をしているのである。ものすごい意志と行動力の人だったと驚くばかりだ。

2

ヘボンという名が、正しくはヘップバーンだということは多少知られているかもしれない。正しい名は、ジェームス・カーチス・ヘップバーン。

オードリー・ヘップバーンと同じ姓なのか、と思う人もいるかもしれないが、それだったらキャサリン・ヘップバーンのほうを連想したほうがいいらしい。キャサリン・ヘップバーンとは、遠い関係だが、同族なんだそうである。

しかしまあ、当時の日本人は彼のことをヘボン先生と呼んだのだし、本人もそれがいやではなかったらしく、平文、なんてサインを残しているぐらいなので、ここではヘボンでいくことにしよう。

ヘボンは、一八一五年、アメリカのペンシルバニア州ミルトンに生まれた。父は弁護士で母は牧師の娘。両親とも米国長老教会に所属する敬虔《けいけん》なクリスチャンだった。

ヘボンは優秀で、真面目《まじめ》な青年だった。プリンストン大学で古典文学を学んで卒業したあと、ペンシルバニア大学に入り、医学を学んだ。二十一歳で医学博士となり、二十三歳で医師として開業。

この頃、信仰も深まり、長老教会に所属する。そして、アジアへの宣教師になることを志した。

二十五歳の時、四つ年下のクララ・メリー・リートと結婚。クララも教養があり、信仰心の篤《あつ》い女性で、夫のアジア行きを応援した。

そこでついに、二十六歳の時、医療宣教師としてボストンから出航し、東洋に向かう。その時代にアメリカからアジアへ行くとなると、まずヨーロッパに渡り、それからアフリカの南端を経由してインド洋に入り、マラッカ海峡を通ってシンガポールに達する、という、ものすごい旅だった。身重《みおも》のクララは病床に倒れ、ついに流産してしまうというほどである。

シンガポールでヘボンはアメリカ人宣教師のブラウンと出会う。このブラウンは後に日本に来て、ヘボンと聖書和訳に取り組むことになる人物である。

その後、マカオに行き、アモイに行く。

アモイでは、三人目にしてやっと元気に育つ子、サムエルを得る。そしてアモイでは、北ドイツ生まれでオランダ伝道協会宣教師のギュツラフと親交を持つ。

このギュツラフについて、ちょっとだけ説明したい。この人はついに日本に上陸することはできなかったが、初めて聖書を日本語に訳した人なのである。

話が少しさかのぼるが、一八三二年のこと、尾張《おわり》の回船宝順丸《ほうじゅんまる》が、江戸をめざして鳥羽《とば》港を出航した。その宝順丸には、知多《ちた》半島小野浦《おのうら》の船乗りが乗り組んでいたのだが、遠州《えんしゅう》灘で嵐にあい、遭難してしまう。船は十四カ月も漂流し、十四人の乗組員のうち三人だけが生き残り、北米に漂着した。助けられたのは岩吉《いわきち》、久吉《ひさきち》、乙吉《おときち》（音吉）の三人。三人を日本へ送還しようというイギリスの援助もあって、三人はロンドン経由でマカオまで送られ、そこでギュツラフに会った。

その三人の協力を得て、ギュツラフは新約聖書のヨハネ福音書を翻訳したのだ。『約翰福音之伝』という題名で、本文はすべてカタカナ。

話がここまできた以上、本格的に脱線してしまおう。ヨハネ福音書は現在の訳文では次のように始まる。

「太初《はじめ》に言《ことば》あり、言は神とともにあり、言は神なりき。この言は太初に神とともにあり、万《よろず》の物これによりて成《な》り、成りたる物に一つとしてこれによらで成りたるはなし」

（筑摩書房・世界古典文学全集5「聖書」による）

その部分が、ギュツラフの翻訳では次のようになっている。

「ハジマリニ　カシコイモノゴザル、コノカシコイモノ　ゴクラクトモニゴザル、コノカシコイモノワゴクラク。ハジマリニコノカシコイモノ　ゴクラクトモニゴザル。ヒトワコトゴトク　ミナツクル、ヒトツモ　シゴトワツクラヌ、ヒトワツクラヌナラバ」

言《ことば》が、カシコイモノで、神が、ゴクラクと訳されている。そして、どうも意味があんまりすっきりとはわからない。でも、これが最初の日本語の聖書なのだ。

ゴザル、という文体は、無学な庶民に翻訳を手伝わせたためにその口調が入ってしまったのだなんて言われているが、私に言わせれば、これは名古屋弁である。名古屋弁の尊敬語にゴザルという言い方があるのだ。

……してござるもんでいかんがや、などと名古屋人は今でも言っている。だから私としては、この聖書をこう訳してもらいたかったぐらいのものだ。

「ハジマリニ　カシコイモノゴザルモンデイカンガネ」

バカ話はともかく、ギュツラフは乙吉たちと、ほかの船の遭難者の合計七名を、日本に帰らせてやろうと、モリソン号という船で江戸湾まで行くが、鎖国中の江戸幕府は砲撃してこれを追い払う。乙吉たちは生涯日本へ帰ることがかなわなかった。

ヘボンがアモイでギュツラフと親交を得たのはその事件の少し後だったから、ギュツラフから日本についてのいろいろの知識を得たと思われる。そして、聖書の日本語訳である『約翰福音之伝』をもらった。

そういう国にも、いつか伝道に行きたいものだ、とヘボンは思ったのかもしれない。

ところが、アメリカを出発して五年目の一八四五年、ヘボンも妻のクララもマラリアにかかってしまい体調を崩す。三十歳のヘボンは東洋の伝道をひとまず打ち切ることにし、帰国した。

三十一歳で、ニューヨークで医師として開業。その病院は十三年間続き、名声を博《はく》した。

ところがヘボンは、日本へ伝道に行きたくなってしまう。その理由のひとつは、ペリーの『日本遠征記』を読んだことだったが、もうひとつは、ギュツラフからモリソン号事件についてきいていたこともあっただろう。

一八五九年、四十四歳になったヘボンは、外国伝道協会に日本行きを願い出る。そして、大病院、邸宅、別荘、家財道具のすべてを売り払って、宣教のための費用を作った。十四歳のひとり息子サムエルは寄宿学校に入れ、ついにヘボンとクラはニューヨークを出発する。

その時ニューヨークにいた知人たちはすべて、高潔で人柄のいい友人を失うことを嘆《なげ》いたという。

3

そういうわけで、ヘボン夫妻は神奈川へやってきた。ハリスとの条約で開港したのは神奈川であって、まだ横浜という街はない。

横浜は、神奈川から四キロほど離れた海の前の砂州《さす》のような土地で、家がいくつか建っているだけの、さびれたところだったのだ。

そこで私も神奈川へやって来た。まず、ヘボンが宿舎にしたという、成仏寺《じょうぶつじ》という寺へ行ってみる。歩いて十分ぐらいで簡単に見つけることができた。

寺の前に、『史跡・外国宣教師宿舎跡』の碑《ひ》が立っていた。寺は、今は瓦《かわら》ぶきだが、ヘボンが住んだ頃はわらぶきだったそうだ。

この成仏寺には、ヘボンとは関係のない、もうひとつの名物がある。境内《けいだい》に涙石という大きな石があるのだ。それは、浦島太郎《うらしまたろう》が龍宮城から戻って、あっという間《ま》にお爺さんになってしまい、その石の上にすわってさめざめと泣いた、という伝説のある石である。神奈川は、浦島太郎伝説のあるところなのだ。

しかし、浦島太郎は今回はどうでもいいので、私は成仏寺から、さらに十分ほど歩き、小さな川を橋で渡って、宗興寺《そうこうじ》という寺に着いた。その寺は、ヘボンが施療所、つまり病院として使った寺である。現在の宗興寺は立派なビル寺だったが、その境内には、ヘボン博士顕彰の碑があり、ヘボンの横顔のレリーフがついていた（139ページ）。

ヘボンがそこを病院として使ったのは一八六一年の四月から九月までの五カ月。その間に彼はのべ三千五百人の患者に処方箋を書き、眼の手術三十四回、脳水腫の手術五回、背中のおでき切開一回、白内障、痔、直腸炎、チフスなどの治療を行なった。そして、治療費は一銭も取らなかった。すべて、家財を売った自分の資産でまかなったのだ。

外国人が居留地で礼拝することは認められていたが、日本人へのキリスト教禁制はまだ続いていた。だからヘボンは、自分たちの礼拝はするものの、伝道はできない。ただひたすら、医者として無料奉仕をした。

顕彰碑のある東神奈川宗興寺は、最初の施療所を境内に開設した地

へたに道を歩いていたら、斬りかかられる危険が大いにあった。成仏寺は高い塀で囲まれ、幕府の役人が四人も配備されていたが、使用人としてスパイがもぐりこんでくる、なんてこともあったとか。

しかし、ヘボンは患者たちには大いに尊敬された。人柄の高潔さもさることながら、その名医ぶりは大変な評判となったのだ。特に眼科が得意で、ヘボンの目薬のよくきくことは知らぬ者がないくらいだった。

ヘボンは関東一円にその名を知られ、西洋医学を学びたい医者や学生が何人も弟子入りした。また、幕府から、選ばれた青年に西洋の知識や英語を教えるようにと依頼されて、教育にもたずさわったが、その時の生徒の一人が大村益次郎《おおむらますじろう》だった。

クララも夫の仕事を手伝い、ヘボン塾で若

い人への英語教育などを行なった。

その頃のヘボンにまつわるエピソードで、大きな話は生麦《なまむぎ》事件（288ページ）であろう。

一八六二年、横浜に住む四人のイギリス人（香港《ホンコン》から避暑に来ていた婦人一人を含む）は、馬で遠出をしていた。そして、横浜と川崎の中間の生麦村にさしかかったところで、薩摩《さつま》藩の島津久光《しまづひさみつ》の大名行列にぶつかってしまった。

薩摩藩はもともと攘夷思想の藩である。大名行列に馬でたちふさがるとは無礼千万、というわけで、四人に斬りかかった。イギリス人のリチャードソンは殺され、残る二人の男は大怪我を負《お》わされ、婦人だけがかろうじて逃げた。

その当時アメリカの領事館であった本覚寺《ほんがくじ》に重傷を負った二人は運びこまれたが、その時呼び出されて二人を治療したのがヘボンである。

そういう歴史的事件にも、ヘボンはかかわっている。

エピソードと言えば、これはもう少し後の一八六七年のことだが、ヘボンは大変な有名人の、脚《あし》を切断するという大手術をしている。

歌舞伎役者の沢村田之助《さわむらたのすけ》（三代目）といえば、当時は田之助ブランドの下駄や半襟《はんえり》などが飛ぶように売れるほどの人気女形《おやま》だった。その田之助がある時、舞台のセットから転落して右足を負傷したが、治療もろくにせず無理を重ねていた。そしてとうとう、右足が壊疽《えそ》（腐敗菌のために体の一部分が腐ること）になってしまった。

その足を診《み》た日本の医者は、これはもう右脚を切断するしかないが、その手術ができるのは横浜のヘボン先生しかいない、と紹介したのである。

ヘボンは田之助に全身麻酔をかけ、右膝の上三センチあたりから切断する手術を行ない、成功した。そして、アメリカからゴム製の義足を取り寄せた。これが、日本最初の義足である。

義足をつけた田之助は舞台に復帰して、さらに人気を高めたという。

この手術の話は大変な話題になり、ヘボンが田之助を手術する様子を描いた錦絵《にしきえ》まで登場し、名医平文、の名は日本中に知れわたった。巷《ちまた》ではこんな歌がはやった。

「ヘボンさんでも草津《くさつ》の湯でも恋のやまいはなおらせぬ」

私はこの歌の、ヘボンさんでも、のところを、お医者さまでも、として知っていたが、ヘボンさんが原型らしい。

ヘボンはある意味で有名人だったのだ。

4

さて、横浜である。そこはどのようにして街になっていったか。

条約によって神奈川を開港した幕府だったが、初めからそのことを、どうもまずいな、と思っていたようだ。神奈川宿は交通の要所で、攘夷家も横行しやすいのだ。一般人の住む街であって、外国人の警護も困難である。

その上、神奈川港は浅瀬《あさせ》で、良港ではない。

そこで、神奈川のすぐ横の、横浜に目をつけた。そこは良港の条件を満たしていたのだ。

そのさびれた村を、外国人居留地にしてしまおう、と幕府は考えた。そこならほとんどゼロから街造りができるし、長崎の出島《でじま》のように、外国人を一般人から隔離できて好都合だし、と思ったのだ。

ハリスはそのプランに対して、条約違反だと言って大いに反対したが、幕府は、横浜は神奈川の一部じゃないですか、と言って強引にその方針をおし進めた。

そして、横浜を居留地とする計画の、建設委員の一人にヘボンも選ばれた。ヘボンは自ら土地を測量し、町割りを作った。

ヘボンは横浜建設に直接かかわっているのだ。私が横浜を知ろうとして、ヘボンに目をつけたのは大正解だったのである。

新しく造られた街は、現在のJRの、桜木町《さくらぎちょう》から、関内《かんない》、石川町《いしかわちょう》までの線の、海側だと考えればよい。桜木町駅は本当は外《はず》れていて、そこから歩いてすぐ、大岡《おおおか》川があって橋を渡ることになる。その川を渡ったところからが、新しく造られた横浜だ。

そしてその横浜の、海のほうを見て、左半分が日本人街とされ、右半分が外国人居留地とされた。

現在、関内駅の近くに横浜スタジアムがあり、そこから海までのラインに、県庁や、横浜開港資料館などがある。それらが、日本人街の外れで、それより右側が外国人居留地だ。山下公園やマリンタワーや中華街のあるほうが居留地と考えればよい。

桜木町から来て、川を渡ったところに関所があったので、日本人街と居留地のある部分が関内と呼ばれたのである。日本人街には、日本各地から集まった商人たちが住んだ。

そして居留地には、各国から来た貿易商人や、宣教師や、領事などが、洋風の館を建《た》てて住んだのだ。

そのようにして、寒村にすぎなかった横浜はたちまちのうちに見事な都市になり、そこには西洋の文化があふれている、という賑《にぎ》わいを見せたのだ。

そこで私も、その新生の横浜へ行ってみた。

まず、関内まで行き、伊勢佐木《いせざき》町でラーメン屋に入って昼食をとる。そこは若々しくて賑やかな繁華街だった。もちろん、そこへ行ったのは初めてではなかったが、今回初めて、大岡川の三角州を埋めたてたところだというのを知った。

昼食のあと、JRのガードをくぐって、馬車道《ばしゃみち》あたりに出る。そして、少し桜木町方面に戻った。

話の順序が狂ってしまうのだが、通りに面して指路《しろ》教会、というプロテスタント教会があるのだ。その教会の、今の建物は後に建て替わったものだが、最初のものを建てたのがヘボンであった。

それは、ヘボンが日本でした仕事のいちばん最後のことだと言ってよい。一八九二年、ヘボンが七十七歳の時に建ったもので、その資金集めのためにわざわざアメリカに一時帰って募金を集めてきたほどだった。その教会が建ったのを見届けてから、夫妻は三十三年間生活した日本を離れ、アメリカに帰国したのである。

というわけで、見物コースのせいで、先に晩年の仕事を見てしまった。

私と妻は、その教会をスタート地点のようにして、さてそれから横浜を大いに歩きまわったのである。

まずは、馬車道商店街を歩き、神奈川県立歴史博物館の前を通る。もと横浜正金《しょうきん》銀行本店だったという重厚な洋館である。

次に行ったのが、開港記念会館。赤レンガ造りで、美しい塔のある建物だった。

その次は、横浜開港資料館へ行って見物。もとイギリス領事館だったもので、今は開港関係の資料を展示している。中庭に、玉樟《たまぐす》の木が群生しているが、その木の近くで、ペリーとの日米和親条約が結ばれたのだそうである。

そこまで、見てまわったところは、もと日本人街だった場所である。

そこから、山下公園通りを山手《やまて》のほうに向かって進んでいけば、そこが、旧居留地なのだ。

山下公園通りを、どんどん外れまで行き、マリンタワーの前をすぎ、『横浜人形の家』を見つけたら、その裏手にまわってみよう。そこにある、地方合同庁舎のあたりが、居留地39番であり、神奈川から移ってきたヘボンの住んだ邸宅のあったところなのだ。移ったのは一八六二年のことである。

今、そこには昔の面影は何もないが、ヘボン博士邸跡、の記念碑があり、横顔のレリーフがある（127ページ）。

ヘボン夫妻はそこに住み、本格的に医者として活動したのだ。はたまた、和英辞典の執筆も進められていった。

クララは、男女共学の英語塾を始め、後にアメリカから来たメアリー・エディ・キダーが女子生徒だけを引き継《つ》ぐ。そして、それが後にフェリス女学院に発展するのである。

ヘボン夫妻は近代教育の祖《そ》でもあるのだ。

そうこうしているうちに、大政奉還があり、江戸幕府は終焉《しゅうえん》し、明治時代になっていくのだった。

5

ヘボンの塾は、何人かの人に引き継がれたりしながら、後年、神学を学ぶ大きな学校に育っていった。またまた話が少し飛んでしまうが、一八八六年にその合同学校は、東京の芝《しば》の白金に移り、明治学院（今の明治学院大学）となる。その時ヘボンは、『和英語林集成』の版権を丸善《まるぜん》に売り、その代金で学院構内にヘボン館という建物を寄付した。ヘボン館は、アメリカ風の洋館だったそうだが、焼失して今は残っていない。代わりに、研究室棟のビルが建てられ、それがヘボン館の名で呼ばれている。

実は私は、横浜を取材する三日前に、その明治学院大学のヘボン館のほうへ行っていたのだった。そこに、ヘボンの胸像があるからである。

明治学院大学学長室主査の松岡《まつおか》さんに、非常に親切に案内してもらった。まずはともかく、ヘボン館の脇にある胸像を見る。

ヘボンの顔は、とても知性的で、意志が強そうで、なおかつ優しそうである。百年以上前の人にしては、現代的な顔立ちであり、今どこかで出会っても何の違和感もないという感じだ。

松岡さんは、校内の古い建物の中まで見学させてくれた。インブリー館というのは、教授のインブリー博士が長年住んだ木造の洋館であり、現在は同窓会館として使われている。

記念館は、もと図書館と教授室に使われたもので、赤レンガ造りだったが、今は二階部分が木造になっている。

それから、チャペルの中も見せてもらった。

それも建てられた当時のままのものではなく、大いに改造されているのだそうだが、重々《おもおも》しい味わいのある内部の雰囲気だった。

装飾的ではなく、太い木材がむき出しになった、簡素な美しさの教会だった。教会というと、ついキリスト像のあるような、デコラティブなものをイメージしてしまうのだが、そこは質実剛健といった印象だった。それでいて、神々《こうごう》しい雰囲気はある。

「これがプロテスタントの教会の味わいなのね」

東京白金、明治学院大学ヘボン館の胸像

と、妻が言った。カトリックの、装飾的な教会とは味わいが違うね、という意味である。

ヘボンはアングロサクソン系のアメリカ人であって、プロテスタントだった。そのうちの、長老派という派の人である。

明治学院大学内のチャペルには、そのムードが大いにあった。それから、インブリー館には、アーリー・

アメリカンの質朴な味わいがあった。そういうムードの中に、ヘボンの人柄もあるような気がした。

「ヘボンはここへは、もちろん汽車で来たでしょうね」

と松岡さんは言った。なるほど、それが可能である。新橋・横浜間に鉄道が開通したのは一八七二年で、ヘボン来日から十三年後のことである。当時の横浜駅は、今の桜木町駅の場所だった。関内を出て、そこから汽車に乗れば品川まで来ることができ、そこからは馬車にでも乗ればよかったのだ。

なんだか明治がぐっと身近に感じられる話であった。

さて、居留地39番に住んで医療活動をしていた頃のヘボンだ。そうこうしているうちに、時代は明治になっていく。文明開化の新時代が始まったのだ。横浜は西洋文明が最初に上陸する街となり、日本初のものが次々に出現した。

最初のホテル……一八六〇年、オランダ人フフナーゲルが居留地に横浜ホテルをオープン。

最初のレストラン……一八六二年、ジョージという人が居留地49番に外国人相手のレストランを開店。

最初の教会……一八六二年、フランス人神父ジラールが居留地に横浜天主堂を建てた。

最初のクリーニング店……一八六五年、脇沢金次郎《わきざわきんじろう》がクリーニング業で成功した。

最初の近代競馬場……一八六六年、居留地の外国人の要望で根岸《ねぎし》に周囲一七〇〇メートルのトラック式近代競馬場を建設。

最初のアイスクリーム……一八六五年、リズレーが居留地にアイスクリーム屋を開いた。日本人では、一八六九年、旗本の息子、町田房造《まちだふさぞう》が氷水屋を初めて開業。

最初の洋式劇場……一八七〇年、オランダ人ヘフトにより『ゲーテ座』がオープン。

最初のガス灯……一八七二年、花咲町《はなさきちょう》にある日本初のガス会社から、馬車道、本町《ほんちょう》通りにガスがひかれ、初めてのガス灯が点灯。

最初のビール……一八七〇年、米国人ウィリアム・コープランドが、山手の天沼《あまぬま》にビール醸造所を開所。

最初のマッチ……一八七五年、持丸幸助《もちまるこうすけ》が平沼《ひらぬま》にアメリカから取り寄せた機械を使ったマッチ工場を開設。

最初のテニスコート……一八七八年、居留地の婦人たちが山手公園にテニスコートを作りプレーを楽しんだ。

などなどなど……、西洋風の新しいものはすべて横浜に出現する、ということになり、近代都市横浜は、新時代を受け入れた明治人の大いに注目するところとなっていった。

今でも横浜の人がなんとなく、ぼくらはアメリカのソウルがわかってるもんね、というような気分でいる感じがするのは、第二次大戦後に本牧《ほんもく》に米軍住宅地があったことも理由のひとつだろうが、明治以来の、文明開化はこの地から、の思いも引き継がれているのではないだろうか。

横浜はそういう、外国に対して開かれた都市のイメージを身につけていった。

ところで、日本最初のものが横浜にはいっぱいあることを書いたが、その中に、ヘボンの業績から、日本最初の義足と、日本最初の和英辞典も加えておかなければならない。

幕末から明治になっていくのだが、まだキリシタン禁制は解《と》かれなかった。そこで伝道のできないヘボンは、まず和英辞典作りに情熱を傾けたのである。

一八六七年、『和英語林集成』の第一版が完成。上海《シャンハイ》で印刷されたこの本は一冊十八両もして、あまりの高さに最初あまり売れなかったが、ある藩の武士が一度に三十冊も買っていき、その話が広がった結果、諸藩が買いに来るようになった。そして、いよいよ大政奉還の時が迫っていた江戸幕府も、三百冊買いに来たという。

一八七二年には、『和英語林集成』の第二版を、ふたたび上海で印刷して、日本で発売した。

この辞典の刊行だけでも、ヘボンの業績の大きさは大変なものである。

6

ヘボンは、以前のアジア伝道の時にシンガポールで知りあったブラウンと、横浜で再会する。そして二人は、聖書を翻訳することの必要性で意見が一致した。ギュツラフの、「ハジマリニ　カシコイモノゴザル」では、どうも意味がよくわからないものなあ、と思ったのだ。それに、当時の知識階層の日本人は、カタカナなど女子供の読むものだ、と言ってまともに読もうとはしなかったのである。

ヘボンとブラウンの共同訳『約翰伝福音書』、『馬可伝福音書』、それに、ヘボン個人訳の『馬太伝福音書』の三冊（順に、新約聖書のヨハネ伝、マルコ伝、マタイ伝のこと）は、一八七二年から七三年にかけて、木版刷《ず》り和とじ本として出版された。それはまだ、キリシタン禁制の解かれる前であったが、大いに読まれたという。『馬太伝福音書』が出てほどなく、キリシタン禁制は解かれる。

ヘボンは十年以上かけて、ようやくそれだけの翻訳をしたのだ。そして、まだまだ聖書の全訳までには道が遠かった。そのためには何人もの人の力を合わせなければならないし、カトリックもプロテスタントも協力していかなければならない。ヘボンは、そういう聖書翻訳プロジェクトの、代表者のようになって仕事を進めていったのだった。

ということを納得し、私は居留地39番のヘボン邸跡をあとにし、山手へと坂道を登っていった。

山手は、外国人たちが次第にそこに居《きょ》を移していった、第二の居留地のようなところである。元来の居留地は低地で湿気があり、外国人は湿気に弱くて健康を害してしまうので、丘の上に移り住んだ、と考えればいい。

そして丘のふもとに、元町という、外国人用の商店の並ぶ商店街ができた、というわけだ。初めそこでは外国人用の家具などを中心に商《あきな》っていたが、後には、外国産の商品を売る店も増え、エキゾチックでよいなあと、日本人が買い物にも来るところとなっていったのだ。

さて、一八七六年のこと、六十一歳になっていたヘボンは、クララが体調を崩したこともあって、居留地39番の施療所を閉鎖し、家は友人に譲り、山手に移る。

そのヘボンの住んだ建物は、今に残ってはいない。ただ、その場所に、記念碑が立っているらしい。

私と妻は『港の見える丘公園』の前を通り、三百メートルほど道なりに進み、大韓民国総領事館の前をすぎて、次の三叉《さんさ》路を右に曲がった。そして四十メートルほど行った右側に、ヘボンのレリーフのある記念碑を見つけた。

そこは現在、日本銀行の家族寮となっているのだが、かつては山手245番であり、ヘボンの晩年の家があったところなのだ。

その記念碑はあまり目立たないもので、私は一度見逃して通りすぎてしまった。おかしいなあ、と逆戻りしてようやく発見。

ここに住んだ頃のヘボンは、山手の211番（現在の横浜共立《きょうりつ》学園の敷地内）に住むブラウンのところへ通っては、聖書翻訳に取り組んでいた。そして、新約聖書のすべての日本語訳が完成したのは一八八〇年。ヘボン六十五歳の時であった。

私と妻は『港の見える丘公園』をうろついたあと、タクシーで、『みなとみらい21』にあるホテルへ行き、チェック・インした。

その夜は、馬車道にある開国当時以来の伝統のある西洋料理店へ行き、開化ステーキなんてものを食べた。かなり歩いたので、じんわりと疲れている。私は万歩計をつけて歩いているのだが、その日一日で、二万歩以上歩いたのである。いつもは一日で二千歩ぐらいの人間にしては、よくやった、と言えるのではないだろうか。

だが、私には、横浜のことがかなりわかってきたなあ、という満足感があった。

その街が、そもそもどのようにして生まれたかが、わかったのだ。そして、関内、という地名の意味もわかった。人工の街がどのように構成されていたのかわかった。

山手にどうしていくつもの美しい洋館が残っていて、その丘のふもとにどうして元町というおしゃれタウンがあるのかもわかった。

街を知るというのは、そういうことがわかる、ということだと思う。私はそれを、ヘボンの足跡を追っていくうちに、教えられたのだ。

ヘボンは優秀な教育者でもあったのだな、とふと思ったりした。

東京に住む人間が横浜へ行くことはよくある。しかし、横浜のホテルに泊まることはそうないのではないだろうか。交通も便利で、簡単に帰ってこられるからである。

しかし私は、ホテルの港の見える部屋に泊まってみた。全身で横浜にひたろう、という考えである。

7

翌日は、『みなとみらい21』から、シーバス（定期水上バス）に乗って、山下公園まで行った。海からも横浜を見てみたわけだ。

そしてそこから中華街へ行き、関帝廟《かんていびょう》にお参りしてから、ある店で昼食をとった。

中華街はもと南京《ナンキン》街といい、居留地のできた時から今の位置にあったそうだ。あそこは道が斜めについていて、ほかとは方向性が傾いているのだが、どうしてなんだろう。中国人が風水の思想から、ああいう街造りをしたのであろうか。

それはよくわからなかったが、中華街は大変な人出で、歩くのにも苦労するほどだった。

昼食後は、もう一度山手へ行き、外国人墓地や、いくつかの洋館を見物してまわった。

それから元町通りをぶらつき、石川町駅まで歩いてきて、そこから東京に帰った。

正味一日半の横浜めぐりであったが、今回初めて私は、横浜がいったい何であるのか、少しわかったような気がした。

だが、私が少々横浜を歩いてみたことなどくらべものにならないほど、ヘボンはよく働いたのである。新約聖書の次には旧約聖書の翻訳に取り組んだ。それが完成したのは一八八七年の大晦日《おおみそか》。そして翌年の二月にその祝賀会が開かれ、ヘボンはそこでスピーチをした。ヘボン七十二歳の時である。

そのあと、例の指路教会の建設に奔走し、それが完成したのが一八九二年。

その年の十月二十二日、三十三年にわたる日本での生活に別れを告げ、七十七歳になっていたヘボンはクララと共に帰国の途《と》についた。

アメリカに帰ったヘボンは、ニューヨーク郊外のイースト・オレンジ市に土地と家を買って住んだ。その家には、夫妻をなつかしんで、多くの日本人の牧師や教え子が外遊の折りに立ち寄り、もとヘボン塾生の高橋是清《たかはしこれきよ》も訪れたという。

一九〇五年、ヘボンの九十歳の誕生日に日本政府は、「勲三等旭日章《きょくじつしょう》」を贈った。

その翌年、クララは八十八歳でこの世を去った。

一九一一年、九月二十一日、ヘボンは九十六歳で死去する。

その、同日同時刻、日本の明治学院のヘボン館が原因不明の出火で焼失した。人々は、ヘボン館は天に捧《ささ》げられたのだ、と言いあったという。

長生きをした人物だったんだなあ、と驚く。そして、それほど多くのことをやりとげた人生に、目を見張る思いがする。

私はふと、下らない空想をした。

ヘボンが日本に来て最初に住んだのは神奈川の成仏寺であった。

その寺には、浦島太郎伝説にまつわる、涙石なるものがあるという。

そこに住んでいれば、ヘボンもその伝説をきかされたことがあるのではないだろうか。

古典文学にも関心の深い人だったのだから、面白い伝説だな、ぐらいには思ったのではないだろうか。

日本での三十三年間の生活を終えて、七十七歳でアメリカに帰ってきたヘボンは、アメリカがまるで別世界のように変わってしまっていることに驚いたであろう。

私はまるで浦島太郎のようだ、とヘボンは思ったかもしれない、というのが私の空想だ。

晩年のヘボンには、日本が、そして横浜のことが、龍宮城だったように思えたかもしれない、という空想は、なんとなくはかなくていい。

（二〇〇〇年五月号）

●六の旅

【前田利家と金沢《まえだとしいえとかなざわ》】

百万石三代の銅像は、なぜ別々の土地に建つのか？
この疑問が、北国の街を深く知るヒントとなった。

金沢城址石川門下の初代・利家像

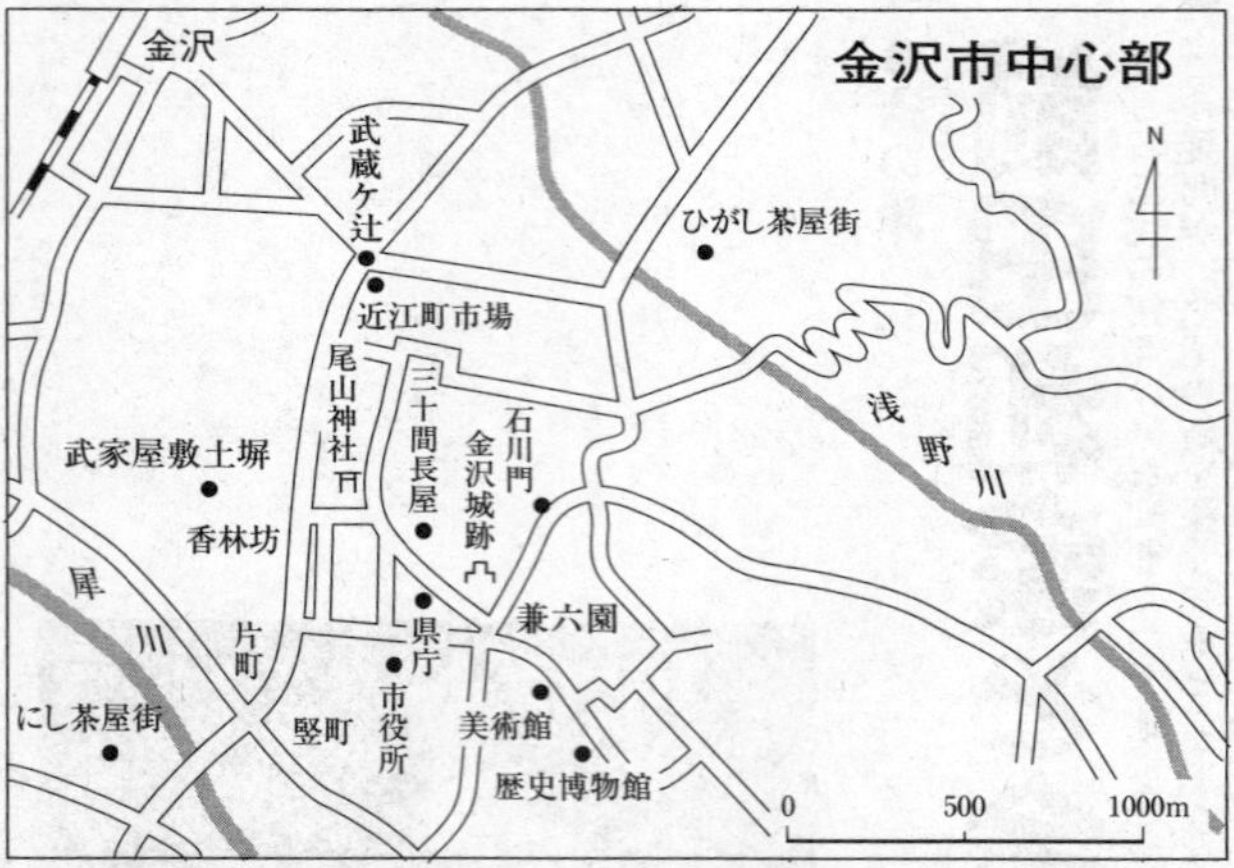
金沢市中心部
金沢
武蔵ケ辻
近江町市場
ひがし茶屋街
尾山神社
三十間長屋
石川門
金沢城跡
武家屋敷土塀
香林坊
犀川
片町
兼六園
県庁
市役所
浅野川
にし茶屋街
竪町
美術館
歴史博物館
N
0
500
1000m

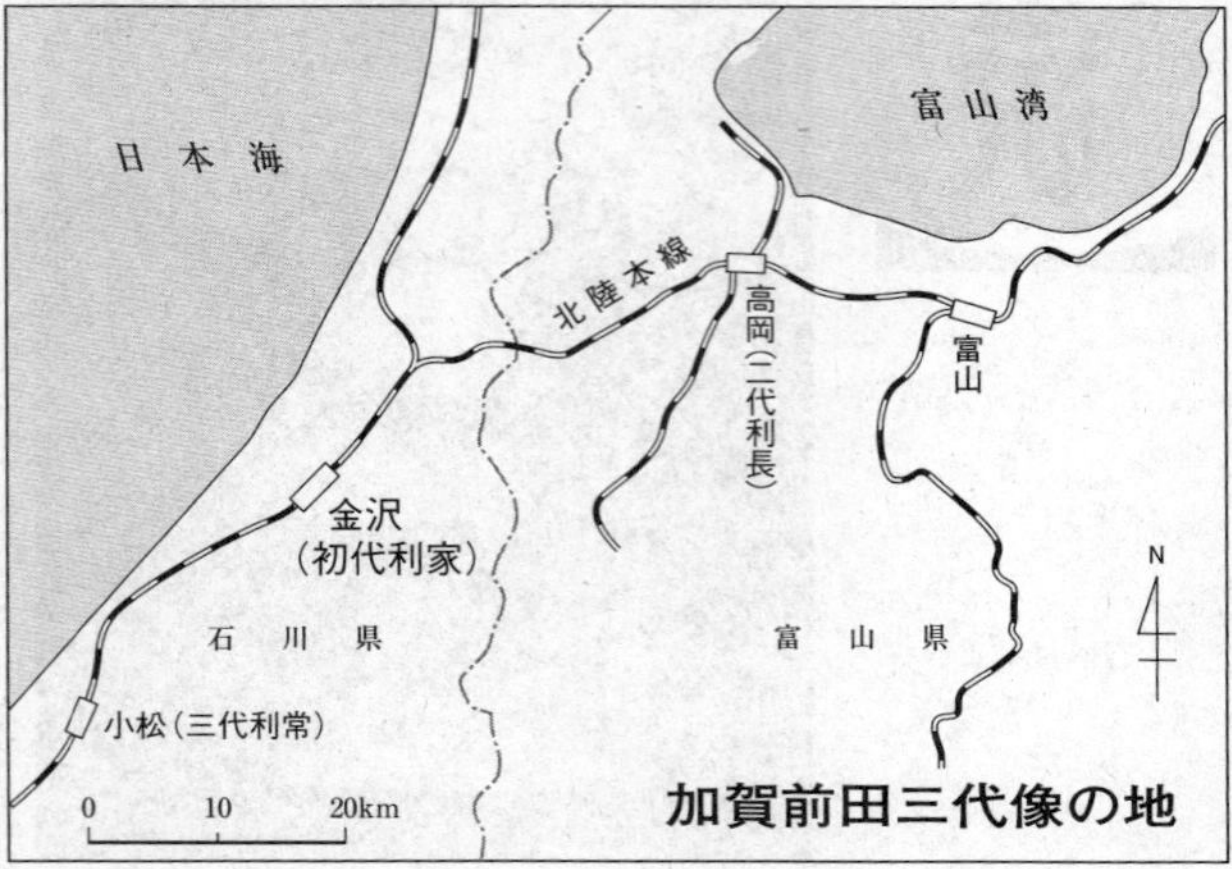
日本海
富山湾
北陸本線
高岡（二代利長）
富山
金沢（初代利家）
石川県
富山県
小松（三代利常）
N
0
10
20km
加賀前田三代像の地

1

金沢《かなざわ》に行きたいなあ、という思いがわきおこった。文化と伝統工芸の街で、しっとりしていて情感のある魅力的な街だ。

金沢へは、十年以上前に二度行ったことがある。あ、そうだ、大学生の時に兼六園《けんろくえん》へ行ったこともあるんだ。とにかく、そのように金沢へ行ったことはあるのだが、ここしばらくごぶさたである。久しぶりに金沢へ行って、のどぐろ(赤むつ、という魚である)の塩焼きを食べたいな、と私は思った。

そうなれば、この銅像をめぐる旅のシリーズにひっかけて、取材もかねて行こうと考えるのは当然であろう。

さてそこで、金沢に銅像はあるのだろうか、というのが問題になる。

金沢に当然銅像があってしかるべき人物とは誰であろう。

それはもちろん、前田利家《まえだとしいえ》だよねえ、というところまでは私の知識の中にある。あのあたりが、加賀《かが》百万石の、前田家の領地であったというのは常識だから。

前田利家というのは、若い頃の名を犬千代《いぬちよ》といって、秀吉《ひでよし》と仲がよかったんだ、ということを私は知っている。それで秀吉の晩年の頃には五大老の一人ということになり、かなりの大物だった。

その後、どういうことがあったのかはよく知らないが、江戸時代に入って前田家は加賀百万石という、徳川将軍家を別にすれば日本でいちばん石高《こくだか》の高い大名家となり、明治になるまでその家は存続した。世渡りのうまい家系だったのだろうか、という想像ができる。

私が前田家及び前田利家について知っていることはそのぐらいである。とても大ざっぱな、ぼんやりとした知識である。

思いついたので、ここで言っておきたくなったことがある。私のこのシリーズには、蘊《うん》蓄《ちく》紀行、なんていうコピーがつけられている。なんだか、大変な物知りが、大家然として旅行をし、どこへ行っても古いことをよく知っていて、語りだせばきりがないという旅行記のような印象ではないか。蘊蓄紀行だなんて。

そういうことではないんです、と白状しておきたい。蘊蓄なんて、辞書を引いてルーペで見て写さなければ私には書けない漢字だし、だからひらがなで書くことにするが、うんちくをたれるほど私は物知りではない。

物をあまり知らないからこそ、旅をしながら少しは調べたり、本を読んだりして、ちょっとずつわかっていこう、というのが私がここでしていることである。そういう旅行も面白いものですよ、というのが私からの小さなメッセージなのだ。

そんなわけで、前田利家のことをよく知らないからこそ、金沢へ行ってみて少しはわかろう、という気になった。

さて、金沢に前田利家の銅像はあるのだろうか。

私は、旅行好きの編集者数人にきいてみた。するとどの人も、はて、と首をかしげるのだった。気がつきませんでしたね、そんなのあったかなあ、と。そのうちの一人は、金沢のことを知っているについては、文句のつけようがない、金沢大学の出身者であったが、こう言った。

「見たことないですねえ。たぶん、ないんじゃないかなあ」

金沢大学というのは、今でこそ郊外に移転してしまったが、平成七年までは金沢城址がそのキャンパスだったのである。そこで学んだ人がないと言うんだから、ないんだろうと考えるではないか。

私は前田利家の銅像のことを半《なか》ば以上あきらめたのだった。

ところが、それをきいて私の妻がこう言うのである。そんなのおかしい。金沢に前田利家がないはずがない。私が独自に調べてみる。必ずやそれを見つけてみせる。

そして妻はインターネットで郷土情報、旅行情報などを手当たり次第にサーフィンしていき、その日のうちに勝ち誇ったようにこう言った。

「あったよ。見つけたもん」

わかってみれば何のことはない、それは金沢城址の石川《いしかわ》門下、フラワーガーデンというところにちゃんとあった。金沢へ行った人が必ず訪れる兼六園の入口の、道をはさんでむかい側である。そこに昭和五十七年から建っている銅像のことを誰も知らなかったのだ。

銅像の置かれる場所というのは何かの都合で変わることがあるので、ひょっとしたら以前はもう少し目立たないところにあったのかもしれない。しかし、それにしても、みんなものの見事に前田利家の銅像を見落としているのである。

私にはそれがとても象徴的なことのように思えてきた。

金沢は風情《ふぜい》のあるいい街で、みんなよく行く。兼六園の雪吊りって美しいよね、なんてことを言う人も多い。

なのに、その城下町の、初代藩主にはみんなさっぱり関心がないのだ。

前田犬千代だもんなあ。妻の名がまつだよね。そうそう、まつは秀吉の妻のねねと仲がよかったんだ。そういう縁があって秀吉時代に出世してねえ。そういう、ただ運のよかった武将だよねえ。

というようなイメージがあるだけで、みんな前田利家のことをほとんど知らないのだ。武田信玄《たけだしんげん》（187ページ）や伊達政宗《だてまさむね》（7ページ）にくらべたら、利家はかなり影が薄い存在だ。だから金沢のことを考えても、利家のことはあまり思い出されず、銅像があっても知っている人が少ないのだろう。

そうとわかって私にはかえって興味がわいてきた。前田利家とはどんな人物で、前田家とはどんな家だったのだろう。あんまり知らないなあって言ってるのも変だよね、日本一大きな大名家なんだもの。

ぜひともその銅像を見てみようと、私は大いにやる気になって金沢へむかった。

2

今、飛行機以外で金沢へ行くいちばん近いルートは、上越新幹線で越後湯沢《えちごゆざわ》まで行き、そこから、「はくたか」という特急に乗り替える行き方である。北越急行という、トンネルばかりでほとんど地下鉄のような線を通って直江津《なおえつ》へ抜け、そこからは北陸本線を通って、富山《とやま》を経由して金沢まで行く。その方法だと、乗り替えの都合がうまくいった場合、四時間弱で金沢まで行けるのだ。

そのようにして、私と妻は午後二時ちょっとすぎに金沢に着き、駅前のホテルにチェック・インしてから、まずはともかく兼六園下へ行った。お堀通りという道をはさんで、一方に兼六園があり、反対側が金沢城址なのである。兼六園は城の前に築かれた庭なのだから。

そこで我々は、兼六園には目もくれず、城の下の小さな公園風に整備された一角へ行った。そしてめでたく、前田利家の銅像を見つけた（157ページ）。昭和五十七年の建立である。

なかなか堂々たるものだった。甲冑《かっちゅう》を身につけて陣羽織を着、右手には扇《おうぎ》を持ち、左手で剣を握って、すっくと立つ姿である。かぶっている兜《かぶと》が少し珍しく、金色の一メートル近い筒のような形で金鯰尾兜《なまずお》というものだ。鯰の尾の形だというのだろう。貫禄十分の戦国武将の銅像だと言っていいできだった。なのにあまり知られていない。

私たちは、石川門という門から、金沢城址へ入ってみた。

見物するうちにわかってきたことを、整理して書いておく。

長く金沢城址というのは、観光客が入れなかった。平成七年まで金沢大学だったのだし、大学が移転してからは、どう整備すべきか決まってなくて、中に入れなかったのだ。ところが、平成十三年をめどに城址公園として公開されることになり、整備が進められている。そしてこの時は、仮公開中ということで、ロープの張られた一部コースを見ることができたのだ。

平成十四年には、NHKの大河ドラマが前田利家とその妻まつの物語をやることになっている。それに合わせるべく整備をしているのであり、抜け目のないことである。金沢城址公園は兼六園と並ぶ観光ポイントになるかもしれない。

まだ整備されてなくて雑然とした印象だが、石垣や、塀の一部や、重要文化財の三十間長屋（軍備倉庫である）などがあり、とても風情がある。こんな味わい深いところを、大学に使っていた時代はともかく、その後放置していたとは、なんともったいないことか、という気がした。必ずや素敵な公園になるであろう。

江戸時代の建物は、その末期に再建されたという三十間長屋以外には残っていない。あちこちに、丑寅櫓跡《うしとらやぐらあと》とか、三階櫓跡とか、本丸跡という立札が立っているだけである。

本丸は江戸初期の五十年間建っていただけで、火事で焼失し、その後再建はされなかったそうである。

三階櫓というのは、焼失した天守閣の跡地に造られて、天守閣の代わりの役をはたしたものだが、それも宝暦《ほうれき》九年（一七五九）には焼失したのだとか。北陸だからフェーン現象による火事が多かったのかなあ、と私は考えた。

火事で失われても再建しない、という事情のせいで、金沢城は天守閣も本丸御殿もない城だったわけだ。なぜ再建しないのか、の理由に、どうも幕府への遠慮があったらしい。

おおざっぱな旅行ガイドブックなどには、こんなふうに書かれたものがあるくらいだ。

「この城には、幕府に敵対する意志はないということをあらわすため、天守閣が造られなかった」

そうではなくて、初めはあったがすぐ焼失し、再建されなかった、というのが本当らしい。そしてその理由は、幕府に疑われないように、ということらしい。

百万石の大大名家も、案外その存続には危なっかしいところがあった、というわけだ。江戸時代初期というのは特に、様々な大名家が様々な理由でつぶされている。あの家に謀《む》叛《ほん》の動きあり、なんて疑われるのはお家の一大事だった。だから、疑われないように必死だったのだ。

そんなことが、前田家の家風にいろいろと影響してくる。そして金沢という街の性格にも反映していると考えなければいけない。

でも、そのことはおいおい考えていくことにしよう。城址をゆったりと見物して、我々は次に、歩いて尾山《おやま》神社へ行った。カラリと晴れてとても暑い日だった。

尾山神社は、前田利家を祀《まつ》った神社で、明治になって現在地に造られたもの。その神門にはステンドグラスがはまっていて、まるで龍宮城のような形である。

インターネットで調べまくった妻は、二代藩主利長《としなが》と、三代藩主利常《としつね》についても、その銅像がどこにあるかを探《さぐ》り当てていた。このシリーズの第一回で、仙台《せんだい》へ伊達政宗の銅像を見に行った頃（7ページ）は、うちはまだインターネットをやっていなかったので、現地に行ってみるまで細かいことは調べようがなかった。それにくらべると時代が大きく変わっているという気がする。

ただし、インターネットにも落とし穴がある。妻は、尾山神社にも前田利家の銅像があるかもしれない、と言うのだ。ある人のホームページに、「加賀藩祖、前田利家公の若き日の姿を再現した銅像が、金沢市の尾山神社に建立されることになり、きょう十三日、地鎮祭が行なわれた」と書かれていたそうで。

ホームページって、作ってはみたものの、飽《あ》きてしまって何年もほうりっぱなし、なんてのが多い。そして、いろいろと情報が変化しても、昔の書き込みを訂正するってことがまれなのだ。その辺がどうも、インターネットの限界である。

きょう十三日に地鎮祭、って言われても、何年何月の十三日だかわからない。その後その銅像が建ったのかどうかも不明だ。

私たちは、神社の境内《けいだい》をきょろきょろとさがし歩いた。そしてついにあるものを見つけ、思わず笑いだしたのである。

境内の一角に、兜の銅像があった。例の、利家がかぶっている金鯰尾兜の像である。平成十一年四月に、そういうものが建立されていたのだ。

「バブルがはじけちゃったからだよね」

と妻は言った。

「うん。それで予算がけずられて、若き日の利家が、兜の像に変わっちゃったのかなあ」

とても面白い発見であった。

(文庫版への追記・ところがそういうことではなかったのだ。私が行った平成十二年の十月に、尾山神社に前田利家の銅像が建立されたのだった。私たちはそのほんの少し前にそこで銅像をさがしていたのである)

3

さて、例によって私たちはポクポクと歩く。香林坊《こうりんぼう》を抜け、長町《ながまち》へ行き、武家屋敷群を見物した。用水の流れにそって土塀が長く続く風情には、人気の観光ポイントであって当然の端正な美があって、古都金沢の趣《おもむ》きをしっとりと感じさせてくれる。

それから次に片町《かたまち》の裏道を通り、やがて犀川《さいがわ》にぶつかって大橋を渡る。そこからちょっと行ったところに、にし茶屋《ちゃや》街がある。

金沢は、北東に浅野《あさの》川、南西に犀川という、二つの川にはさまれた城下町である。そして二つの川のむこうに、茶屋街が作られていた。浅野川を渡ったところの、ひがし茶屋街と、犀川を渡ったところの、にし茶屋街である。そういう遊び場を川のむこうに作るところに、なんとなく節度が感じられる。

にし茶屋街はひがしよりは狭いが、紅殻格子《べんがらごうし》の料亭が建ち並んで、ゆかしいたたずまいを守っていた。

さて、そのくらいで第一日目にしては十分に歩いたことになるだろう。どこかでうまいものを食べようよ、ということになる。

前にも行ったことのある、犀川大橋の近くの魚料理店が休みだったので、片町の裏通りをふらふら歩いてよさそうなところをさがした。そして、ある店の前に出ている黒板に、のどぐろ、の文字を見つけて迷わずそこへ入った。

のどぐろを以前に、新潟で冬に食べた時は切り身の塩焼きだったが、夏の金沢では尾《お》頭《かしら》つきの塩焼きだった。皮が赤くて、鯛《たい》よりはスリムな体形の魚である。脂《あぶら》ののり具合がほどよくて上品な味わいだ。

その店では、がんどうの刺身もうまかった。がんどうとは何ですか、ときくと、鰤《ぶり》の若い頃だという答えであった。普通、鰤になる前の段階をはまちと言うんだがなあ、と思って食べてみると、これが絶妙にうまい。はまちのコリコリした感じがなくて、まったりと脂がのっていて艶っぽいのである。これにくらべたら、世に多く出まわっているはまちは食べる気がしないほどのもの。

赤いかもうまかった。日本海側へ来る楽しみのひとつが、いかの刺身を食べることだと言えるほどで。

ごりの唐揚げも絶品。ごりとは、鰍《かじか》ともいう川魚で、はぜに似ているが味はもっといい。

そしてお酒は天狗舞《てんぐまい》だ。疲れた体に酒がしみわたって、いい心持ちである。

見たところその店は、そう高級店ではなく気軽に酒と海の幸を楽しむって感じのところであった。だが、がさつな居酒屋というムードではなく、客との応対が洗練されていて、なんとなく落ちつきがあるのだった。

これが金沢の威力だよなあ、と私は感じた。どことなく京都にも通じるような、古都の文化を感じさせてくれるのだ。金沢はどことなく文化的なのである。

私と妻は、金沢にはどんな伝統工芸があるか、という話をした。

「まずは加賀友禅《ゆうぜん》があるでしょう」

そうそう、その着物文化がある。十年以上前の正月に金沢へ来た時、女性が着物を着ている比率の高さに驚いたことがある。

「金箔も有名だよな。金沢のお土産に、金箔張りのテレホンカードをもらったことがある」

「そうよ。こっちのほうには金箔張りの桐箪笥《たんす》だってあるのよ」

私と妻は、せっかくの桐箪笥に金箔を張っては通気性が悪くなるんじゃないか、ということを大いに論じあった。

「それから、九谷《くたに》焼があるわ」

「名前はよく知ってるな」

「黄色に特徴のある、釉薬《うわぐすり》のぼってりした焼き物よ。古《こ》九谷は高いのよ」

どうも金沢は、そういう工芸文化が栄えているようである。その点でも京都に似ている。

「宝生《ほうしょう》流の能楽が盛んなことでも有名だし」

「そうか。サブちゃんの『加賀の女《ひと》』だな」

北島三郎の「加賀の女」という歌の、二番だか三番だかに次の詞がある。

〽謡《うた》がふるふる加賀宝生の
　木漏《こ も》れ陽蒼《び あお》い石畳
実に美しい歌詞だが、そんな歌謡曲の中にまで、宝生流の謡曲が盛んなことが歌われているのが金沢なのだ。

そのほかにも、漆器、象嵌《ぞうがん》、蒔絵《まきえ》などの伝統があり、金沢はまさに工芸美術の宝庫と言っていいほどの文化圏である。

「きらびやかな町人文化のようなものばっかりだね」

「そうなのよ。そういうことにうつつを抜かしている、あんまり軍事的じゃない藩、ということにして、江戸幕府から疑われないようにしていたのよ」

どうもその辺に、前田家と金沢の秘密がありそうである。

4

次の日、私たちは金沢駅から適当な特急列車の自由席に乗って、富山県の高岡《たかおか》へ行った。

書きもらしていたのでここで言及しておくと、金沢駅はその時、大々的に工事中であった。

北陸新幹線というものがほどなく開通するのだそうで、そのための線路やホームの建造が進められている。そして駅ビルもそれに合わせて建て替えになるのであり、工事中であった。遠からず、金沢駅前のたたずまいは一新するだろう。そして、城址公園は整備され、大河ドラマでは前田利家をやり、金沢は絶好調ということになるに違いない。

そういう、もうじき大きく変わりそうな金沢駅から、富山県の高岡へ行った。なぜそんなところへ行ったかというと、そこに、二代藩主前田利長の銅像があるからである。

では、なぜそんな隣の県に利長の銅像があるかというと、もともとそこは隣ではなく、自分ちの領地だったからである。

加賀百万石と言うけれど、もともと前田家が関ヶ原《せきはら》の戦《たたかい》の後、徳川《とくがわ》に認められた領地は、加賀、能登《のと》、越中《えっちゅう》の三国で、百二十万石ぐらいあったのだ。そしてこの大きすぎる石高が前田家の悩みの種《たね》になっていくのである。

慶長《けいちょう》十年（一六〇五）というと、関ヶ原の戦はすんでいて、大坂の陣はまだ、という頃だが、その年二代利長は隠居して、実際には弟である利常を養子として家督を譲った。そして自分は、自領の一部である富山に富山城を造ってそこに住んだ。

ところが、慶長十四年にその富山城が火事で焼失してしまう。そこで、その年のうちに高岡城を築いてそこに移った。それが高岡市の始まりである。そこは二代藩主の隠居城として生まれたのだ。

そういう高岡だったが、利長の死後、家臣はみな金沢に帰ってしまう。その上、ほどなく幕府から一国一城令が出されたので、城は壊され、城下町ではなくなる。

しかし高岡はさびれなかった。利長が、藩内の鋳物師《いもの》を高岡に移住させ、拝領地を与えるという産業振興政策をとっていたからである。高岡は鋳物の街となり、江戸時代には、全国の寺の梵鐘《ぼんしょう》を作っているのだ。そして今は、銅像製造の街である。

このシリーズをやっているからには、一度は訪ねてみるべき街、それが高岡だとも言えるのだ。日本の銅像のほとんどは、ここで造られているのだから（295ページ）。

ＪＲの高岡駅には、二〇〇〇年とやま国体の告知として、様々のスポーツをする像が飾りつけてあった。国体の宣伝であると同時に、銅像の見本展示でもあるわけだ。

高岡市には大仏もある。高岡大仏と呼ばれる一五・四メートルのもので、市街地のど真ん中にある。今あるものは昭和八年に完成したものだが、鋳物の街高岡をＰＲするためのものだと言えなくもない。

そのほか、ここではちょっとした公園などに、童話の主人公の像などがごろごろある。まさに銅像の街なのだ。

もと高岡城だったところは、今、古城公園として整備され、人々に開放されている。これだけの市にこの大きな公園はなんと豊かなことかと、うらやましくなる見事な公園である。

そこに、前田利長の銅像はあった。ほかにもブロンズ像がいっぱい飾られている中、昭和五十年の建立《こんりゅう》の、やや古びた、立派な銅像がそれである。利長の高岡入城の時の姿を模《も》したものだそうで、甲冑をつけた利長が姿勢も正しく馬に乗って前進する姿だ。そして、父の利家と同じ、あの鯰の尾の形の、まっすぐ長い兜をかぶっている。

ひょっとすると父から相続した同じ兜なのかもしれない。もしくは、父のものと似たものを作らせたのか。かなり立派な、いい銅像だと言っていいだろう。

富山藩のその後について、簡単にまとめておく。利長の死後、高岡城はなくなるし、富山城は焼失したままだし、富山は加賀藩の一部だっただけだ。

ところが寛永《かんえい》十六年（一六三九）、三代利常が隠居し、長男の光高《みつたか》に家督を譲った時、次男の利次《としつぐ》を富山十万石に、三男の利治《としはる》を大聖寺《だいしょうじ》七万石に分封し、それぞれ独立させた。

つまり、百二十万石もあって目立ちすぎる加賀藩から、一部分を分離してなんとか百万石ぐらいに縮小しているわけである。富山藩は、分藩としてあるわけで総家との関係は深いものの、一応別の藩となった。

それで今でも石川県の人は富山県のことを、あそこは田舎だとか貧乏だとか美人がいないとか、平気で悪口を言うのかもしれない。こっちが本家、という意識があるのだろう。そして、自ら藩をけずって小さくするというところに、大きすぎる外様《とざま》藩の複雑さが感じ取れるわけである。

私たちは、高岡のデパートで新潟県の名物のへぎそばを食べると、高岡駅に戻った。街のサイズが、タクシーに乗るほどでもない、というものなので、その日も朝から歩きづめである。

特急に乗って朝きた線路を戻る。金沢を通り越して、小松《こまつ》まで行く。

高岡古城公園の二代・利長像も鯰尾の兜姿

小松には昔、小松城があり、今はその三の丸跡が芦城《ろじょう》公園というものになっている。その公園に、三代藩主利常の銅像があるのだ。

一日で別の二つの市をまわり、ひたすら歩いて銅像をめぐっているのだから大活躍である。正直なところ、ツカレマシタ。

三代藩主利常は、隠居後、この小松城に入った。だから銅像がここにある。隠居後の姿を表わす像なので、甲冑姿ではなく、手に笏《しゃく》を持った衣冠束帯《いかんそくたい》姿である。すっくと立ったその像は、武の人というよりは、知の人という印象だ。三代の藩主の銅像の中ではいちばん古く、昭和四十一年の建立。

その像をしげしげと見て、公園で一息ついた後、私たちは金沢へと戻った。その夜は、イタリアン・レストランでゆっくりとくつろいだ。

5

前田利家は尾張愛知郡荒子村《おわりあいちあらこ》（現・名古屋市中川区荒子町《なかがわ》）に生まれた。その地の土豪の子である。幼名を犬千代といい、また、孫四郎《まごしろう》とか、又左衛門《またざえもん》という通称もあり、若い頃には槍の又左と呼ばれていた。

そういう若武者が織田信長《おだのぶなが》の家来になり、信長がどんどん勢力を広げていくので、自然に小大名くらいにまでなった。秀吉とは若い頃からの友人で、子を養子にやったりしている仲だ。

本能寺《ほんのうじ》の変で信長が殺された時、利家は越前府中《えちぜんふちゅう》に城を持っていて、越前全体の領主は織田家の重役、柴田勝家《しばたかついえ》だった。

そして、秀吉と勝家の戦う賤ケ岳《しずたけ》の戦になる。利家は勝家のことをおやじ様と呼び、その軍勢の一部ではあったが、主従関係とはちょっと違っていた。織田軍というのは、すべてが信長の家来であり、勝家と利家の関係は戦の時の連合軍のようなものなのだ。だから賤ヶ岳の戦で利家が秀吉側についたことは裏切りではなく、親友の秀吉と連合する道を選んだということである。それによって柴田勝家は滅《ほろ》び、利家は金沢城主となった。

それからの十数年は、豊臣政権の中での重役時代である。利家は五大老の一人となり、子の利長と共に豊臣家臣として働き、朝鮮出兵の準備で九州へ出陣したりしている。

慶長三年（一五九八）四月に、病気のために利家は隠居して利長に家を譲る。するとその年の八月に秀吉が死ぬ。

小松市芦城公園の三代・利常像は衣冠束帯

そうなってみて、ここからが前田家の苦況となっていくのだ。秀吉の家臣の中の大物として、野望を持って天下を望む徳川家康との微妙な関係に立たされてしまう。

前田家が主謀して、家康を討とうとしている、なんていう噂が、おそらく家康の側から流されたのだろうが、世に広まる。家康と戦うかどうか、決断を迫られるのだ。

そんな中で、利家は没する。そして利長は、家康と和解する道を選ぶ。そのために、母のまつ（芳春院《ほうしゅんいん》）を、江戸に人質に出し、家康の子秀忠《ひでただ》の娘の珠姫《たまひめ》を、世子の弟利常の妻として受け入れるのである。前田家の存亡の危機を、そこまで徳川に屈するやり方で乗り越えたわけだ。

以後、前田家は徳川方の大名として働き、関ヶ原の戦でも東軍に属したのである（合戦には遅れたが）。

二代藩主利長は微妙な立場にいた。その家の歴史から言って、豊臣家と敵対することはできないと思うのだ。つまり、大坂にいる秀頼《ひでより》を守り育てる任務はあくまで貫きたいわけである。

しかし一方で、百万石の家を守り抜くために、家康とは同盟していきたい。

そして、だんだん大坂の陣が迫ってくるわけだ。

慶長十七年頃に、利長は病気にかかり、かなり重くなっていった。その頃、大坂の秀頼の使者が来た時、利長はこう答えている。

三代利常は「関東の婿《むこ》」なので、徳川につくだろう。ただし、自分は生きている限り大坂に味方する。

そうしておいて彼は重臣にだけ、こう本心をもらした。わしは病気でもうじき死ぬだろう。わしが死ぬのは喜ばしいことだ。大坂と関東が戦をした時、もし生きておればわしは大坂につくしかない。利常は関東につくべきであるが、若気の至りで、ふと父のついている大坂へ味方するかもしれない。そうすればこの前田家は滅びる。だから早く死にたいのだ。

結局利長は、大坂の陣のおこる半年前に高岡城で死んだ。そして藩の秘密文書には、その死が、「御自身毒を召上られ候て御他界也」と記されている。前田家を守るため、服毒自殺をした、というのだ。

その死後、ようやく利長の母、芳春院は人質の身から解放されて、金沢へ帰ったのである。利常は正式に徳川将軍家に認められた百二十万石あまりの大名となる。

しかし、三代藩主利常の時代にも、前田家というのは苦しい家だった。

利常ははな毛をのばしてバカのふりをしていた、という俗説がある。遊びや、美しい細《さい》工《く》などに目のないバカ殿だった、というわけだ。

おそらく実際には、はな毛をのばすところまでいったわけではなく、はな毛を読まれる(甘く見られる、ということの俗な言い方)ような殿様として、疑惑を持たれないように生きた人だった、ということだろう。

そしてこのことが、文化都市金沢を生んだ、という伝説になっていくのだ。つまり、戦好きの武張《ぶば》った藩ではなく、美術工芸にうつつを抜かし、宝生流の能楽などをたしなんで謡《うた》ったり舞ったりしている藩、というイメージを世に強くアピールしたのである。

実際には、そんな文化的な藩になっていくのは五代藩主綱紀《つなのり》の頃からである。その頃の将軍綱吉《つなよし》が能楽の好きなおたくだったために、加賀の前田綱紀が宝生流の能を学んだのが、加賀宝生の始まりなのだ。能をやれば、華麗な衣裳や飾り物も必要となり、そっちの文化が栄える。文化都市金沢はそんなふうに生まれたのだ。

この、五代綱紀という人は、藩の御細工所《おさいくしょ》というものを整備したことでも有名である。御細工所というのは、武具などの修理、管理のために侍身分の職人をかかえて、城内でその仕事をするところ。同様の役所は幕府にも他藩にもあったが、加賀藩のそれは規模が大きく、やることも多岐《たき》にわたっていたことが特徴である。つまり、武具、細工、弓矢、鉄砲などにとどまらず、針、紙、竹、絵、蒔絵、象嵌、金具、茜染《あかねぞめ》などの細工があった。それによって、大藩である加賀百万石が、他藩とつきあう上での進物《しんもつ》を作っていたのである。

これが、金沢の工芸のもとになっていったのだ。つまりは、百万石の加賀藩を保持するために、そこの工芸文化は生み出されているのである。

御細工所を最初に作ったのが、三代目のはな毛の利常であり、それをより大がかりなものに整備したのが五代綱紀というのが、正確なところらしい。そこから考えても、利常はけっしてバカ殿ではなかったと思える。

さて、話が先走ってしまったので、ちょっと戻して、その利常の時の加賀藩最大のピンチのことを語ろう。

寛永《かんえい》八年（一六三一）というと、厳しい態度で諸大名家を次々に取りつぶしにしたことでも名高い三代将軍家光《いえみつ》になっていた頃だが、加賀藩に危機があった。その年の四月に金沢に大火があり、城も焼失したので、城を復興したのだ。崩れかけた石垣を改修したり、失われた甲冑弓矢を整えたり、船を購入したりした。

それに対して、加賀前田家に謀叛の動きあり、という噂が立ってしまったので、利常は嫡子《ちゃくし》光高と共に急いで江戸へ行き、釈明した。石垣の改修はほんのちょっとですし、弓矢は焼失した分を補充しただけです、などと弁明したのだろう。

そして、こういう疑いが出たのも、利常の室の、秀忠の娘珠姫が死去して徳川家との縁戚が切れていたためだからだろうと、新たなる縁組を求めた。その結果、水戸の徳川頼房《よりふさ》の娘大姫《おおひめ》を、いったん将軍家光の養女としてから、前田光高に嫁がせる話がまとまる。

前田家の最初の三代はそんなふうに、徳川家との緊張関係の中で、必死に家を守ったのである。

先に述べたように、この後、利常が隠居すると同時に、富山と大聖寺を分藩とし、百二十万石を百万石にけずるのもそういう努力のひとつだった。

加賀前田家の三代の藩主たちは（五代の綱紀もそこに加えてもいいが）、そんな努力によって日本一の大藩を守ったのだ。そしてそのことが、金沢を品のいい文化の街に作りあげていったのである。

6

妻と二人で石川県庁のあたりを歩いていて、こんな冗談が出た。

道を封鎖して、警察官が見張っているところがあったのだ。もしかすると警察官ではなく警備会社の人だったのかもしれないが、警察官ぽく見えた。そしてその警察官は、だれきった様子で椅子《いす》にすわっていた。

「たるんだ警察官だなあ」

「警察官ではなくて、民間のガードマンじゃないの」

そこで私が答える。

「いや、あれが金沢の警察官なんだよ。ここでは警察官も、ビシッと引きしまって武張った感じに見えちゃいけないんだ。幕府に疑われないように、たるんでないとね」

何をバカなこと言ってるんだと笑いあったわけだが、金沢という街にはなんだかそんなムードがある。どことなく女性的なのだ。

若い人の行き交《か》う繁華街を歩いていて、なんとなく若い男性よりも、女性のほうが生き生きして見える。ある都市がしっとりしていて女性的だっていうことが、あるんだなあ、と思った。

取材旅行の最後の日の三日目、私たちは午前中にまず、有名な近江町《おうみちよう》市場へ行ってみた。そこを見るのは今回が初めてである。

武蔵《むさし》ケ辻《つじ》の交差点の一角にある近江町市場は、七本の通りがくもの巣状に交《まじ》わり、食品店二百五十軒が並ぶという、金沢の台所だ。日本海の幸を並べた鮮魚店では大声で客を呼び寄せている。

女性は好きで、男性はそれほどでもないという市場見物だが、私には楽しかった。あれは、何か買わないと楽しくないのだ。私たちは魚屋で、のどぐろと、赤いかと、ばい貝を買い、クール便で家に送ってもらった。それから八百屋で小茄子《こなす》を買って、それはバッグに入れて持ち歩いた。

旅の翌日にそれをどう食べたかということまで報告することはないのだが、まあ、参考までに。

赤いかは刺身で。皮がむきやすく、新鮮な刺身でいただけた。ばい貝は壺焼きでもいいのだが、身を出して小さく切ってから、串焼きにした。

そして、のどぐろはトルコ風の焼魚にした。塩をして、タイムを振りかけて焼き、焼きあがりにオリーブ油をまわしかければトルコ風となる。それに、すりおろした玉ねぎに、オリーブ油と醬油を加えたソースをそえていただくと、和風とは一味違ってとてもうまいのだ。

そんな料理をしてみるのも、旅の楽しみの続きだと言えるかもしれない。

そうそう、近江町市場で、昼食に何を食べたのかを書き忘れていた。小さな食堂のようなところに入り、いろんな魚の刺身をづけにして丼のめしの上に並べた、づけ丼を食べたところ、実にうまかったことを報告しておこう。ビールとよく合ってたまらないものがあった。

さて、市場見物の次は、バスに乗って、石川県立歴史博物館へ行った。そこは、明治の末頃に、軍の兵器庫として建てられた、赤レンガ造りの建物が三棟並んだものだが、今は歴史博物館となっている。その建物自体に見る価値があるという博物館だった。

その次に、隣にある石川県立美術館を見物。これも大きくて立派な美術館だが、国宝の、野々村仁清《ののむらにんせい》作の色絵雉香炉《いろえきじこうろ》がさすがに見事である。

この美術館には、現代作家の絵画なども展示されているのだが、古九谷をはじめとする、工芸の展示がすばらしく、勉強になった。金沢の文化をこの目で見ることができた感じ。

それから私たちは香林坊へ出て大きな書店に入って郷土の本数冊を買った。そしてそこから、竪町《たてまち》商店街というところを歩く。

金沢でいちばん若々しい、ブティックが並ぶような商店街である。ところがそんな中に、加賀友禅の店があったり、老舗《しにせ》風の甘味屋が混じっていたりする。そこに風情があった。

歩き疲れた私と妻は、甘味屋に入ってかき氷を食べた。年の頃六十ぐらいの、風格のある女性がおっとりとそれを作ってくれた。

そんな所へ、どこぞの商店主かという風情の年配の男性が客としてやってきて、抹茶《まっちゃ》と和菓子を楽しみながら、女主人とのどかな会話をした。

それが、金沢でしかきけないような会話だった。

「旦那さん、まだ謡《うたい》は続けていますの」

「やってるよ。習いに行くとそこに友だちもいるしね」

「ちゃんと続けはって、立派なことですねえ。私とこは、主人はやってますけど、私は素養がなくてだめですの」

年配の人が、宝生流の謡をやっているというなんでもない会話である。金沢の原宿と言ってもいいような街で、そんな話が耳に入ってくるのだ。これが古都金沢の底力というものであろう。

私たちは、なんだかその街がわかってきたような気分になり、大いに歩いて疲れたことでもあり、そろそろ帰ろうか、という気になって金沢駅にむかった。

前田利家には、又左衛門という通称もあり、槍の又左と呼ばれたことは既に述べた。その頃の彼は、目立った行動に命をかけるような、かぶき者だったという。つまり、あれは大した武者だと言われるために、荒々しく槍働きをするタイプだったのだろう。

そういう男が、思いがけない大出世をして、大大名となってしまう。そして情勢が変わって徳川将軍の時代になった中で、必死の苦労をして加賀の前田家を守ったわけだ。前田家の藩主は代々そのことに努力をした。

その結果、金沢は工芸文化のある、京都のようなおっとりした街になり、女性的なムードのあるところとなった。

そのことを、槍の又左はどう思っているのだろう。利家の霊にきいてみたいような気分になった。

さて、駅弁を食べつつ東京へと帰ろう。

（二〇〇〇年九月号）

●七の旅

武田《たけだ》信玄《しんげん》と甲府《こうふ》

京へ進出できずに死んだ武将が尊敬された理由とは?
江戸期に評価急上昇した名君の実像を考察すると……。

風格のにじみ出た、甲府駅前の巨大像

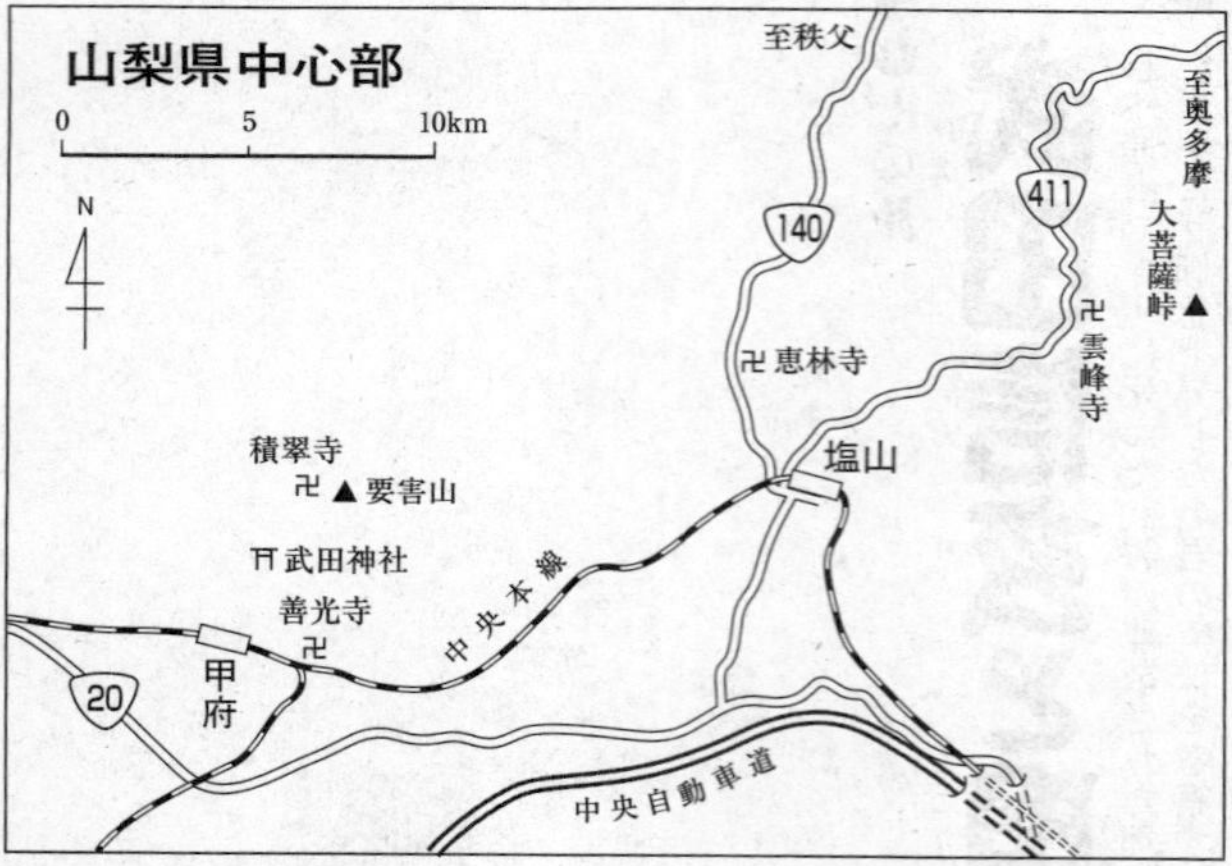
山梨県中心部
0
5
10km
N
至秩父
至奥多摩
140
411
大菩薩峠
恵林寺
雲峰寺
積翠寺
要害山
塩山
武田神社
善光寺
甲府
20
中央本線
中央自動車道

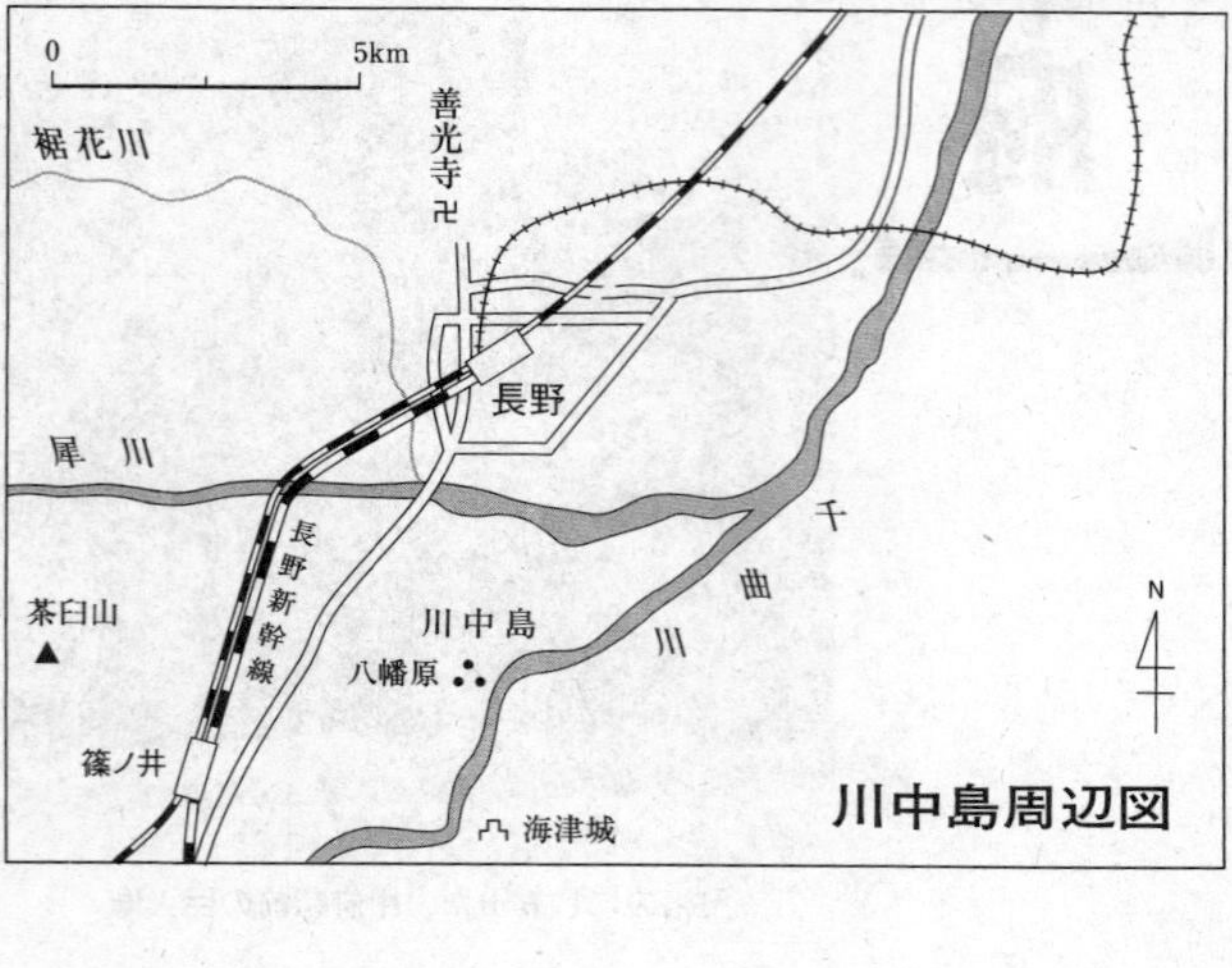
0
5km
裾花川
善光寺
長野
犀川
長野新幹線
千曲川
茶臼山
川中島
八幡原
N
篠ノ井
海津城
川中島周辺図

1

その人物の偉大さや値打ちのことは別にして、ただその人の銅像だけを見るとして、最も立派なのは誰だろうと考えてみる。いや別に、私は日本中の銅像を見てまわったわけでもなんでもなくて、そんなには銅像にくわしくない。その乏《とぼ》しい知識をもとに考えるのだ。さてそこで、銅像が立派といえば思い出すのは、武田信玄《たけだしんげん》の像である。甲府《こうふ》駅の前にある銅像を、以前に見たことがあるのだ。あれは相当大きくて、大人物の風格のにじみ出た、見事な銅像だった。

こう言うと、山梨県民は声を揃《そろ》えてこう言うだろう。

バカ言っちゃいけない。銅像が立派だという観点で信玄公をほめられてたまるか、信玄公があまりにも偉大なお方だからこそ、なんとかそれを伝えようと、銅像が立派になっているのだ。

それは確かにそうではあるけど。でも、銅像が立派だというのも事実である。この地に巨人あり、という風情《ふぜい》の実に重厚な像なのだ（187ページ）。

そこで、信玄の像を見に、甲府へ行こう、ということになった。調べてみると、ちょうど好都合なことがある。平成十二年の秋、山梨県のいくつもの寺や資料館で、武田信玄にまつわる資料の一斉特別公開ということをやっていたのだ。いつもは公開していない秘宝が見られる。そんなところもまわりながら、山梨県（甲斐国《かいのくに》）を肌で感じつつ、武田信玄（信玄と称するようになったのは三十九歳で得度《とくど》してからで、それまでの名は晴信《はるのぶ》だが、この稿では信玄で通す）について考えていこうということになった。

頃は十一月の中旬。いつもの、夫婦二人の気ままな旅行だ。

まず、ＪＲの中央本線で、塩山《えんざん》まで行き、そこで降りる。甲府の六つ手前の駅であり、甲府までは二十キロ弱といったところ。そのあたりにも信玄ゆかりの寺があるので、それを見ようというわけだ。

ところが、駅の北口に出て、まったく予期していなかったものを見つけた。そこにも、信玄の銅像があったのだ。説明を読んで、昭和六十三年に塩山ライオンズクラブによって作られたものだとわかる。有名な、高野山成慶院《こうやさんじょうけいいん》所蔵の「武田信玄画像」をもとに作られたもので、平服であぐらをかいてすわった姿。髪はほとんどなく、口髭《くちひげ》をはやし、眼光が鋭く、貫禄たっぷりの丸顔だ。右手に扇子《せんす》を持っているが、全体的にはダルマのような形の像である。それほど大きいわけではないが、大人物の風格はよく伝わってくる。

近頃、銅像評論家めいてきた私としては、なかなかのものである、という判定を下すのであった。今回の取材旅行では二つの信玄像を見る予定だったのだが、偶然にもいきなり予想していなかった三つ目の信玄像を見てしまった。

その写真を撮《と》ってから、タクシーで恵林寺《えりんじ》という寺へ行く。臨済宗《りんざいしゅう》の寺で、信玄はこ

武田氏菩提寺の恵林寺に近い塩山駅前で発見した像

こを武田氏の菩提寺《ぼだいじ》とした。そしてここには、信玄の墓がある。

もっとも、武田信玄の墓は全国に九カ所もあるのだそうだ。例の有名な、わしが死んでも三年間はそのことを秘密にしろ、という遺言のため、死んですぐには墓を作るわけにいかず、その後あちこちに信玄の墓が作られてしまったのである。恵林寺の墓も、信玄の死の三年後に作られたのだそうだが、今あるのは、信玄の百年忌に再建されたものだ。

そして、恵林寺で有名なのは、信玄が招いたという、快川《かいせん》和尚《おしょう》だ。名僧だったが、天正《てんしょう》十年（一五八二）に織田信長《おだのぶなが》に寺を焼かれ、和尚は山門楼上で焼殺された。その時に言ったのが、あまりにも有名な、

「心頭を滅却《めっきゃく》すれば火も自《おの》ずから涼し」

という言葉である。

恵林寺は江戸時代に入って、徳川家康《とくがわいえやす》によって再興され、その後柳沢吉保《やなぎさわよしやす》に補修されている（明治に火事で焼け、再建されたのが今あるもの）。このことはちょっと重要なのだが、徳川家というのは武田信玄のことをやけに尊重し、持ちあげるのである。信玄が名将だという世評はそのせいもあってのもの、と言えそうなぐらいなのだが、そのことはまたあとのほうで考えることにしよう。

恵林寺内に、信玄公宝物館《ほうもつかん》がある。特別展示中なので、信玄の愛刀「来国長《らいくになが》」や、信玄の軍配《ぐんばい》などを見ることができた。また、有名な風林火山《ふうりんかざん》の旗も見物できた。

恵林寺は、広くて立派な寺である。武田氏の菩提寺として尊《とうと》ばれている感じがした。

見物を終えて、タクシーで次の寺へ向かう。

車窓から、家々の庭や軒下《のきした》に柿が数珠《じゅず》のようにつないで下げてあるのが見える。大きな柿だ。あれは百匁柿《ひやくめがき》といい、この辺はもうぶどうが終わっていて、あの柿のシーズンなのだ、ということをタクシーの運転手が教えてくれた。

山梨県の果物生産は大したものですよね、と私は言った。ぶどうも、桃も、見事なものだから。このあたりの農家は豊かなんでしょうねえ、と私はきいてみた。

「みんな裕福だけど、子供が全部東京へ出て行ってしまって、後継者がいないんだよ」

という答えであった。

さて、車はどんどん坂道を登っていく。ちょっと離れた寺へ行くのだが、ひたすら登り坂なのだ。

ここですよ、と言われて車を降りると、山へ一直線に登っていく長い石段があった。雲峰寺《うんぽうじ》という寺である。この寺の近くのバス停の名は「大菩薩峠《だいぼさつとうげ》登山口」というものだった。

「えっ、大菩薩峠へ来てしまったのか」

「その登り口よ」

と妻が言った。いずれにしろ、甲府からはかなり遠い、田舎《いなか》じみた山の中である。来てみて、雲峰寺という名前が、なるほどと納得できた。

杉と檜《ひのき》が茂る中を、まっすぐのびる百数十段の石段を登っていく。もちろん、運動不足の私に一気に登りきれるはずもなく、三回ぐらい止まって、息を整えてやっと登りきった。標高八百メートルにある寺は、檜皮葺《ひわだぶ》きの本堂、茅葺《かやぶ》きの書院や庫裏《くり》などのある、古びたたたずまいであった。行基《ぎょうき》が開山したという伝説のある古刹《こさつ》だが、信玄の父、武田信《のぶ》虎《とら》が再建したものだそうだ。

そこに、宝物館《ほうもつかん》があって、特別展示を見ることができた。展示の目玉は四つある。
①武田家の家宝「日の丸の御旗《みはた》」
甲斐源氏《げんじ》の嫡流《ちゃくりゅう》に伝わるもので、日本最古の日章旗だとか。部分しか残っていない。

②「孫子《そんし》の旗」

信玄の軍旗。紺地に金字で「疾如風《はやきことかぜのごとく》 徐如林《しずかなることはやしのごとく》 侵掠如火《おかしかすめることひのごとく》 不動如《うごかざることやまの》山《ごとし》」の文字が二行に配されていて、いわゆる風林火山の旗だ。恵林寺にも同じものがあったが、ここには六枚ある。

③「諏訪神号旗《すわしんごうき》」

信玄の護身旗。赤地に金字で、諏訪大社の神名が書いてある。

④「馬標旗《ばひょうき》」

赤地に黒の花菱紋《はなびしもん》を三つ描く。

そういう武田家の宝がここにはあるわけだが、そのわけがドラマチックである。

信玄が病死して九年後、その子勝頼《かつより》は天目山《てんもくざん》の合戦に敗れて自刃《じじん》し、武田家は滅《ほろ》ぶ。その時、家臣が雲峰寺まで逃れてきて、ここに家宝を奉納したのだ。

つまり、まだ甲府に行く前の私は、いきなり武田家滅亡のあとを見物してしまったのである。そして同時に、武田家が新羅三郎義光《しんらさぶろうよしみつ》に始まる、源氏の名家であるということを知った。

まわらなければならないところが多いので、タクシーで一気に甲府市に向かった。そして着いたところが、甲斐善光寺《ぜんこうじ》。大きな寺である。金堂は総高二十七メートル、奥行四十九メートルという巨大建造物だ。

善光寺といえば、長野《ながの》にある、「牛に引かれて善光寺まいり」の善光寺が有名である。

ところが、甲斐にも善光寺があり、それは武田信玄が建立《こんりゅう》したものだ。

信玄が、越後《えちご》の上杉謙信《うえすぎけんしん》と十二年間にわたって、五度、信濃《しなの》の川中島《かわなかじま》で対戦したことはよく知られているだろう。そして、その戦乱で長野の善光寺が焼失することをおそれた信玄は、本尊や諸仏を甲府に持ち帰り、甲斐善光寺を建立したのだとか。

とは言え、焼失をおそれて、というのは口実にすぎないだろう。要するにその歴史ある大きな寺を、力ずくで甲斐に持ってきてしまったのだ。寺が繁栄すれば甲府も繁栄する、という狙いだったのだろう。

長野の善光寺のほうも、別に再建されたから、日本に善光寺は二つあることになってしまった。ありていに言えば、長野にあるのが本家善光寺、甲府にあるのが掠奪された善光寺ということになろうか。

甲斐善光寺にも、長野と同じように、地下の戒壇《かいだん》めぐりがある。一寸前も見えない闇の通路をぐるりと一周するもので、私も、なんにも見えんぞ、などと言いながら楽しんだ。

ここでも宝物館を見たが、信玄に関するこれといったものはなかった。日本最古の源頼朝《みなもとのよりとも》像、源実朝《さねとも》像が目玉だろうか。

善光寺の次は武田神社へ行き、そこでタクシーと別れる。

武田神社は甲府駅から北へ約三キロの地点にあり、バスもひんぱんに走っている。

ちなみに、甲府には駅のすぐ近くに、甲府城跡である舞鶴城《まいづるじよう》公園があり、私も、八年前に甲府を訪れた時には行ってみた。だが、その城は武田信玄とはなんの関係もない。それは江戸時代の、柳沢吉保の城なのだ。

そして、信玄の城、というか館《やかた》だったところが、今、信玄を神として祀《まつ》る武田神社となっているのだ。

ついにこの字を書かなきゃいけなくなって気が重いのだが、信虎、信玄、勝頼の三代が本拠地としたここは、躑躅《つつじ》ケ崎《がさき》という地名で、躑躅ケ崎館などとも呼ばれる。

堀はあるが、城というイメージはあまりないところである。平地に、天守閣のようなものではなく、普通の館がいくつか建っていただけだったと思われる。

そのこともあって、信玄が言ったとされる次のような言葉が有名になっているのだ。

「人は城、人は石垣、人は堀、情《なさけ》は味方、讎《あだ》は敵なり」

この言葉は信玄の行跡を記《しる》す『甲陽軍鑑《こうようぐんかん》』の中にあり、「武田節」という歌にもなっていてよく知られている。そして、人間を掌握《しょうあく》することこそ戦国の世に最も大切なことであり、それができていた信玄は、石垣があり天守閣があるような城を持つ必要がなかったのだ、あーあ名君だなあ、という意味に解されている。

どうも私には、信玄名君伝説が独《ひと》り歩きしているような気がする。躑躅ヶ崎館（今の武田神社）には、石垣があるのである。

そして、このシリーズで以前、織田信長のことを書いた時（97ページ）に触れたが、信長が安土城《あづちじょう》に天主閣（彼はこの字を使った）を築くまでは、高い石垣の上の天守閣というものはなかったのだ。

だから、信玄の居館に天守閣がないのはあたり前のことなのである。特別の思想があってそうしていたわけではない、と考えるべきだろう。

信玄はもちろん、戦国時代の名将の一人である。そのことは私も疑わない。しかし、どうも信玄はことさら名君のように語られているのではないか、という気も、なんだかわいてくるのだ。

さて、武田神社を見ることにするがその前に、もう午後二時ぐらいなのにお昼を食べてないので、何か食べたいな、と思った。ところが、神社の周辺に、土産《みやげ》物屋はあるが食べ物屋がまったくない（私は思い出した。前にここへ来た時もそうで、困ったのだ）。

堀の前に、てきやの出店が出ていてそこで焼そばを売っていたので、それを買ったが、すごい焼そばだった。油臭くて食べられないのだ。私はウズベキスタンのチャイハネで食べた羊肉の脂《あぶら》でギトギトのうどんを思い出し、昼食はあきらめた。

ついつい、そういうことから山梨県人の特性を考えてしまう。そんな一例で県民性を考えてはいかんとわかっているのだが、感想がわいてくるのは止められない。

ぬけ目がなくて小才《こさい》がきく、という人物評価があるが、あんなに人の来る観光地にものを食べさせる店がないということからは、まったくその逆の印象を受けるなあ、と私は思った。

昼食はあきらめて、神社を見よう。その日は七五三のお参りに来た親子づれがいっぱいその神社にいた。うららかないい日和《ひより》である。神社そのものは、特筆することもない普通の神社である。一応、柏手《かしわで》を打ってお参りする。

そして、宝物殿を見物。ここでは信玄の太刀《たち》、軍扇、書状、武田二十四将図などを見ることができた。だが実を言うと、それらを見ている間、私はひきかけた風邪《かぜ》が急激に悪化してきて、ふらふらだった。

見物を終えて、バスで甲府駅に戻り、駅近くのホテルにとりあえずチェック・インした。

3

三十分ほどそこで休憩してから、駅前へ行き、お目当ての信玄の銅像を見る（187ページ）。

八年前に甲府に来た時とは、銅像のある場所が変わっていた。あらためて見て、やっぱり圧倒されるような力強さのある、大きな像である。台座が三メートルぐらいあり、その上の像も三メートル以上はあるという雄大なものなのだ。

甲冑《かっちゅう》を身につけて、右手に軍配、左手に数珠を持ち、床机《しょうぎ》に腰かけた姿の像である。昭和四十四年にできたもの。堂々たる恰幅《かっぷく》で、小山を見るような印象すらある。とにかく、この街を語る上で、この偉人のことは絶対に抜きにはできない、ということが痛いほど伝わってくる。そこまで存在感の大きな銅像であった。

それから私たちは、甲府の街をぶらぶらと散策してみた。初めは駅前大通りの、平和通りを行き、ワインの専門店で甲州ワインを買った。その夜ホテルで飲んでもいいか、という考えである。県庁の外《はず》れで左へ曲がって少し行くと、なんだか若い人がどんどん吸い寄せられていく細い通りがあった。若者が闊歩《かっぽ》していることが街の活力のあらわれだという考えを持っている私は、そっちへ足を運んでみる。そして、若い人がびっくりするほどたくさん集《つど》って、ぞろぞろ歩いている道にぶつかった。

かすがモールと、それに続く春日《かすが》あべにゅうという通りで、そこには路上に出店が並んでいて、まるでお祭りのようであった。翌日がえびす講の祭りだということで、その前夜祭のようなものだったのだ。若者の集まる街らしく、ファッション店などが多い。オープン・カフェもあった。

女の子たちは、厚底ブーツをはいていた。ルーズソックスをはいている子も多い。ただし、やまんばメイクの子はいない。厚底とルーズまではちゃんと入ってきているが、そのことにも節度があって、親が不気味がることまではやらない、という感じなのだろうか。

いずれにしても、甲府は東京と相似形の都会であるかのように見えた。道端に若者がしゃがみこんでいるのも見られる。

だが、甲府の中でその一帯だけが、そういう若者のたまり場であるらしい。ちょっと横へそれたら、もう人通りが少なくなって、寂しいのだ。

その意味では、甲府は東京近郊の小都市だと言っていいだろう。若者たちの目は明らかに東京を向いている感じだった。山梨県民は、東京を志向している、と言ってもいいかもしれない。

だが、信玄の時代にはそうではなかった。その頃にはまだ江戸が、後《のち》の江戸ではなかったから、目指すはずもないのだ。

その日、タクシーで甲府の近郊をまわった私は、甲府盆地を存分に見た。山が近くに迫っていて、山すそになだらかな斜面が広がり、そこが、ぶどうなど果物の農園になっている。

まさしくそれは、複合扇状地《せんじょうち》、という地形であった。山国ではあるけれど、かなりの人口を養っていくだけの広さと豊かさがあることが感じられる。

そして、地図を見てみればわかるのだが、山梨県は東や南や西へは開いていない。東へ行けば関東山地にぶつかる。南へ行けば、富士山と天守《てんしゅ》山地にぶつかり、西へ行けば赤石《あかいし》山脈だ。真北へ行っても秩父《ちちぶ》山地や八ケ岳《やつがたけ》にぶつかる。かろうじて、富士川づたいに駿河《するが》湾に抜けるルートがあることはあるが、それはメインの道ではない。

その中で、甲府から北西の方向にだけ、山がなくて、盆地がつながっているのである。韮崎《にらさき》、茅野《ちの》、諏訪の方向へ、甲府盆地は開いているのだ。

つまり、甲斐の正面玄関側は、諏訪の方向であり、山梨県は長野県の方を向いていると言っていいのである。

武田信玄は自《みずか》らが領主となってから、主にその北西の方向に進軍した。諏訪をとり、佐《さ》久《く》をとり、伊奈《いな》をとり、松本《まつもと》や木曾《きそ》にも手をのばしていったのだ。そして、上杉謙信と、五回も川中島で戦っている。

その理由として、もちろん謙信という生涯の宿敵とぶつかってしまったため、というのも事実だろうが、甲斐にとって信濃が正面側であり、ごく自然に進みたくなる方向だったから、とも言えるのではないだろうか。

幸か不幸か、戦国の英雄武田信玄にとっては、進んでいく方向がそっちだったのだ。そして、そこで宿命のライバルにぶつかってしまい、そことの戦いに時間をかけすぎた。

後に、やっとのことで三河《みかわ》や尾張《おわり》に目をつけた時には、病《やまい》のために時間がそんなに残されていなかったのである。

尾張に出た織田信長が、生涯かけてひたすら京を目指していたのとは対照的だと言っていいだろう。甲斐に生まれたことが信玄の不運だと言っても、そう間違ってはいないような気がするのである。

ところが、そういう歴史性を持っているのに、今の山梨県は東京の方を向いている。

昔、小学校で習った日本の地方区分では、山梨県は中部地方だった。ところが最近では、関東甲信越という言葉がよく使われ、山梨県は関東のグループに入っているのである。山梨は関東の西の奥、という具合になっているのだ。

若者たちを見ていても、その印象を強く受けた。彼らは東京の渋谷《しぶや》にもよく行っているのかもしれない。

歩き疲れた私と妻は、とりあえずホテルに戻った。そして、ガイドブックを参照して、その夜は駅近くのドイツ料理店で夕食をとった。山梨名物のほうとうは、前に来た時に食べており、もう一度食べたいものではないな、と判断したのである。

甲府で初めてドイツ・レストランを体験するという変なことになった。サラダにかかっているドレッシングが半フリーズ状のもので珍しい味だった。本場風ハンバーグ・ステーキは大きくてパワフル。私も、それだけはなんとか食べたが、そえられている大量のポテトは、うまいのだがほとんど残した。

そんなレストランがあるということからも、甲府の都会性が感じられたのである。

4

翌日は早々に特急電車に乗り、長野へと向かった。

実は、信玄にちなんで甲府で見るべきところはまだたくさんある。特に、信玄の生まれた積翠寺《せきすいじ》は見逃してはいけないポイントであろう。

だが、そこへは、前に甲府に来た時に行って、見物しているのである。甲府からちょっと離れた扇状地の奥に、その小さな寺はあった。寺の裏に、信玄が産湯《うぶゆ》を使ったとされる井戸の跡があり、生誕の地、の碑が立っているだけである。

実は、信玄が生まれた時には、寺の背後の要害山《ようがいざん》に、要害城という防御を目的とした砦《とりで》があったのだそうだ。躑躅ケ崎館が守りきれなくなった時はそこに入る、という防御用の城なのである。その城があった頃に、信玄はそこで生まれた、と考えるのが正しいらしい。

ところが今は要害城はなく、ただ小さな寺があるだけで、井戸の跡というのも、二度見るほどのものではない。

だから長野に向かったのだ。私は、川中島の古戦場へ行くのである。そこにも、信玄の銅像があるからである。

昼頃に長野に着き、駅のホームでそばを食べた。駅そばは全国に数々あれど、長野の駅そばなんだもの、由緒《ゆいしょ》が違うぞ、と思ったのだが、そう特別なこともなく、普通のおいしさだった。

それから、駅前へ出て、川中島バスの松代《まつしろ》線に乗り、二十分ほど南下して、長野と松代との中間にある八幡原《はちまんばら》というところで降りる。

そこに、八幡原史跡公園、つまり川中島古戦場があった。そのあたりは、千曲川《ちくまがわ》と犀川《さいがわ》の合流するところで、だから川中島という地名なのだろう。

五回あったうちの、四回目の川中島合戦《かっせん》で、信玄と謙信は一騎打ちをした、という有名な伝説がある。この戦いでは、初め武田軍が劣勢であった。上杉謙信は、今こそ信玄を討つ時とばかりに、騎馬で敵陣深く突入し、ついに本陣にすわる信玄を見つけ、斬《き》りかかる。信玄は軍配で刀をはねのける。そこへ、信玄の家来が割って入って主君を守る。謙信はあきらめ、退却する。

という話が、名勝負物語のように語り伝えられているのだ。

だが本当は、一騎打ちはなかったらしい。それは江戸時代に作られた話なのだ。

でも、その一騎打ちはあまりに有名で、胸の騒ぐ名勝負として人々をひきつける。

というわけで、そこには、二人の一騎打ちの銅像があるのだ。

頭巾《ずきん》をかぶった馬上の謙信は、刀を振りあげて今まさに斬りかからんとするところである。そして、床机に腰かける信玄は大きくのけぞって、軍配で受けとめようと右手を前にさし出している。ほかではそう見ることのできない、合戦の一シーンの銅像であり、迫力満点だ。ここでも、信玄は恰幅のいい堂々たる体躯《たいく》に作られている。

川中島古戦場の像。右は謙信の乗る馬の脚

銅像の近くには、謙信が三度斬りつけ、信玄の軍配に七カ所の刀傷をつけたという伝説に基《もと》づく、三太刀《みたち》七太刀《ななたち》之跡の石碑も立っていた。

とにかく、有名すぎるほど有名な古戦場だというので、観光バスが次々とやってきて、おじさん、おばさんたちが大騒ぎで銅像の前に並んで写真を撮っていた。公園の一角には店が並んで盛んにリンゴを売っているという賑やかさである。

信玄はここまでやって来たのか、との思いが私にはわいた。

その執念の大きさに圧倒されるような気がすると同時に、こんなところにかかずらわっていすぎたんだよな、とも思う。戦いによって、信濃はほぼ手中にするのだが、謙信との勝負に決着はついにつかなかったのだ。

ただ、後世の我々はそこで、他にあまり例のない面白い銅像を見ることができるのである。昭和四十五年にできた銅像だそうだ。

それをじっくりと見物して、私の取材旅行は目的をほぼ達した。見るべきものは見たなと思う。

まだ時間があるので、私たちはもう一度バスに乗り、乗ってきた路線を更《さら》に先に二十分ほど行き、松代へ出た。

そこで、まず駅の裏の松代城跡を見物する。

その城は、一応今回の取材目的に入れていいものであった。そこはもとの名を海津《かいづ》城といい、川中島の合戦のために、信玄が造った城なのである。それが後に、徳川方についた真田信之《さなだのぶゆき》（幸村《ゆきむら》の兄）の居城になって、松代城という名に変わったのだとか。

その時、その城は復元工事中で、近くへ寄ることもできなかったが、石垣にはなかなかの風情があった。近々、城郭《じょうかく》が復元され、観光スポットとなるだろうと思われる。

そのあと、松代で見たものは、武田信玄とは関係がない。真田家の隠居所である真田邸は、大名屋敷の面影《おもかげ》を感じて味わうところだった。松代藩文武学校は、とても充実した藩校である。

そして、幕末の天才軍学者、佐久間象山《さくましょうざん》の生家跡と、彼を神として祀る象山《ぞうざん》神社を見た。紅葉の美しい頃で、とてもいい雰囲気ではあった。

松代をゆっくり見物してから、私たちはバスで長野へ戻った。そして、夕食を食べるにはまだ早いというので、通俗観光客ふうに、善光寺へ行って見物をした。本家善光寺のほうである。

行ってみれば、さすがの善光寺だなあ、という感想を持つしかない。長野というのは善光寺の門前町だと言っていいぐらいのもので、賑やかさの桁《けた》が違う。立派な本堂の大きさは、高さ三十メートル、奥行き五十四メートルで、甲斐善光寺よりひとまわり大きい。地下の戒壇めぐりのコースも甲斐のものよりは長く、それより何より、押すな押すなの大盛況だった。暗くて前がまったく見えないから、やたらにみんながぶつかって、ごめんなさい、と言っている。面白さでは本家のほうが勝ちと言うべきだろう。

善光寺を見物したあと、門前の通りにある昔風の洋食を食べさせる西洋料理店に行き、ちょっと早い夕食をとった。今回の取材旅行では、郷土料理というものをあまり食べないようにしている感じだ。新鮮な魚のあるところならともかく、内陸部の郷土料理ってあまりうまくないんだものなあ。

それから長野駅へ出て、土産を買ったあと、長野新幹線で東京に帰った。

行きは中央本線で甲府まで行き、そこから中央本線、篠ノ井《しののい》線を通って、塩尻《しおじり》経由で長野まで来たわけだ。なかなかの大旅行だよなあという気がするほど時間がかかった。

ところが、長野新幹線に乗れば、約一時間四十分で東京まで帰れるのだ。甲府とはまるで無関係のルートである。

帰りの新幹線の中で、私は武田信玄とは結局どういう人物だったのだろうと考えてみたのだが、考えがまとまらないうちに東京に着いてしまった。

5

武田信玄は合戦に強かった。まずそのことは確実であろう。

生涯でただ一人、村上義清《むらかみよしきよ》には上田原《うえだはら》で敗れているが、それ以外はほとんどの戦いに勝っている。上杉謙信と戦った五度にわたる川中島合戦では、勝ったとも言い切れないが、負けてはいない。信濃一国をほぼ手に入れたのだから、判定勝ちと言ってもいいだろう。

武田軍は赤い具足《ぐそく》をつけていたので、武田の赤備《ぞな》えと言われて、その強さをおそれられた。後に武田家が滅亡すると、徳川家康は武田の赤備えにあやかって、井伊《いい》の赤備えというものを整備したほどだ。軍の強さでは天下に名が通っており、信長だって家康だっておそれずにはいられなかった、というのが信玄のイメージである。そのイメージが、どれも実に貫禄ある銅像になっているわけだ。

武田信玄を語る上で、ちょっと気になるのは、父と子の関係であろうか。あなたが山梨県の人と信玄の話をしていて（その時は、信玄公と言わないと叱《しか》られる）、しかし信玄公は自分の父親をクーデターで追い落としていますねえ、と言うと、相手の顔つきが変わる。

「何が言いたいんだね。信玄公が冷酷な人間だとでも？」

「いや、そうじゃないですけど。でも信玄公は後に、長男も失脚させてますよね」

「つまり、鬼のように冷たい人間だと言いたいんだね。それは違うよ」

という話になって、一時間ぐらい熱弁をふるわれてしまうのである。

しかし、信玄にその、父子の対立があったことは事実だ。

信玄の父は武田信虎で、甲斐一国を統一した戦国武将である。だが、信虎が四十八歳の時、まだ二十一歳の信玄は、父に対して無血クーデターを行なった。信虎が駿河へ出かけた時に、国境《くにざかい》の道を封鎖して帰れなくしたのだ。信虎は駿河の今川《いまがわ》氏を頼るほかなかった。

信玄は実の父を追い出して領主になった男なのだ。

なぜそんなことをしたのか、についての通俗的な説は、信虎が軍事、外交について一貫した方針を持っておらず、家臣たちにうとまれていた暗君だったから、というもの。また、信虎は嫡男《ちゃくなん》の信玄と不和であり、次男の信繁《のぶしげ》を寵愛《ちょうあい》し、そちらを後継者にしようとしていたからだ、という説もある。

だが、どうも本当のところは、武田の家臣団の仲が分裂してしまい、信虎を捨てようとする派にかつがれて立つしかなかった、ということらしい。

それはどういうことかと考えてみるに、武田の家臣団というのは、主君の命ずるままに一丸となって働く家来たちという感じではなく、それぞれが思惑を持ち、主君にも不満を抱いたりする個別の者たちだった、ということである。甲斐ではそういう家来たちを国人《こくじん》という。

つまり、近世の封建主従関係よりひとつ古い、家臣団とそのまとめ役としての領主、という感じだったのだろう。うかうかしていたら滅ぼされてしまう戦国の世なのだから、無能な主君は切り捨てていく、というような主従関係だったのだ。

それは、たとえば織田信長の家臣団が、独裁者とその家来たち、というまとまりを持っていたのにくらべて、ひとつ古くて、土俗的なことである。まだ近世になっていない、という印象ですらある。

甲斐というのは、ちょっと古いタイプの小武将のよせ集めの国だったのだ。それらの家臣団の上に立ってなんとか話をまとめていくことにおいて、信玄は能力と風格を持っていたのだろう。

だから違う言い方をすれば、信玄とても、自分の思想だけで独断的な政治をすることはできなかったわけである。家臣団の意向をふまえ、それらがまとまっていくようにしか行動できなかった。

武田家では、武田二十四将という名のある家来のことが重要な存在として語られる。私も、武田神社の宝物殿で、武田二十四将の図を見物した。その二十四人の家臣が、甲斐ではすべて有名で、それぞれ尊敬されているのである。

そんなに家来が有能で有力であったのでは、上に立つ者はやりにくかっただろうな、という気もする。たとえば、天下を取る、というような個人的野望よりも、家臣団をなだめたり、その調和をはかったりすることに気を配らなければならないからだ。どうも武田家というのはそういう家だったのではないか。

信玄は後に、自分の長男の義信《よしのぶ》とも対立し、我が子を幽閉するという形で、失脚させている。父子の仲が不和になって、義信が信玄暗殺を計画したからだ、というのも事実だろうが、それも結局は家臣団が一枚岩ではないからのような気がする。若君が殿と不仲、となればそっちをかつごうと考える一派が出てきてしまうのだ。

甲斐とはそういう、言葉は悪いが、前近世的な、寄り集まり所帯の国なのかもしれない。

そのトップに立つ重石《おもし》の役目に、信玄はまことにふさわしかったのではないか。

山梨県では、選挙がとんでもないことになっている、という話をよくきく。ひどい金権選挙だというのだ。

これは、以前に山梨県のタクシーの運転手にきいた話なので、私の偏見だと思わないでほしいのだが、選挙はお祭りみたいなものですよ、だそうだ。村長選挙があると車が新車になったり、家が新築になる者までいるんだとか。あの人はどの一派だが、寝返りそうだ、なんて話でもちきりになるのだそうで。

今でもあの地の人は、前近世的な力関係の社会に生きているんだろうか、という気がしてしまう。

そして、山梨の人は、現代でもまだ、盛んに頼母子講《たのもしこう》をやっているのだそうである。銀行へ金を預けるより、仲間で組んで頼母子講をするほうを選ぶのだそうで、人と人とのつながりが重視されているんだなあと驚く。そういう社会では、個人主義的な人は生きにくいだろうな、という気がする。

そういうみんなの和が重視される社会は、人と人とがちゃんと結びついた人情のある社会だとも言える反面、現代によくまだあったものだという、個人の突出を認めない社会でもあるわけだ。

私には、そういう古いお国柄のてっぺんに、武田信玄という巨大な重石がどかんとのっかっているような気がする。甲府駅前のあの巨大銅像ならば、十分に重石の役をはたすであろう。

6

信玄は、川中島の合戦のあと、ようやく目を西に向け、遠江《とおとうみ》へ、三河へと軍を進め始めた。三方ケ原《みかたがはら》の合戦で若き日の徳川家康を蹴散《けち》らし、いよいよ京の方面へ進軍するかと見えた。おそらく織田信長もそれには脅威を感じたに違いない。

ところが、そこで信玄は病に倒れるのだ。

天正元年(一五七三)、五十三歳の信玄は長篠《ながしの》城から帰国の途上、信州駒場《こまんば》で死去する。

「死して後、三年はその死を隠せ」

と遺言したって、信玄なきあとの武田家には滅亡への道しかなかった。

信玄は確かに、信長や家康にとって無視できない東国の雄ではあった。しかし、信玄が、生涯かけて成し得たことは、やっと信濃と駿河の一部を手に入れたぐらいのもので、そう大きくはない。

なのに、江戸時代に入ってから、信玄がやたらに大政治家にして軍神のように尊敬されていくのである。

信玄は自国に「甲州法度之次第《こうしゅうはっとのしだい》」(信玄法度)という国法を発していて、戦国大名の自治法の中の代表ともいうべき見事なものである。

信玄は度量衡《どりようこう》を統一し、新しい枡《ます》を作って流通させたところが偉い（豊臣秀吉《とよとみひでよし》は同じことを全国規模でやっているんだけど）。

信玄は金を採掘して武田家の繁栄を支えた。また、漆《うるし》を生産して経済基盤とした。

信玄は信玄堤《づつみ》という治水事業をした。

信玄は、「人は城、人は石垣」という名言を残した。

そんな話が大いに広がり、戦国の名将武田信玄、というのが伝説化していったのである。

それらの話のもとになったのは、『甲陽軍鑑』という本である。これは、信玄の死よりずっと後に、甲州武士の小幡景憲《おばたかげのり》が、信玄の軍師山本勘助《やまもとかんすけ》の子の記録をもとにして、まとめたものである。死後に書かれた記録だから、いろいろと脚色して信玄を持ちあげている。

なのにこの本は広く読まれた。江戸時代、侍《さむらい》は必ずこの本を勉強した、と言っていいくらいである。侍だけでなく、庶民にも読まれて、一種の英雄伝として楽しまれたのだ。

なぜかというと、徳川家が、武田信玄を大いに持ちあげたからである。

神君《しんくん》徳川家康が、生涯でただ一度、完膚《かんぷ》なきまでに敗北した相手が、武田信玄である（三方ケ原の合戦）。神君に勝つとは、信玄こそまさしく軍神と呼ぶにふさわしい名将なのである。

という理屈で、信玄は尊敬されたのだ。そういうムードの中で、「人は石垣」の名文句や、川中島合戦の一騎打ちの話などが作られていったのである。

徳川家こそ、信玄伝説の生みの親だと言ってもいいだろう。

そしてそれには、家康が負けたことのある相手だから、というだけではなくて、ちゃんと別に理由があるのだと私は思う。

雲峰寺で見た武田家家宝（193ページ）のことを思い出してみよう。その中に、日本最古の日章旗があったではないか。そしてそれは、甲斐源氏の嫡流に伝えられるものであった。

武田家というのは、新羅三郎義光につながる、源氏の名家なのだ。

そして、徳川家も、源氏であることを自称した。本当は、ちゃんと源氏からつながっている家かしらと疑問もわくのだが、系図を作って源氏だとなのって、征夷大将軍《せいいたいしょうぐん》の職についたわけだ。

だから徳川家としては、源氏の家系こそ、我が国の軍事を司《つかさど》る正流で、源氏こそ将軍にもなれ、源氏は天才の家柄、という話にしたいわけである。

豊臣秀吉は、自分は平氏《へいし》であると称し（信じられないよね）、将軍にはならず関白になった。

家康は、一度は秀吉の傘下に組み込まれながら、その秀吉が死ぬとその家を攻め滅ぼしたわけだ。あんまりそのことを話題にはしたくなかったであろう。

だから、源氏の正統性のことを、ことさら重大に語るのだ。豊臣は平氏だからこの国を守る役には適さない。源氏こそそれを担当する家柄なのだと。

そこで、源氏の本流である武田家のことも持ちあげる。どうせもう滅びた家なんだから、持ちあげても面倒はひとつもないのだし。

そういうわけで、家康は武田の菩提寺の恵林寺を再建したのだろう。後に甲府の藩主となった柳沢吉保も、大いに武田家には礼をつくす態度を取り、恵林寺を修復するのである。

そういうわけで、武士はすべて教養として『甲陽軍鑑』を読み、信玄への尊敬を育てていったのである。

そういうことであるような気がしてならない。

考えてみれば、徳川時代に、信長や秀吉を軍神だとか天才だとか持ちあげるわけにはいかないのである。

源氏だから武田はよい、というのが徳川幕府の見解だったのだ。

それによって、信玄は大人物という話がどんどん育っていき、存在が巨大なものになっていったのではないだろうか。

そしてとうとう、甲府駅前にあんなにも雄大な銅像が作られてしまったのだ。

私にはそんな思いがわいてきて、なんとなくおかしくなってきた。

（二〇〇一年一月号）

●八の旅

平《たいらの》清《きよ》盛《もり》と神《こう》戸《べ》

盛者必衰《じょうしゃひっすい》。ひとときの都が置かれた地・神戸福原《ふくはら》こそ
瀬《せ》戸《と》内《うち》から宋へと続く海外交易の要衝《ようしょう》だった……。

大輪田泊改修地、兵庫住吉神社清盛塚の像

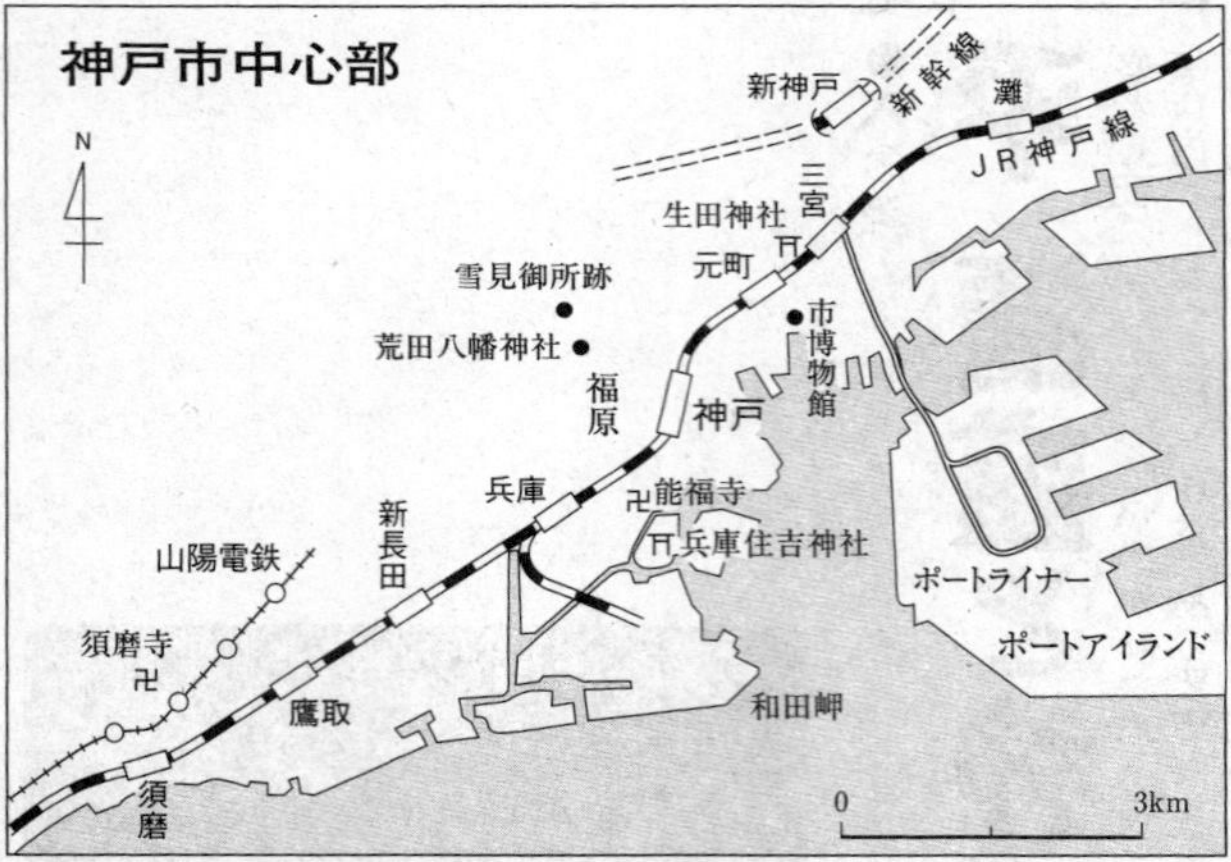
神戸市中心部
N
新神戸
新幹線
灘
JR神戸線
三宮
生田神社
元町
雪見御所跡
荒田八幡神社
市博物館
福原
神戸
兵庫
能福寺
兵庫住吉神社
新長田
山陽電鉄
須磨寺
鷹取
須磨
和田岬
ポートライナー
ポートアイランド
0
3km

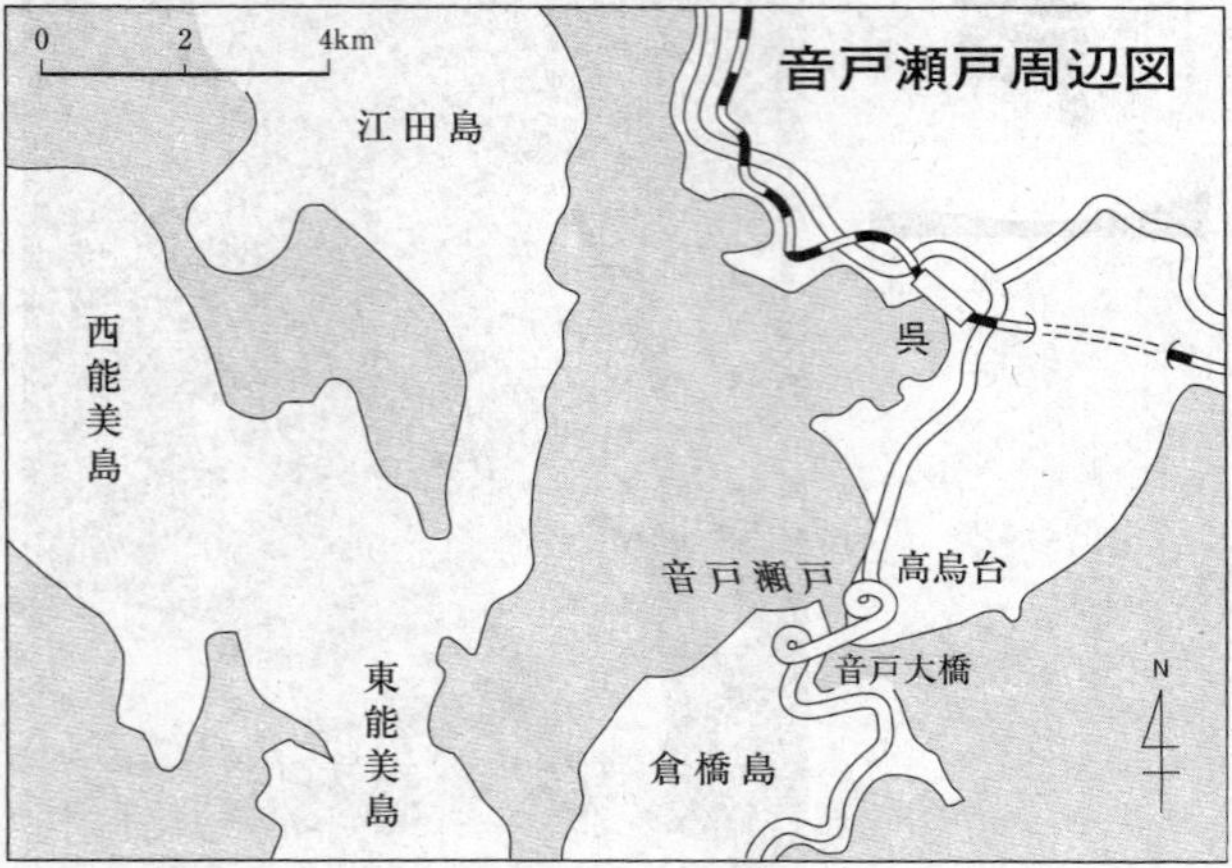
0
2
4km
音戸瀬戸周辺図
江田島
呉
西能美島
音戸瀬戸
高島台
音戸大橋
東能美島
倉橋島
N

1

私は名古屋に生まれ名古屋で育ち、大学を出たあと上京して、もう三十年も東京で生活しているという人間である。だから、名古屋のことと、東京のことなら多少は知っている。

ところが、世の中には、こういうことを言う人がいる。名古屋というのは、関東と関西の中間点ではないか。だから名古屋に住んでいれば、東京の影響と、大阪の影響を半分ずつ受けているはずだ。名古屋出身ならば、大阪のことも語れるはずだ。

というわけで私のところへ、大阪について語ってくれ、という話がちょいちょい持ちかけられるのだ。

そのたびに私は、大阪についてはほとんど何も知らないので、と言ってお断わりしている。

確かに、名古屋に住んでいれば関西の文化に接するチャンスは多い。テレビで、関西の局の制作した番組を見る機会があるし、関西のお笑い芸人は、名古屋もテリトリーのうちだと思っているかの如《ごと》くである。

だが、たとえ両方を見ることができても、一方に興味がなければ、見ていても見えず、ということになるわけだ。私は学生の頃から、卒業後は東京に出たい、そこでひと花咲かせたい、なんて希望していた人間で、目が大阪のほうを向いてはいないのだった。

そういうわけで、もちろん東京生まれの人間よりは、関西のお笑いのセンスを知っているし、関西弁には強いのだが、大阪について語るほどのことは知らないのだ。

仕事や所用で大阪へ行ったことは何度もあるが、いつも目的をはたすと、何も見ずに帰ってきてしまう。私にとって大阪は、ほとんど未知の世界である。

そして、先日ふとこういうことを考えた。

私が大阪より、もっと知らない都市がある。日本各地いろいろなところへ旅行をしているのに、生まれてからまだ一度も行ったことのない都市があるのだ。それもちょっと変だぞ。

その都市とは、神戸《こうべ》である。山陽新幹線で新神戸駅を通過したことはあるけど、それは行ったうちには入らない。

神戸へ行ってみよう、と私は思った。あれだけの大都市へ行ったことがないというのはおかしいんだから。

そう思った時、私は神戸でさがしてみるべき銅像の見当をつけていた。

詳《くわ》しいことは知らないのだが、神戸に最初に目をつけた人物が、平清盛《たいらのきよもり》だということをきいたことがある。

清盛は、今の神戸市内である福原《ふくはら》で晩年を暮らし、ほんのいっときだが、そこへ遷都《せんと》したことがあるのだ。そしてその理由は、そこならば瀬戸内海《せとないかい》を通じて、外国と交易する拠点となりうるからだとか。

私も、そのぐらいのことをぼんやりと知っているだけなのだが、要するに、清盛は瀬戸内海に目をつけていたのだ。そして、今の神戸である福原を都にしようとまでした。清盛の時代の福原が、今の神戸とそのままつながるのではないだろう。清盛以後もいろいろな歴史があり、特に、明治以降の文明開化の拠点としての港町神戸の歴史が、今の神戸には大きく影響しているのだと思われる。

だが、そうではあるにしろ、その地に最初に注目したのが清盛なのだ。そのことと、今の神戸とが無関係だとは思えない。

神戸で平清盛の銅像を見ることにしよう、と私は考えた。

例によって、そうなると妻に活躍してもらうことになる。

はたして神戸に平清盛の銅像はあるのか。あるとしたらどこにあるのか。それを妻は調べてくれた。このシリーズをやってきて、妻はちょっとした銅像博士のようなものになっているのだ。

さてそういうわけで、私と妻は三月の半《なか》ばすぎ、東京では白木蓮《はくもくれん》が大きな花を咲かせているという頃、新幹線の新神戸駅に降り立った。

以前に、ただ停車した新幹線の中から見てただけの時にも思ったことだが、東京の地下鉄丸《まる》ノ内《うち》線四《よ》ツ谷《や》駅のような駅である。つまり、トンネルとトンネルの間の、ほんのちょっとだけ空の見えるところが駅なのだ。新幹線の熱海《あたみ》もそんな駅だが、あそこよりも地上に出ている部分が短い。

で、あとになってわかってくるのだが、そのことは神戸の大きな特徴なのだった。その時はまだそれがよくわかっておらず、私は、なんでこんなところに新幹線の駅を作ったものやら、と思っただけで、駅前からタクシーに乗った。まずはホテルへ行くのだ。妻の立てたプランにより、ホテルは有名な人工の島、ポートアイランドにあるところが予約してあった。

駅からホテルまではそう遠くない。海の見えるところへ出て、橋を渡って、なるほど人工の島だから、真っ平らだなあと思っているうちにホテルの玄関に着いた。チェック・インして、部屋でひと休み。しかし、すぐに出発だ。カメラと地図とガイドブックだけを持った我々は、いよいよ本当の旅を始める。

「まずは、清盛の銅像を見に行きましょう」

と妻ははりきって言った。

2

ポートライナーという、運転手のいない軌道電車に乗って三宮《さんのみや》へ出る。交通のアクセス・ポイントであり、大いに栄えたところである。ビルの集中密度が高い。

そこから、JR神戸線に乗り、姫路《ひめじ》方向へ三駅行った兵庫《ひょうご》で降りる。そこから十分ほど、地図を頼りに海のほうへ歩いていくと、広い通りに面して兵庫住吉《すみよし》神社というものがあり、その一角に清盛塚がある。日曜日だというのに、観光客など一人も来ない寂《さび》しさだった。神戸へ来た観光客は、幕末の開港以後、明治になって西洋人が住んだ地で洋館の建ち並ぶ北野《きたの》などへ行くわけである。清盛に興味を持つ人などいやしないのだ。

しかし、清盛塚はなかなか見事なものである。石造りの十三重塔で、一二八六年に造《つく》られたもの。ただし、塔と清盛の関わりはよくわかっていない。大正時代に市電開通にともなう道路拡張があって今の場所に移されたのだが、その時調査をして、これが墳墓ではないことが確認された。そもそも清盛が死んだのが一一八一年だから、死後百年とちょっとたって建立《こんりゅう》された塚なのであって、墓であるわけがない。

私たちがいる場所は、もうちょっと行くと海であって、古来、大輪田泊《おおわだのとまり》と呼ばれたあたりなのだ。そして、昔から良港であった大輪田泊に、人工の島を造ったりして大改修をしたのが清盛なのである。だから、なんとなくその業績をたたえてここに塚が造られた、と考えればいいだろう。

さて、そういう十三重塔の横に、おめあての物がある。昭和四十七年に建てられたという、清盛の銅像である（219ページ）。

ゆったりとした衣《ころも》をまとった僧形《そうぎょう》の像だった。両手を胸の前におき、何かをさし出すか、受け取るかするようなポーズをとっている。

僧の姿をしているのは、史実にかなっているのだ。清盛が福原に住んだのは、五十一歳で隠居して出家してからのことだから。大輪田泊の修築もそれ以後のことなのだ。だから、神戸に関わりがあるのは、出家後の清盛なのだ。もっとも、出家したとは言え、六十四歳で死ぬまで、清盛は国の最大の権力者《と》であったのだが。

とにかく、銅像に会えたので夢中で写真を撮りまくる。柵によじ登ってまで撮っている姿は異様だっただろうが、人がほとんどいないので怪《あや》しまれずにすんだ。

清盛塚のすぐ近くに、新川《しんかわ》運河というものが流れていて、橋がかかっている。その橋の名が大輪田橋であった。まさに歴史にゆかりのある地に来ているんだな、という気がする。そして、それにしても今は寂しいところだな、と。

清盛塚から歩いて五、六分のところに、能福寺《のうふくじ》という寺がある。その寺は、一般の人にとっては、兵庫大仏というものがあることで知られるところだ。明治二十四年に建てられた大仏が人々に親しまれていたが、太平洋戦争の時に供出されてなくなった。そして今は平成になってから再建されたものを見ることができる。

しかし、実はこの寺は大仏よりも、清盛とのゆかりで語られるべきかもしれない。清盛はこの寺で剃髪《ていはつ》出家したのである。そして、清盛が死ぬと、遺言により、ここに遺骨が葬《ほうむ》られた。つまり、清盛の墓があるのだ。

正しくは、その墓の場所は不明だそうだ。だが、清盛の八百回忌（ということは、一九八一年だ）に、廟《びょう》として再建しており、それを見ることができる。石塔が三つ並んで建っていて、どれが何を意味するのかはわからなかったが、いずれにしても清盛の墓だと思っていいのだろうと、一応手を合わせて拝んだ。

旅が始まったとたんに、目的の人の墓にぶつかったというわけだ。面白いなりゆきである。

大輪田泊の改修の時、清盛によって築造されたのが経ヶ島《きょうがしま》で、その工事がうまくいくようにと、松王丸《まつおうまる》という者が人柱《ひとばしら》代わりに人身御供《ひとみごくう》になったという言い伝えがある。能福寺の近くの来迎寺《らいごうじ》に、その松王丸の墓と碑があるのだそうだ。

しかし、そこへ行くのはやめた。違う説では、海の神の怒りを鎮《しず》めるために沈められたのは経文《きょうもん》を書いた石だともいい、松王丸の話は信憑性《しんぴょう》が薄いからだ。

それに、私たちには急いで行かなければならないところがあった。タクシーをつかまえて、三宮近く、京町《きょうまち》にある神戸市立博物館へ行ったのである。翌日が月曜日で、博物館が休みであることからの強行軍であった。

タクシーの中で、運転手さんに神戸の道についてきいてみた。

「神戸は道がわかりやすいですわ。主な通りが二、三本、街を横切って並行に走ってるだけですから」

という話だった。それは、私がだんだんに感じ始めていたことだった。神戸というのは、ポートアイランドのような島を別にすれば、ひたすら横に長い街なのである。なぜなら、平らな土地は、海にそって横長にあるだけで、そのすぐ背後は山なのだ。有名な六甲山《ろっこうさん》のある六甲山地である。だから神戸というのは、どうしても横長に発展するしかなくて、狭いベルトのような地域に、市街地がぎゅっとつまり、JRもいっぱいある私鉄も、みんなそこに集中している。

山陽新幹線の新神戸駅が、トンネルとトンネルの間にあるのもそのせいなのだ。新しく線路を敷く土地なんかないので、山の中をトンネルで突き進み、ちょっとだけ地上に出たところを駅にしたってわけなのだ。

神戸は海と山にはさまれたベルト都市であると私は頭にインプットした。

その神戸の中心街にある市立博物館を見物。

結論から先に言うと、その博物館は、平清盛と神戸の関係を調べたい者には、そんなに参考にはならないところだった。ありきたりな年表があって、清盛が日宋《にっそう》貿易をした、なんてことが書いてあるだけだったのである。

ただし、この博物館にはものすごいものがあって、見る価値はある。今回の私の取材とは無関係だが、歴史展示の最初の部屋に、見事な銅鐸《どうたく》と銅戈《どうか》がどっさりと展示してあるのだ。

桜ヶ丘《さくらがおか》遺跡から見つかった銅鐸十四個と、七本の銅戈がそれである。そして、銅鐸のうちの二個は、絵画文《かいがもん》つきのものだ。

昔、小学校で銅鐸のことを習った時に、線画のある銅鐸の写真を見たことはないだろうか。弓を持っている人や、臼《うす》をついている人や、鶴や亀の線画が、四つに区切った画面に描かれている銅鐸だ。あれがこの神戸市立博物館にはあって、本物を見ることができるのだ。それ以外にも銅鐸がいっぱい並んでいて圧巻である。こんなに銅鐸を見たのは初めてのことで感動した。

あと、この博物館で私の取材に関係があったのは、一階のロビーに、清盛塚にあったのとほぼ同じ銅像があったこと。ただし、館内なので写真は撮れない。

博物館を出た私たちは、元町《もとまち》、三宮あたりをふらふらと散策した。三宮駅の北にある生《い》田《く》神社も見物。古いいわれを持つ神社だが、特に清盛との関係はない。

それぐらいで、今日の取材は終わろうかな、ということになった。

3

平清盛のことを考えていかなければならないのだが、まずお断わりしておく。ここでは、神戸に関係する部分の清盛のことだけを考えることにし、彼の全人生のことは取りあげない。

どんな家に生まれたのか、どのように出世していったのか、などのことはまたいずれ勉強することにし、今回は考えない。保元《ほうげん》の乱でどちら方についたのかや、平治《へいじ》の乱でどのように戦勝したのかや、後白河法皇《ごしらかわほうおう》との関係はどうだったのかなどのことも省略。最終的に清盛は太政大臣《だいじょうだいじん》にまで出世したし、その後には自分の孫が天皇にまでなる（安徳天皇《あんとくてんのう》）のだが、そういうことを調べるのはここでの目的ではない。

ここでは、海と清盛の関係に限って考察してみよう。

清盛の父、忠盛《ただもり》は九州を拠点にして日宋貿易に手を染めていたらしい。つまり、平家はもともと、海洋貿易のうま味を知っていた家なのだ。

忠盛が朝廷から、瀬戸内海の海賊の討伐《とうばつ》を命じられて、それをなしとげたのが、清盛が十八歳の頃のことだ。海賊というのは、つまり水軍のことで、本来は水先案内をすることをなりわいとしていた者たちだ。それが場合によって賊となったのだろう。

忠盛に海賊退治ができたのは、実は彼らとは知りあった仲で、話をまとめることができた、ということかもしれない。そのように、平家は瀬戸内海にゆかりの深い家だった。

そういう家の長男である清盛が、一一五一年、三十四歳の時（二十九歳の時という説もある）に、安芸守《あきのかみ》に任じられる。

安芸国《あきのくに》（広島《ひろしま》）の長官になったわけだ。この時代の安芸守などの職は、後《のち》の江戸時代の大岡越前守《おおおかえちぜんのかみ》などとはまるで意味の違うものである。大岡越前守は実は越前とは何の関係もなかった。ただ、ある種の位《くらい》を表わす名だけの役職だったのだ。

だが清盛の頃には、安芸守になったということは、安芸国を知行国《ちぎょうこく》とした、という意味である。もちろん、実際に広島へも行っているだろう。そこを繁栄させるための手だても講じているはずだ。

そのようにして、ますます瀬戸内海との関係を深めていったのだ。

平治の乱が終わったあと、清盛は安芸の厳島《いつくしま》に詣《もう》でている。そしてその後、厳島に経を納めるのだ。有名な平家納経《へいけのうきょう》である。更《さら》に後、出家した年には、厳島神社の造営を始めている。

つまり、広島の宮島《みやじま》にある厳島神社というのは、清盛によって今の姿に造営されたものなのだ。私は以前に宮島に行った時、宝物館《ほうもつかん》に入って、国宝の平家納経のレプリカを見ている。

海までも敷地にしてしまうという奇想天外なあの神社は、清盛の発想によって造り出されたものなのだ。

なぜ清盛があの島にあの神社を建てたか（もちろん、もとになったもっと小さな神社はその前からあったのだが）について、こういう説を言う人もいる。

船で広島へ行こうとすれば、あの宮島が最も安全に行ける良港の役をはたしたからだ、と。

安芸国を知行国とした清盛は、船で瀬戸内海を自由に航行することの重要性に着眼していたのだ。

そして彼は、その瀬戸内海に宋人の船を入れることを考え、より結びつきの強い日宋貿易を始める。それ以前にも、九州を拠点にした密《ひそ》かな交易はあったのだが、本格的にそれをやったのだ。八九四年に遣唐使が廃止されて以来、約三百年ぶりの日中貿易だと言ってもいいだろう。

清盛というのは、そういうビジネス・センスを持っていた人物なのかもしれない。商人のような知恵があったらしいのだ。

そういう才能があったからこその、福原への着目なのである。

隠居した後の清盛は、福原に住んだ。都へは用のある時に行くだけである。

ここでちょっと、福原とか、兵庫とか、大輪田泊などの地名について整理しておこう。

兵庫というのは、そこに摂津国《せっつのくに》と播磨国《はりまのくに》の国境の須磨関《すまのせき》を守る武器庫（兵庫）があったからついた地名である。その兵庫にあった港が大輪田泊だと考えればよい。

福原は、大輪田泊から少し陸地側に入った一帯であるらしい。

ちなみに、神戸という地名はもともと、生田神社のあるあたり一帯をさしていて、兵庫や福原の東隣だと考えていいだろう。地名の由来が、生田神社の氏子《うじこ》である神戸《かんべ》に酒造りをさせたという『延喜式《えんぎしき》』の記述によっているところからそう考えられる。だから、古くは神戸より、兵庫の名のほうが知れわたっていた。それが逆転したのは、幕末に神戸が開港され、明治になって文明開化の街として栄えてからである。大輪田泊の前の港はもともと、兵庫港と呼ばれていたのだが、今では、もっと東に拡大した神戸港の一部ということになっている。

というわけで、清盛が目をつけた福原とは、今の神戸（その兵庫区）と考えて間違いないのである。

一一六八年、五十一歳で清盛は出家し、福原の別荘に住むようになる。時の権力の頂点にのぼりつめ、平家の繁栄この上なし、という時期であった。

大輪田泊は、地図で見てみるとすぐわかるが、大阪湾の出入口のところにある港である。

安芸にも勢力を持つ清盛が、福原に住むことになり、瀬戸内海全体を掌握《しょうあく》したと考えていいだろう。

一年後に、清盛は福原に後白河法皇を迎えて、大々的な仏教行事を行なう。これは恒例となり、たびたび行なわれた。

そのまた次の年（清盛五十三歳）には、後白河法皇をまた福原に迎え、宋人と面会させている。

つまり、宋の船を福原まで迎え入れているということだ。その国の者を法皇に面会させているのだから、こっそりと小規模に、というのではなく、堂々と日宋貿易をしていた、と考えなければならない。

その当時、宋との貿易で日本が輸入したものは何だったか。数々の宝飾品や贅沢品《ぜいたく》もあったが、いちばん主なものは、唐銭《とうせん》や宋銭などの、銭であった。貨幣を輸入して、それによって日本に貨幣経済を導入したのである。

清盛には経済感覚があったようだ、というのがそこからも感じ取れる。

ちなみに、日本が輸出したのは、砂金・真珠《しんじゅ》・硫黄《いおう》などで、ほかには木材が中国の人に好評だったそうだ。

五十六歳の時、清盛は大輪田泊を修築する。

そして、一一八〇年、六十三歳になった清盛は、以仁王《もちひとおう》の乱などがおこって京の都がきな臭いことへの対応策として、福原遷都《せんと》を決めたのだ。福原を都にしてしまったわけである。

ただし、あまりにも急な遷都であったし、福原は都とするには狭すぎる、などのことがあって、みんなただもうバタバタするばかりで事はうまく運ばなかった。結局わずか半年間そこが名目上の都だっただけで、その年のうちに都は京に戻された。

その一一八〇年は、源《みなもとの》頼朝《よりとも》が伊豆《いず》で挙兵した年である。平家の滅亡への歩みが始まりかけていたと言えるだろう。

ところがその翌年の一一八一年、清盛は、京の九条河原口《くじょうかわらくち》の平盛国《もりくに》の家で死去する。遺骨は福原へ、という遺言であった。

この後、平家が滅亡するのは一一八五年のことである。そうなってみると、福原は一度歴史の表舞台から消えてしまう。

4

さて、私と妻は三宮あたりにいる。

いつもながら私は、今の神戸を肌で感じ取りたくて、人の多い繁華街を大いに歩きまわった。土地柄のせいで、若い人がいっぱい歩いている。日曜日の夕刻の賑《にぎ》やかさの中にいるのだ。

まず感じるのは、密集である。横長都市神戸の中心街は、南北方向からギュッと圧縮されているかのように、何もかもごちゃ混ぜの密集性が感じられる。

神戸の人はよく間違えずに電車に乗れるものだと感心してしまうのだが、それぐらいにJRや私鉄や地下鉄が多い。たとえば三宮には、JRの駅があり、阪急《はんきゅう》の駅があり、阪神《はんしん》もあり、それらを神戸高速鉄道がつないでいるらしい。市営地下鉄もあるし、ポートライナーの駅もある。

というわけで、三宮付近には高架の線路がいくつもある。すると、その高架の下が商店街であり、店がひしめきあっているのだ。大都市の商店街なのに、なんとなく闇市《やみいち》なんて言葉を思い出してしまうような、雑然たる印象である。ここを横に曲がったらどこへ抜けられるんだろう、と思ってしまうような。

線路の下が、バザールという感じなのだ。決して、ショッピング街というイメージではない。それが実に、神戸の土地の狭さを感じさせてくれる。

靴屋がやたらに多い。ほかの土地では見たことのないような派手な靴がいっぱい並んでいる。若い人向けの、奇抜《きばつ》なデザインの服もやたらに売られている。

私の腕時計の調子がおかしかった。電池切れが近いらしく、一日に五分くらい遅れるのだ。そこで私は、そのざわざわ商店街の中の店で、大奉仕品千円ぽっきり、という腕時計を買った。取材中だけ動いてくれればいい、という考えである。旅行中、それはちゃんと役に立った。それどころか、この原稿を書いている今も、その千円の時計は正しく動いている。

それから、私と妻は、つい思わず靴も買ってしまった。スペイン製の、革《かわ》のスニーカーが気に入ったのだ。

そこでの珍しい体験。その店の女主人は、カードではなく現金での支払いならば、消費税はまけておく、というサービスをしてくれた。そんなことを言われたのは初めてで、ますます外国のバザールで買い物をしているような気がした。

そういう関西的バイタリティーは神戸の魅力のひとつになっている。

ところが、街を歩く人々を見ているうちに、私は少しばかり奇妙な印象を受けた。妻も、こう言った。

「お店で売っているものと、そこを歩いている若い人の着ているものが違うね」

こういうことだ。

商店を見ていると、派手で奇抜で元気のいいファッションがやけに目にとびこんでくる。売っているものに活気があるのだ。

ところが、そこを歩いている若い人たちはそう奇抜な格好ではなく、むしろシンプルでひかえめなのだ。言い換えれば、若い人たちにあまり元気がない。若者ファッションの暴走、という感じが見られない。

だから、店側と客側とに、温度差があるって感じなのだ。店は必死に景気づけをしているのに、若者がのってくれないような印象なのである。人々に、愚《おろ》かしいほどの熱気が感じられないと言うか。

「やっぱり、まだ地震の爪あとは精神的に大きいのかもね」

と妻は言った。

そうかもしれない、と私は思った。六年前（取材時から）の阪神淡路《あわじ》大震災が残した傷は、まだまだ大きいのだろう。神戸の人はみんな、あの時一回、人生観が変わってしまったのだ。そしてまだ、ファッションではしゃぐような気にはなれないでいるのではないか。

ここまでには書かないでおいたが、実は私たちはあちこちでちょっとずつ地震の爪あとを見ていたのである。

街は、一応はちゃんと復興している。テントで避難生活をしている人はもちろんいない。

だが、大地震のことは、つい最近のことなのだ。

清盛塚の十三重塔は、あの地震の時に倒れたのであり、積み直した姿を私は見たのだ。

兵庫大仏は無事だったそうだが、生田神社の社殿はつぶれたはずである。だからそこには、真新しい社殿が建っていた。

市立博物館は、地震のあと一年間休館したのである。

JR神戸線の兵庫駅へ行く電車の窓から街を見ていた妻はこういう発見をした。

「まだ、プレハブの家がポツンポツンとあるね。仮の生活が続いてる人もいるんだ」

そんなわけで、神戸はまだ完全には元気を取り戻してないのかもしれない。一刻も早く都市の活力を取り戻してくれることを願うばかりである。

ということで、のん気な旅行記に戻ろう。

その日の夕食だが、ガイドブックでこれと決めていた二軒のレストランが、どちらも行ってみたら休みで、かなりガックリきた。そこでやけくその気分になり、若者向けのイタリア料理居酒屋のようなところへとびこんだ。

そうしたら、かなり安い店なのに料理人のレベルが予想外に高くて、幸せな気分になれたのである。やっぱりあれも、関西の威力というものなのだろうか。

ポートライナーに乗ってホテルに戻り、高層階のバーへ行ってみた。神戸の夜景を楽しもうと考えたからだが、その考えは大正解であった。

横長の神戸の街が、手前に海をはさんで一望できるのだ。その眺《なが》めは絶品である。橋を渡った人工の島から見るからこそ、そういう眺望が楽しめるわけだ。

「イスタンブールを思い出すな」

と私は言った。イスタンブールも、ひとつの街の中に、ボスポラス海峡という海が走っている。だから、アジア側から対岸のヨーロッパ側を見ると、あそこも七つの丘の街と言われているぐらいで、街の全体を眺めわたせて、うっとりするほど美しい。

ポートアイランド側から見る神戸の街は、それによく似ている。狭い海のむこうに、背後に山々が迫る都市の全景が広がっているのだ。

さすがは清盛が目をつけただけのところである、と思った。

5

第二日目、私たちはまず、福原京めぐり、というテーマで行動した。と言っても実は、見るべきところは多くないのだが。

兵庫区の雪御所町《ゆきごしょ》にある湊山《みなとやま》小学校へタクシーで行く。なんでもない、ただの小学校である。ただしその校庭に、石碑がある。

私たちはその学校の教員室へ行き、そこにいた先生に、校庭の碑の写真を撮らせてほしいと頼んだ。快《こころよ》く許可してくれた。

石碑には、雪見御所旧跡《きゅうせき》、の文字があった。

実は、福原京の遺跡は、ほんのいっときで消えた都だし、八百年もたっているし、どこに何があったのかなどがほとんどわかっていないのである。ただ、町名が雪御所町だし、多少は遺物が出土したこともあって、このあたりに御所があったのではないか、とされているのだ。昔の名残りを伝えるものは何もないが、ここが御所だったのね、と私は納得した。

さて次は、そこから南へ十分ほどなんでもない住宅街を歩いていく。すると、坂道の曲がり角に、小さな神社がある。荒田八幡《あらたはちまん》神社という、静かな神社だ。

ところがこの神社の境内《けいだい》に、史跡・安徳天皇行在所址《あんざいしょあと》、という文字のある碑が立っている。実はこの土地には清盛の弟の平頼盛《よりもり》の山荘があったのだそうで、福原遷都の時には、ここに安徳天皇（まだ赤ちゃんだが）の御座所《ござしょ》があったと伝えられているのだ。

また、この神社には、福原遷都八百年記念之碑（昭和五十五年のもの）という石碑もあった。

見ることができたのは、そんな石碑だけである。福原京というのは、なんだか夢の中にある幻のようなのだ。

そこで、私の旅のテーマがここから変わる。次に見るのは、平家滅亡の物語だ。

歩いて高速神戸駅という、どう見たって地下鉄の駅にしか見えないところへ行った。そこから、神戸高速鉄道を経由して、山陽《さんよう》電鉄本線で須磨寺《すまでら》へ行くのだ。神戸高速鉄道とは、いっぱいある私鉄を、便利なように地下鉄でつないでいるものらしい。

須磨寺を見物した。伽藍《がらん》の整った立派な寺だが、本堂は修復工事中で見られなかった。

この寺に、熊谷直実《くまがいなおざね》と平敦盛《あつもり》の銅像があった。甲冑《かっちゅう》をつけた馬上の二人の武者が声をかけあう姿である。

直実と敦盛の一騎打ちというのは、今の若い人は全然知らないだろうけど、かつて、とても有名な話だったのである。源氏方の直実が須磨浦で、平家の武者と出会って一騎打ちをするのだ。ところが、相手があまりに若くて、自分の子と同年配なので、不憫《ふびん》になる。

だが、そこへ源氏の武将たちが寄せてくるので、どうせ誰かに殺されるだろうからと、泣く泣く首を取った。それが、清盛の甥《おい》の平敦盛だったのだ。敦盛は青葉《あおば》の笛《ふえ》という笛の名手だったことで知られている。それがきっかけで武士がいやになって直実は出家してしまう。

という話が有名で、歌舞伎《かぶき》にもなり歌にもなっているのだ。

須磨寺にはその青葉の笛（本物だろうか）も残されていて、展示してあった。

つまり、須磨（神戸市須磨区）へ来た時点で、取材のテーマが変わっているのだ。敦盛の青葉の笛の物語は、平家滅亡の序曲と言うべきものなのである。

その日の後半、私は清盛の死後の、平家滅亡の始まりを見ることになるのだ。

昼食にそばを食べたあと、山陽電鉄本線でさらに二つ先の、須磨浦公園駅まで行った。

そこが、神戸平野の西端であり、一《いち》ノ谷《たに》である。一一八四年、ついに源氏との決戦となった平家軍は、この一ノ谷に本陣を置く。

須磨浦にはほとんど平地がない。海岸線にそって、JR山陽本線と、山陽電鉄本線の線路と、国道二号線があるだけで、それ以外はすぐに山である。

平家は生田の森あたりに最前軍を配置し、それからずっと西へ軍を固め、平野のどんづまりの一ノ谷に本陣を置いたのである。誰もここへは攻め入ってはこれまい、と思えた。

ところが、源義経《よしつね》は平野の背後の山を越え、馬で崖を駆け下りて一ノ谷を襲撃したのだ。

ひよどり越え、という名で知られている奇想天外な攻撃であった。安心しきっている本陣で、いきなり山の上から敵が襲いかかってきて、平家軍はうろたえまくった。平野のどんづまりにいて山から攻めかかられたのだから、すぐ目の前の海に逃げるしかない。そのようにして、平家の敗走が始まるのである。

私たちは、ロープウエイで須磨浦山上遊園というところまで登ってみた。眼下《がんか》に山肌《やまはだ》を見て、こんなところをよくも馬で駆け下りたものだとあきれるような思いを抱《いだ》く。

そして、あの下にいて、ここから攻められたら、逃げるしかないだろうな、と感じた。

山上遊園から見ると、細長い神戸市が一望できる。反対側に目をやれば、明石《あかし》大橋が見えた。

そして、正面は静かな海である。山があったりして通行が容易ではない山陽道だが、あの海に船を浮かべて行けばどこへでも自由に往来できるのだ、ということが見るだけで実感できた。この海を掌握しようと考えた清盛は、そのことだけをとっても天才と言えるのではないだろうかと思った。

一ノ谷の合戦は、平家滅亡の始まりである。

神戸は、平家の最盛期に清盛に目をつけられて、一瞬は都にまでなったのだが、同時にまた、平家の滅亡もここで始まったのだなあという気がして、感慨が深かった。

ということで、その日の取材は終了。それから私たちは、取材とはなーんの関係もなく明石まで山陽電鉄で行き、夕食においしいタコを食べた。

6

さて三日目はちょっと早く起き、かなり意外なところへと行くのであった。神戸のことを調べに来て、なんでそこまで足をのばすんだろう、という不思議な行動に出るのだ。ホテルをチェック・アウトして、タクシーで山陽新幹線の新神戸駅へ出る。そしてそこから、私たちはひかりに乗って、広島へとむかったのだ。

広島からは、呉《くれ》線に乗り替えて呉まで行く。

広島の宮島へ行って厳島神社を見るというのも、清盛に関わる旅ではあるのだが、そこは以前に行ったことがあるのだし、時間もあまりないのでやめにした。それよりは、呉に来るほうが重要だと考えたのだ。なぜなら、そこに清盛の銅像があるからである。

呉駅前でタクシーに乗り、妻はこう言った。

「まず、音戸《おんど》の瀬戸《せと》へ行って橋を渡り、渡ったところにある清盛塚というところをちょっと見たいんです」

そんなところにそういうものがあることまでよく調べたものである。

「それから、橋をもう一度戻って、高烏台《たかがらすだい》というところにある展望台へ行ってほしいんですが」

そこに、清盛のもうひとつの銅像がある。

タクシーは順調に走っているので、簡単な説明をしておこう。

呉市というのは瀬戸内海に突き出た半島のようになっているのだが、その半島の前に、倉橋島《くらはしじま》という島がある。そして、半島と、島との間の幅七十メートルの海峡が、音戸の瀬戸だ。

潮流が早いのだが、かなりの大型船でも通ることができる。

今は、半島と島を結ぶ音戸大橋がかかっているのだが、それが、ループ式に高台にまで登ってから海をまたぎ、渡ったらループ式に三回転して島に降りるという形式の橋である。橋には、満潮時桁下《けたした》二三・五〇Mの表示がしてあった。

つまり、橋を高くしてあるのは、その下を大型船が通れるように、という配慮からである。ここを通れば、神戸のほうから来て広島へむかう船はずっと近道ができるのだが、ここが通れなければ船は島のむこう側を通ることになって大変なのである。音戸の瀬戸とは、そういう海上交通の要所なのだ。

そういう瀬戸内銀座とも呼ばれる音戸の瀬戸が、昔は、干潮時には陸続きとなり、満潮でも船が航行できないこともあったという。

そこで、ここの開削《かいさく》工事をしたのが、平清盛だったのだ。海を掘って、いつでも船が通れるようにしたのである。

だからそこに、清盛塚がある。

それは、人工の小さな四角い島に、古そうな石塔が立っているだけのものだった。その島へは行けず、写真を撮っただけ。

そのあと、もう一度橋を渡って呉市側に戻り、高烏台というところを登ってもらった。

そこで、タクシーを降りるのがちょっと早くて、銅像を求めて山道をよじのぼらなければならない、というハプニングもあったのだが、ついに展望台にそれを見つけた。

平清盛公日招像《にっしょうぞう》、というものである。昭和四十二年に造られたものだそうだ。

この銅像は僧形ではない。一一六五年、当時四十八歳の清盛がここの工事をした時の姿を表わしたものだそうで、狩衣《かりぎぬ》に烏帽子《えぼし》の姿ですっくと立ち、右手をやや高くさしあげて、その手に扇《おうぎ》を持っている。

もちろん単なる伝説であろうが、その工事の時清盛は、この高台に立ち、工事を早く進行させるため、沈んでいこうとする太陽を、扇で呼び戻したというのである。だから扇を持っていて、日招像という名なのだ。夕陽も清盛の命には逆《さか》らえずなかなか沈まなかったので、工事はたった一日で完了したと伝説は言う。

伝説はともかく、清盛はそういう工事までしたのである。もちろん、瀬戸内海の航行の便をよくすることが、自分の利益につながるからそうしたのだろう。

清盛は瀬戸内海を自分の道としていたのだ。

展望台からまわりを眺めてみると、そのことが実感できる。目の前は、波もほとんどないような静かな海である。あちこちに、無数の島がある。須磨で見た海と、音戸の瀬戸で見る海は、まったく同じ印象だった。あそこからここまで、つながっているのだ。

海に出て、そこを自由に行き来できれば、この地方を掌握できるのである。そのことを清盛は知っていた。

平家とは、ある意味で、瀬戸内海豪族でもあったのかもしれないと私は思った。

呉市音戸の瀬戸公園高烏台にある日招像

日本という国は、国の中に、ほとんど京の都にまでつながるくらいの、静かな水路を抱えた国だとも言えるのだ。瀬戸内海というものをちょっと視点を変えて考えてみればそういうことになる。

その瀬戸内海を、清盛は手中にしたのだ。福原は、そのことの結果だったのだろう。

そして、瀬戸内海によって栄えた

平家は、その瀬戸内海に滅びる。

一ノ谷から海に逃れ、四国の屋島《やしま》の合戦にも敗《やぶ》れ、どんどん源氏に追いつめられていき、最後は山口県の壇《だん》ノ浦《うら》の合戦に負けて滅亡したのだから。

力を失った平家から、各地の水軍が寝返って源氏についた、ということもあったのだろう。しかし全体をまとめて見てみれば、平家は、瀬戸内海海戦とでもいうものに負けて滅びたと言えるのではないだろうか。

その滅び方は、福原に目をつけ、そこを都にまでしたという平家に、とてもふさわしいものであるような気が私にはした。

というような感想がわいたところで、取材旅行は終わりである。広島に戻ってかきフライでも食べることにしよう。

（二〇〇一年五月号）

●九の旅

太《おお》田《た》道《どう》灌《かん》と東《とう》京《きょう》

江戸城を築いた武将は和歌に通じた風流の人だった。
関東周辺に八つの銅像が建つ男の人気の秘密とは？

日暮里駅前ロータリーにある狩り姿の像

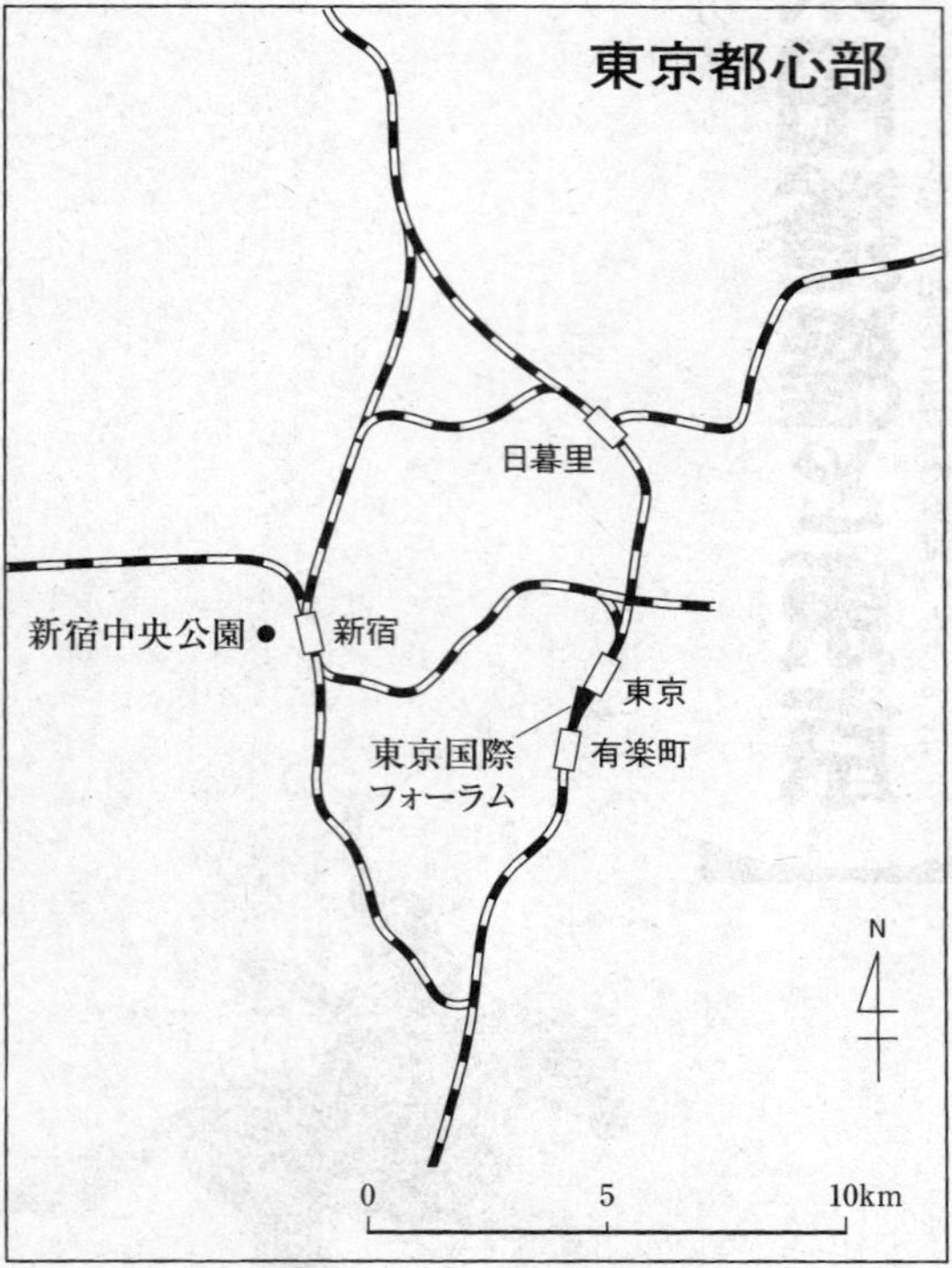
東京都心部
日暮里
新宿中央公園
新宿
東京
東京国際
フォーラム
有楽町
N
0
5
10km

1

私が東京に出てきてからもう三十年になる。郷里の名古屋に暮らしたのは二十三歳まで。つまり、私の人生において、東京に生きている時間のほうが断然長いわけだ。生まれ育った名古屋での時間は、五、六歳の物心つくまでがゼロと同じだからますます短い。

なのに私には、東京の地理がよくわからない。いろんな地名を耳にしても、その地の特徴が今ひとつピンとこないのだ。位置関係もあまり頭に入っていない。

タクシーに乗って、運転手から、××通りを通って行っていいですか、なんてきかれる。

その時私は、おまかせします、と答えているのだが、本当のことを言うと、どの道はどうつながっている、ということがさっぱりわからないので、答えようがないのだ。

ところが、名古屋でタクシーに乗って走っている時、私の頭の中には名古屋の地図があり、どのあたりをどっち向きに走っているのかちゃんとわかっている。

私は車の運転をしないので、自分で正しい道を選んで目的地まで行くという意識がなく、道路のつながり具合には弱い。

でも、そんな私だが名古屋ならば、道もわかり、街々の特徴もだいたい頭に入っているのだ。なのに三十年も住んでる東京では、それがわからない。

その理由はいろいろ考えられる。

ひとつには、東京があまりにも大きすぎるというのもあるだろう。普通の人がよく行くタウンが都市の中に二、三カ所あるとして、東京にはまだまだ他にそういうタウンがいくらでもあるのだ。とてもすべては頭に入ってこない。

また別の理由として、東京は放射状に広がる都市だというのも、道路やタウンの位置関係をわかりにくくしている。東京の道路というのは、皇居を真ん中において、蜘蛛《くも》の巣状に広がっているのだ。

名古屋ではそうではない。市の周辺部は別として、中心部は道が碁盤《ごばん》の目状についているからとても頭に入りやすいのである。

また、こういうこともあるかもしれない。私が名古屋に住んでいた頃、名古屋には路面電車が走っていた。どこへ行くにも、その市電に乗って行くことが多く、市の出来具合を見るのに電車は好都合だった。私が上京する年に、名古屋の市電は廃止される。

それに対して、東京に出てきた私がもっぱら利用したのが地下鉄である。地下鉄で動いていると、タウンの情報が点として頭に入ってくるばかりで、面として他とつながらないのだ。

それから、もしかしたらこういうことなのかもしれない。地形が頭に入り、街のなりたちが身にしみ込むのは、幼児期に特に発達している能力なのかも。成人してから来て、体験する街のことはどうも地図が頭の中にできにくいのかもしれない。

そんなわけで、東京をよく知らないまま三十年も住んでいる私は、なんだか心もとなくなってきて、こう思うようになったのである。

もう少し東京のことを勉強しよう。

東京とはどのようにできている街なのか。

東京を造ったのは誰で、どのように造ったのか。それを調べてみよう。

東京を造った、というのはもちろん正しい言い方ではない。明治になって東京という名に変わった大都市は、それまで江戸という名だったわけだ。だから、江戸を造ったのは誰か、というのを考えなければ。

江戸は徳川家康《とくがわいえやす》が造った、と考えることができる。天正《てんしょう》十八年（一五九〇）に、家康は江戸城に入り、関東二百四十万石の領主となった。これを江戸打入《うちい》り、という。

初めはそんなつもりはまったくなくて、小田原《おだわら》の北条《ほうじょう》氏を討《う》つために兵を率《ひき》いて東進してきたのである。ところがその途中、豊臣秀吉《とよとみひでよし》によって、北条氏を倒した後は、関東に移って江戸を居城となされよ、と命じられたのだ。その当時、江戸はほとんど何もない田舎《いなか》だった。だからその移封は、徐々に勢力を拡大してくる家康を、中央から追い払ったということだったのだ。

その当時の秀吉に逆《さか》らえるものではなく、家康は江戸に入り、やむなくそこを居城とした。戦《いくさ》をするためについてきた三河《みかわ》の兵たちは、この先はここに住むのだと言われて面くらったであろう。だが、その三河者が最初の江戸人になっていったのだ（ほんの少しはもとからの住人もいただろうが）。

我が師匠の半村良《はんむらりょう》に、『江戸打入り』という小説がある。三河の雑兵《ぞうひょう》たちがそんなつもりはまったくなく、戦のために東へ進軍して、戦って、江戸までつれてこられて、ここに街を造って住むのだ、と言われてしまうまでを、下からの視線で描いたユニークな時代小説である。こういう者たちが江戸を造っていったのだ、ということがわかる。

私は師匠のその小説にほんの少し関わっている。つまりその小説では、全編にわたって雑兵たちの三河弁が飛び交うわけで、愛知県出身のキミに三河弁の監修をしてほしいのよ、と頼まれたのだ。愛知県出身ではあるが尾張《おわり》の出の私には三河弁はわからず、人を介して三河出身の人を捜し、その人と師匠の間の中継役をし、微調整を行なった。

そうやってできた『江戸打入り』という本には、師匠好みのお遊びがしてある。本のどこにも何も書いてないのだが、カバーを外した本体の表紙にのみ、三河方言指導　清水義範　と書かれているのだ。

そういう体験をしたせいで、江戸っ子というものが生まれたそのいきさつについては、勉強になった。江戸はほとんどそれ以来の都市なんだな、ということも知った。

だが、家康以前に江戸がゼロだったわけではない。江戸には、海のすぐ前の湿地に、江戸城があったのだ。家康がそこに入る前は北条氏の支城だった。

その江戸城ができたのは、家康がそこに入るより百三十年ほど前のこと。造ったのは、太田道灌《おおたどうかん》である。

2

太田道灌というのは、不思議な有名人である。その人にまつわる二つのことだけがやけによく知られており、それ以外のことはほとんど知られていないのだ。私の知識が普通より乏《とぼ》しいのかもしれないが。

有名な二つのこととは、江戸城を造ったということと、山吹《やまぶき》の里のエピソードである。

道灌がある時山里で狩りをしていたところ、突然激しい雨にあってしまう。そこで、近くにあった農家を訪ね、蓑《みの》を借りようとする。すると、出てきた娘が、無言で山吹の花の一枝をさし出した。その時は意味のわからなかった道灌だったが、あとで人に言われて娘の言いたかったことを知る。『後拾遺集《ごしゅういしゅう》』という古い歌集にある次の歌を知っていなければ意味がわからないのだった。

七重八重《ななえやえ》花は咲けども山吹の
みのひとつだになきぞあやしき（かなしき、としている話が多い）

山吹には実のないところが悲しい、という意味だが、蓑がないのが悲しい、という意味にかけて、貸したくても蓑がございません、ということを伝えているのだ。

そうと知った道灌は、自分がまだ歌道に暗いことを恥じて、その後歌の道に精進《しょうじん》しましたとさ、という話である。

この話ばかりが、やけに有名なのである。たとえば落語にも、「道灌」という話がある。私などは太田道灌と山吹の話を、幼い頃、その落語で知ったのかもしれない。

ご隠居《いんきょ》さんから、道灌の山吹の話を教わった八《はっ》つぁんが、同じことをひとにしてみようと、急に雨の降り出した日に待っていると、とびこんできた男が、ちょうちんを貸してくれ、と言う。

「雨具《あまぐ》を貸してくれと言えよ」

「雨具は持って出てきたんだ。暗くなったからちょうちんが借りてえ」

「でも、雨具を借りてえと言えよ。言ったらちょうちんを貸すから」

「変だな。じゃあ、雨具を貸してくれ」

「へへへ。これをきけ」

と言って歌を書いた紙を出して、出鱈目《でたらめ》に読む。

「七重八重花は咲けども山伏の味噌《みそ》一樽《ひとたる》に鍋と釜《かま》しき。どうだわかったか」

「どいつか」

「おめえ、これを知らねえところをみると、よっぽど歌道に暗《くれ》えな」

「ああ。角が暗えから、ちょうちんを借りにきた」

というオチで、そう大したオチではない。

なのに、この話が残っているのは、オチはどうでもよくて、もとになっている道灌と山吹の歌の話が面白いからだろう。

教養ある武人と、若い娘のとりあわせがいい。蓑のない貧しさを恥じていて、しかもそれを古歌の謎かけで答えるところが奥ゆかしい。その後道灌が歌道に通じた名将になる、というなりゆきも話としてうまくできている。

というわけで、この話は江戸時代から人々によく知られていたのだ。

『老士語録』という古い書には、山吹の枝をさし出したのは娘ではなく、老女であったと書いてある。どうもそっちがもとの話のようだ。

だが、老女では話に色香《いろか》がなくて面白くない。そこでいつの間にか、妙齢の美女だったと作り替えられたのだろう。

それどころか、もっと話が大胆に創作されてもいった。

その山里に住んでいたのは老いた武士の一家であった。武士には一人娘がいたのだが、再婚して二人目の娘が生まれていた。ところが後妻は、自分が産んだ妹のほうを紅皿《べにざら》と名づけて可愛がり、先妻の子である姉を欠皿《かけざら》と名づけていじめた。姉のほうが美人で、気だてもよく、教養があったのを憎んだのだ。

道灌に山吹を捧《ささ》げたのは姉の欠皿であった。そのことがきっかけで見出《みいだ》された欠皿は、道灌の歌の友として江戸城に召されて何不自由のない生活を送った。そして道灌の死後は尼となって菩提《ぼだい》をとむらった。

という、紅皿欠皿の物語まで作られたのだ。ものの見事に、シンデレラとほとんど同じストーリーである。

この紅皿欠皿の物語は、河竹黙阿弥《かわたけもくあみ》の脚本で歌舞伎となって上演され、紅皿欠皿の碑まで作られたという。

山吹の歌の話はそれほどまで人によく知られた伝説である。そして、その山吹の里はどこなのだ、という話になるわけだが、現在、山吹の里と称する場所は、東京都豊島《としま》区高田《たかだ》の面影橋《おもかげばし》のたもとをはじめとして、東京周辺に二十カ所以上あるのだそうだ。つまり、関東で、山吹の咲いてる山里はみんな、ここが道灌の、あの山吹の里ですと自称するのである。人気があるのだ。

人気と言えば、道灌は妙に人気がある。

この銅像シリーズをやっていて、たとえば坂本《さかもと》 龍馬《りようま》（37ページ）などは人気があり、全国に五つ以上も銅像があった。

ところが太田道灌の銅像は、私が調べた限りでも、関東周辺に八つもあるのだ。関東の英雄と言えば、太田道灌しかいないじゃないか、とでもいうように。

その八つのありかを書いておく。まず東京都にあるものが三つ。

有楽町《ゆうらくちょう》の東京国際フォーラムの中。

新宿《しんじゅく》西口の、新宿中央公園の中。

日暮里《にっぽり》駅前のロータリー。

次に、埼玉県にも三つ。

東京国際フォーラム（旧都庁舎跡）内の像

川越市《かわごえし》の市役所前。

岩槻市《いわつきし》（現・さいたま市）の市役所前。

越生町《おごせまち》の龍穏寺《りょうおんじ》境内。

神奈川県には、伊勢原《いせはら》市の市役所前に。

そして静岡県の東伊豆《ひがしいず》町の熱川《あたがわ》温泉にも、その温泉を発見したのが道灌だということで銅像がある。

びっくりするほどの人気である。

だが今回は、東京と道灌というテーマなので、東京都にあるものだけをまわってみよう。

3

まずは、有楽町の東京国際フォーラム内にある道灌像を見るべきであろう。あの奇抜《きばつ》なデザインのビル群と広場からなる都心の一角が、もと東京都庁のあった場所だというのはみんなまだよく覚えていることだろう。

その、旧都庁舎の前に、あの銅像はあったのだ。そして今は、建物の中に移設されている。

もともとは、昭和三十二年に江戸開都（道灌の江戸城ができた時から）五百年の記念として造られたものだ。

狩りの時の衣裳を身につけ、左手に弓を持ち、右手で杖《つえ》をつき、すっくと立ってやや上方を見ている。頭には笠をかぶっているが、落語の八つぁんの表現を借りれば、「椎《しい》たけがあおりをくらったような帽子をかぶって、虎の皮のももひきをはいて突っ立ってる」ということになる。ご隠居の言うには、

「椎たけがあおりをくらった帽子ってのがあるもんか。それは騎射笠《きしやがさ》というもんだ。虎の皮のももひきではない。それは、むかばき」

道灌の銅像の多くが、ほぼ同じような姿のものである。

大きなホールの中だが、そこは一応屋内である。屋内では写真撮影を禁じていることが多いので、撮影できるんだろうかと心配していたのだが、あたりに人がいるわけでもなく、自由に写真を撮ることができた。この道灌像は江戸城（今の皇居）のほうを向いているのだそうである。

次に、新宿の銅像を見てみよう。

新宿中央公園の中にある久遠《くおん》の像というのがそれだ。ひざまずいて山吹の枝をさし出す娘とのセットになっている。この像は、立っている道灌と、ひとり、山吹の里はここだ、という伝説のあるところのひとつなので、最もポピュラーなシーンを像にしたのである。昭和五十三年にできたものだった。

伝説にちなむ久遠の像（新宿中央公園）

公園内のそのあたりには、ホームレスの人のビニール・シートの住まいがいくつか作られていた。

像の娘は、盆のようなものをさし出している。本当ならばその盆の上に山吹の枝がのっていなければならないはずだが、それが見えない。もとはあったのだが、何かの事情で失われてしまったのだろうか。

三つめの銅像は、日暮里駅前にある（249ページ）。噴水のむこうに高い台があって、台の上に、馬にのって左手の弓をさしあげている道灌の像があった。合戦《かっせん》の時の姿かと思ったのだが、そうではなくて、これも狩りの時の姿なのだそうだ。確かに、ほかの銅像と衣服が同じである。この銅像は平成元年に造られたものだった。

この地に銅像を建てた由来は、近くに道灌塚とか、道灌山などと呼ばれる、道灌の物見塚があったためである。

たとえば東北新幹線で北上していくとして、上野《うえの》駅から発車してやっと地上に出たあたりが日暮里だが、それからしばらく、左手がちょっとした崖《がけ》になっている。新幹線も山手《やまのて》線も京浜東北《けいひんとうほく》線も、線路はその崖下を通っているのだ。

日暮里は、古くは新堀《にいほり》という地名だった。それがにっぽりと呼ばれるようになり、日暮里の字があてられ、ひぐらしの里、などとも言われるようになったのだ。

線路の左側の高台は、新堀台地という地形で、道灌の頃も、そこは東の低地を見張るのに適したところだったのである。だから道灌塚がこのあたりにいくつも設《もう》けられていたのだ。

そのことを実感するために、銅像のある駅前とは、反対側（駅の西口）へ跨線橋《こせん》で渡ってみよう。渡ってすぐ右手にあるのが、本行寺《ほんぎょうじ》である。この寺は別名を月見寺《つきみでら》と言うのだが、そういう台地のへりにあるのだから月見にはもってこいというわけだ。

この寺は、太田道灌の孫の開基と伝えられており、道灌の物見塚があったと言われている。その塚は、鉄道を敷く時に崖が少しけずられて今はなくなっているのだが、寺の境内に入ったすぐのところに、道灌物見塚の碑がある。

そしてその左に、小林一茶《こばやしいっさ》の句碑があり、次の句が刻まれていた。

陽炎《かげろう》や道灌どのの物見塚　一茶

それから、寺の裏手は墓地になっているのだが、その最奥あたりに、太田家之墓というのを中心にして、二十ばかり、太田家代々の人の墓が並ぶ一区画があった。ただし、孫が開いた寺なのだから、道灌の墓はなくて、どれも江戸時代の墓であった。

江戸時代の太田家、というものについてはこの稿のもう少し後のほうでちょっと触れることにする。

4

さて、道灌の銅像を見てまわっているうちに、私には少しわかってきたことがある。道灌といえば江戸城、とつい考えてしまうのだが、道灌は関東一円を駆けまわっていた、というのが実態らしい。だからこそ、ゆかりの地がいっぱいあり、銅像も多いのだ。

道灌とはどんな人物であったのかを、もう少し調べてみよう。

太田道灌は永享《えいきょう》四年（一四三二）相模国《さがみのくに》に、太田資清《すけきよ》の子として生まれた。

道灌の名は何度も変わるのだが、幼名が鶴千代丸《つるちよまる》、長じてからの名が資長《すけなが》であり、道灌というのは、隠居してからの名である。しかしまあ、ここでは道灌で通すことにしよう。

道灌の生きた時代とはどういう時代だったか、というと、とんでもない時代だった。室《むろ》町《まち》時代の後期、ということになるのだが、道灌が三十六歳の年に応仁《おうにん》の乱がおきて乱世となる。下克上《げこくじょう》の時代が始まりかけ、やがて戦国時代へとつながっていこうかという頃だ。

その時代の関東は各氏入り乱れて戦乱に明け暮れていた。

室町時代は、将軍である足利《あしかが》家が京都にいた。これは、その始まりが南北朝時代という複雑な情勢だったため、京を離れられなかったことによる。

そして、関東には中央とは別の政権があり、抗争がある、というような具合だった。

道灌の頃、関東で勢力争いをしていたのは、鎌倉公方《かまくらくぼう》の足利成氏《しげうじ》と、関東管領の上杉《うえすぎ》氏だった。その上杉氏には二家あり、ひとつは山内《やまのうち》上杉家であり、もうひとつが扇谷《おうぎがやつ》上杉家だ。二つの上杉家は時に協力して足利成氏と交戦するかと思えば、敵対して戦うこともあるという、ややこしい関係だった。

そして、二つの上杉家を事実上支《ささ》えていたのは、それぞれの家宰《かさい》だった。江戸時代の用語で言えば、家老にあたる。どっちにも名宰相がいたのだ。

山内上杉の家宰が、長尾《ながお》家。

そして、扇谷上杉の家宰が、太田家だった。

道灌はそういう家の嫡男《ちゃくなん》であり、生涯同じ立場だった。つまり、下克上をして主家を乗っ取るようなことはせず、一生扇谷上杉家の重役の地位にいたということだ。

二十五歳の時に江戸城を築いたのも、足利成氏にそなえて、主家の支城のひとつとしてそれを造り、そこに住んだということにすぎない。道灌は最後まで、一国一城の主《あるじ》、というものにはならなかった。

私などは、そういうことを知って少し驚いてしまった。江戸城を造った人、というのだから、小なりといえども大名家のひとつではあったのだろう、となんとなく思っていたのだ。江戸を本拠地とする地方大名が太田道灌だったのかと。

そうではなくて、道灌はついに扇谷上杉家の家来のままだった。それなのに、どうしてこんなに有名なのだろう。

道灌と同年生まれの有名人に、北条早雲《そううん》がいる。若い頃には伊勢新九郎長氏《いせしんくろうながうじ》と名のり、最終的には伊豆や小田原を治めた武将だ。その早雲は、道灌と同い年だとは言うものの、活躍の時期がまったく違う。道灌は五十五歳で死ぬのだが、その頃までの早雲は無名で、歴史に登場するのはそれ以降なのだ。

ただ、道灌と早雲は見事に対照的である。

道灌は名家の宰相を務《つと》める家の出だ。それに対して、早雲はどこの馬の骨とも知れぬ。

道灌に学問があり、和歌にも通じた風流の人だったのは間違いがない。一方、早雲にはそういう教養はない。

道灌は一生、主家のために働く重役の立場を守り抜いた。ところが早雲は、策略や陰謀で主家を乗っ取ってのしあがった下克上の男である。早雲は将軍家ですら倒してやろうと思っていたほどの人物なのだ。

まるで違うタイプである。道灌が室町時代の古い武将の最後の男であり、早雲は戦国武将の最初の男だったと言えるかもしれない。

そして道灌の人気は、その古さにあるのかも。並外《なみはず》れた器量と才能を持ちながら、その才で天下を取ろうとはつゆほども思わず、自分の立場に忠実だった。そして歌道に通じて多くの文人と交際した風流人である。そんなところが、考えようによっては上品で、典雅《てんが》ですらあるのだ。

道灌の幼い頃のエピソードがいくつか伝わっている。しかしそれらは、どうも後世に作られた伝説のような気がする。天才児であったらしい、という言い伝えをもとに、物語を作ったとしか思えないのだ。

たとえばこんなエピソード。

あまりに聡《さと》い幼い道灌（鶴千代丸の頃だが）に、父の資清はある時訓話をして、驕者不久、という文字を書いて与えた。驕《おご》る者は久しからず、ということだ。すると道灌はそれに文字を書き加え、不驕者又不久、とした。驕らざる者もまた久しからず、と。

また別の時、父の資清は道灌に「人間はまっすぐでなければならない。障子《しょうじ》でも、あればまっすぐだから立っているんだ」と言った。すると道灌は屏風《びょうぶ》を持ち出してきて、「屏風は曲がっているから立っています」。

どうも作り話臭い。そんな伝説しか話が残っていないのだ。

ほぼ確かなのは、幼年時代を鎌倉で過ごしたらしいこと。九歳で、鎌倉五山のある寺、一説では建長寺《けんちょうじ》に入って学問を学んだこと。そして十一歳でそこを去る時には、天才少年鶴千代丸の名は鎌倉五山中にとどろいていた、なんてことだ。神童だったのは確かなようだ。

若き日の道灌が、歌道に通じていてその知識のせいで戦をうまく進めた、という話も伝わっている。

夜、兵を率いて川を渡らねばならない時、川の深みにはまっては大変なことになる。道灌は川の瀬音の高いところを探させた。そこを渡ればいいと言うのだ。なぜならば、古歌に次のようなものがあると知っていたからだ。

そこひなき淵《ふち》やはさわぐ山川の
浅き瀬にこそ仇波《あだなみ》は立て

また別の話。主君の上杉定正《さだまさ》と夜の行軍をしていた時、山の端を通って敵に狙《ねら》われやすかった。定正は、ここは危険だから海を行こう、と言いだす。そして、人をやって海の潮《しお》が引いているかどうかを見てこさせようとした。

道灌は、見に行かなくても潮が引いていることはわかります、と言った。なぜなら、千《ち》鳥《どり》の鳴く声が遠くからきこえるからだと。

古歌に次のようなものがある。

遠くなり近くなるみの浜千鳥
鳴く音に潮の満干《みちひ》をぞ知る

どちらも大変うまく作った物語だと言うべきだろう。そういうふうに、和歌の知識が戦に役立つことはそうないと思うのだが。

道灌が歌道に通じていたということは事実である。後に、江戸城に全国から文人を集めて連歌《れんが》の会などを催《もよお》しているのだ。有名な連歌師の宗祇《そうぎ》なども交流があったという。江戸城はちょっとした文化サロンだったようなのだ。

そしてもちろん、そういう全国の文化人とつきあうことは、諸国の情報を手に入れるためでもあっただろう。

それ以外のことでは、道灌には二つの点で人並外れた能力があった。

そのひとつは、城造りの名人だった、ということである。道灌は、川越城、岩槻城、江戸城などの城を造っているのだが、その築城法が、特に〝道灌がかり（がかり、と書く本もある。もとは「かかり」で、建物・庭などの作りのこと）〟と称せられるほどの築城名人であった。

道灌の城は、曲輪《くるわ》（郭）式であるところに特徴があった。曲輪とは、濠《ほり》で囲まれた土地のことである。その濠には桔橋《はねばし》と呼ばれる非常時には外してしまえる橋がかかっていた。遊廓のこともくるわと言うが、あれも同じ作りだったのだ。後の江戸時代の吉原《よしわら》も、周囲は濠で囲まれていた。

道灌の曲輪方式は、それが三重になっていた。江戸城は、子城《ねじろ》と中城《なかじろ》と外城《とじろ》と呼ばれる三つの独立した曲輪に区切られていたという。

そこを攻める側から言えば、やっと濠を越えて城内に攻め入っても、また濠があって、そのむこうが五～十メートル高くなった第二の城内なのだ。そこにようやく攻めかかってみると、更《さら》に濠があって、そのむこうこそがいちばん奥の子城なのだ。平城《ひらじろ》ではあるが、難攻不落であった。

道灌の時代の江戸城に石垣はない。建物も茅《かや》ぶきだったという。でも、城を三重に囲むように濠を掘り、その土でもって中心へ行くほど高く盛り土しているという造り方は、見事なものだったのだ。

そして、道灌のもうひとつの武将としての天才性は、足軽《あしがる》戦法を確立したことにあった。

一方で難攻不落の名城を造りながら、道灌は籠城《ろうじょう》戦をしない武将だった。必ず敵の本陣に攻めかかり、急襲して一気に蹴《け》散《ち》らすという戦法をとるのだ。そして、そのために重視されるのが足軽である。

たとえば二千の兵を動かすとして、その中に武士は五百というところだろうか。あとの千五百は、平素は農民だったりする、軽装の足軽である。

足軽は軽装だから動きが速《はや》く、機動性に優《すぐ》れている。道灌はそういう足軽に毎日軍事訓練をさせた。弓の稽古《けいこ》をさせ、怠《おこた》る者があれば罰金を科した。しばしば閲兵《えっぺい》を行ない、その軍律はきわめて厳《きび》しかったという。

そういう、優秀な足軽兵団を率いて、関東中を主君のために転戦したのが道灌なのだ。

伝説のほうだけから考える道灌は、ちょっと知恵誇りをするキザな男のように思えてしまうのだが、本当は抜きん出た武将で、しかもその上教養があって、謀反《むほん》の心は微塵《みじん》もなかった、ということのようである。

5

とにかく世の中が乱れに乱れ、どこが味方なのかもわからないほど情勢が入り組み、戦ばかり続いていた時代である。だから、道灌がどこを攻めた、どこへ移動した、というのを細かく語るのは省略させてもらう。

一四五五年に、道灌は二十四歳で父資清より家督《かとく》をゆずられる。

一四五七年に、江戸城を築く。たった一年ばかりでその名城を造ったそうだ。

そして一四七八年、四十七歳の時に剃髪《ていはつ》して、道灌と号する。だから本当は、江戸城を造った時は太田資長という名だったわけだ。

道灌の働きにより、それまで山内上杉家に対して劣勢だった扇谷上杉家は力を増し、山内上杉と対抗するまでの勢力になっていった。

道灌の主君、扇谷上杉定正とすれば、道灌に感謝こそすれ、憎むいわれは何もないところである。

ところが、道灌の生涯は主君の手によって幕を閉じるのだ。

一説によれば、山内上杉家の者が、道灌に謀反の動きありという嘘《うそ》を、定正に吹きこんだのだ、という。

また別の説では、定正はもともと、知恵誇りをして主人をも煙《けむ》に巻くような道灌のことが好きではなかったのだ、とも。

または、定正はきらめくような才能の持ち主の道灌に嫉妬していたのだ、とも。

とにかく、一四八六年、五十五歳になっていた道灌は、主君上杉定正の招きに応じて、相模国糟屋《かすや》（現・神奈川県伊勢原市）にあった定正の館《やかた》に出むいた。そしてそこで、風呂に入っているところを、定正の家来の曾《そ》我兵庫《がひょうご》という男に斬《き》られた。

この時道灌は、こう叫んだという。

「当方滅亡」と。

私を殺すようでは、扇谷上杉家は滅亡するであろう、という意味だ。そして歴史はその通りに進んでいったという。

なるほど、それでわかった。道灌はどうして人気があるのだろう、ということの、秘密はここにあるのだ。

道灌は謀反などまったく考えていなかったのに、主人に疑われて殺されたのである。いわゆる非業の死、というやつだ。そして日本人は、非業の死をとげた人のことを、その霊をなぐさめるために、やたらと持ちあげて尊敬するのである。菅原道真《すがわらのみちざね》しかり、源義経《みなもとのよしつね》しかりだ。

そういうわけで道灌のことを、みんなで敬《うやま》い、愛したのであろう。知ってることは山吹の歌のエピソードだけなのに、江戸時代の人々は道灌をやけに贔屓《ひいき》したのだ。

江戸の人々が道灌に親しみを感じたのは、もうひとつ理由があるかもしれない。どうも徳川家康が、もともとの関東の住人の心をとるためか、太田道灌を尊重するような態度をとっているのである。

そして、家康は道灌四代後の子孫である、お勝《かつ》という女性を側室の一人としている。お勝の方（後の英勝尼《えいしょうに》）は、家康の男子は産まなかったが、晩年の家康に気に入られ、御三家のひとつとなる水戸頼房《みとよりふさ》の養母をつとめた。それというのは、大変な栄誉である。

鎌倉駅の近くに英勝寺《えいしょう》という寺があるが、そこは鎌倉にある唯一《ゆいいつ》の尼寺《あまでら》である。その寺はお勝の方が創建したもので、もともとそこは太田道灌の屋敷跡と伝えられるところだった。

英勝寺は徳川家にゆかりの女性たちが出家すると入る尼寺として、江戸時代には大いに栄えたわけだ。

この英勝尼のことなどもあって、江戸の人は道灌をことさら身近に感じ、愛したのではないか、とも考えられるのである。少なくとも、道灌をどんなに持ちあげる話を書いても、そういう芝居をやっても、徳川幕府がけしからん、と禁令を出すようなことはないわけだ。権現《ごんげん》様の愛した、そして水戸家初代様の養母でもあった、お勝の方のご先祖なのだから。

そんなわけで、江戸の人間にとっては、道灌のことが、自分たちの住む地方の伝説の偉人、という感じになっていったのであろう。

6

私と妻は江戸城へ行ってみた。

江戸城は今では皇居となっているわけだが、あの全体は、江戸時代になってぐっと拡大したものであり、道灌が造った江戸城はあの中の一部分である。

それは、今、皇居東御苑《ひがしぎょえん》と呼ばれているあたりであるらしい。そしてそこは今、一般に無料で公開されているのだ。

三十年間東京に住んでいて、江戸城へ行ってみようと考えたことが一度もなかった私はうかつだった。東京を知るためには、何よりもまずそこを見るべきではないか（もっとも、そこが一般公開されるようになったのは比較的最近のことらしい）。

大手町《おおてまち》で地下鉄を降り、大手門から中に入る。大手門は実に見事なもので、それだけを見たって名城の風格は十分にある。門をくぐって、まず宮内庁病院《くない》のあるあたりが、三《さん》の丸《まる》跡だ。道灌の頃の言い方をすれば、外城というやつである。

行ってみて驚いたのは、外国人がやけにたくさん来ていることだった。あれは日本人のグループかな、と見えた人たちが、中国語や韓国語をしゃべっていたりする。欧米人の姿も多い。

外国人向けのガイド・ブックには、絶対に見るべき穴場だと紹介されているのではないだろうか。そして、入場は無料である、というのがきいて、みんなどんどんやって来るのかもしれない。

江戸城って石垣がすんごく見事だなあ、ということに目を見張ってしまう。ひとつひとつの石が巨大なのだ。

ただし、石垣は道灌の頃にはなかった。それは徳川時代になってから、伊豆から船で運ばれたものだそうだ。将軍家の居城なんだもの、全国の大名に手伝わせてどんな立派な城にだって造れたわけだ。

だから、今は東御苑という名になっている江戸城跡を見ても、道灌の江戸城を見ることはできない。残っている百人番所なんていう建物を見ても、それには瓦《かわら》がのっているんだから。道灌の頃の建物は茅ぶきだった。

しかし、その江戸城を歩いていて、道灌の造った城を感じることはできる。それは、城の中にも濠があって、その横の坂道を登ると一段高いところに二の丸《にのまる》庭園がある、そのまた一段上に本丸《ほんまる》跡があるというような、曲輪造りの地形に、道灌のやったことが残っているからだ。

道灌の江戸城は海の近くにあった。今の日比谷《ひびや》のあたりは浅い海で、そのむこうの、東京駅のあたりは南向きに長く突き出た州《す》だった。

城は、その海に近い麹町《こうじまち》台地という、ほんの数メートル高くなったところに造られたのだ。道灌は地形を利用することがうまい。

城の北側を通り、東側に曲がって平川《ひらかわ》という川があって、海に至っていた。道灌の頃の江戸城からは、その川も、海もよく見えたはずである。

わが庵《いお》は松原つづき海近く
富士《ふじ》の高嶺《たかね》を軒端《のきば》にぞ見る

というのは、道灌が江戸城のことを歌った歌である。

私は、とりあえず道灌のことを忘れて江戸城跡を見物してまわり、その広さと、見事さに圧倒された。本丸跡というのは何もない緑の公園にすぎないが、そこに松の大廊下跡、なんていう看板を見つけて、おお、やっぱりここはあの江戸城ではないか、とあたり前のことに驚いたりする。

そして、天守閣《てんしゅかく》跡を見て、そこは明暦《めいれき》の大火で焼失して石垣しか残ってないのだが、なんと巨大な天守閣だったのだ、と驚く。

梅林坂《ばいりんざか》を下って二の丸跡へ出てみれば、見事な日本庭園がある（昔のものを模して、最近整備されたのだそうだ）。

きっと場内禁煙に違いないと予想していたのに、ベンチのあるところには必ず清潔な灰皿があって、こんないい公園はないな、と思ってしまった。夜は入場をさせていないせいだろうが、街灯がひとつもないのも、景観をすっきりさせている。森の彼方《かなた》には、ビル群がずらりと並んでいるのが見えた。

かなり満足して、江戸城見物を終えた。平川門とか、北桔橋《きたはねばし》門などからも出られるのだが、もとの大手門から出る。

そして、一本北側の道を東へ進む。読売《よみうり》新聞社の横を通って、ガードをくぐると、左側に、常盤橋《ときわばし》門跡、というものがあった。立派な石垣が残っている。そのすぐ前が外堀《そとぼり》通りなのだから、江戸時代にはここに外濠があり、そういう橋と、そういう門があったわけだ。

この石垣の出現は予想外のことだったのでちょっと驚いた。東京生まれの妻も、こんなものがあったとは知らなかったそうだ。

私たちがそこへ足を運んだのは、その外濠の外が、道灌の頃には、城のすぐ前の港町として、商家が並んで栄えたところだときいていたからだ。

つまりその辺こそが、江戸のいちばん古い市街地であり、商業地だったということ。

さて、そういうところは、今どうなっているであろうか。

外堀通りを渡ってみると、そこにあったのは、日本銀行であった。その前を抜けると、右手にあったのが三越《みつこし》本店。

なんだかほんの少し東京がわかったような気がした。

もちろん、広い東京がそれだけでわかるはずはなく、私の東京研究はこれから少しずつ進めていくものだと思っている。

だが、道灌を追いかけてあちこちうろついているうちに、東京の原型のようなものがぼんやりと見えてきたという気がしたのだ。

もう少し東京を知りたくなってきた。

（二〇〇一年九月号）

●旅じまい

【西《さい》郷《ごう》隆《たか》盛《もり》と鹿《か》児《ご》島《しま》】

反逆者として滅《ほろ》びた郷土の英雄への複雑な思いとは？
十年ぶりの南国都市は活気と若々しさに溢《あふ》れていた……。

城山下の市立美術館前庭に建つ陸軍元帥姿

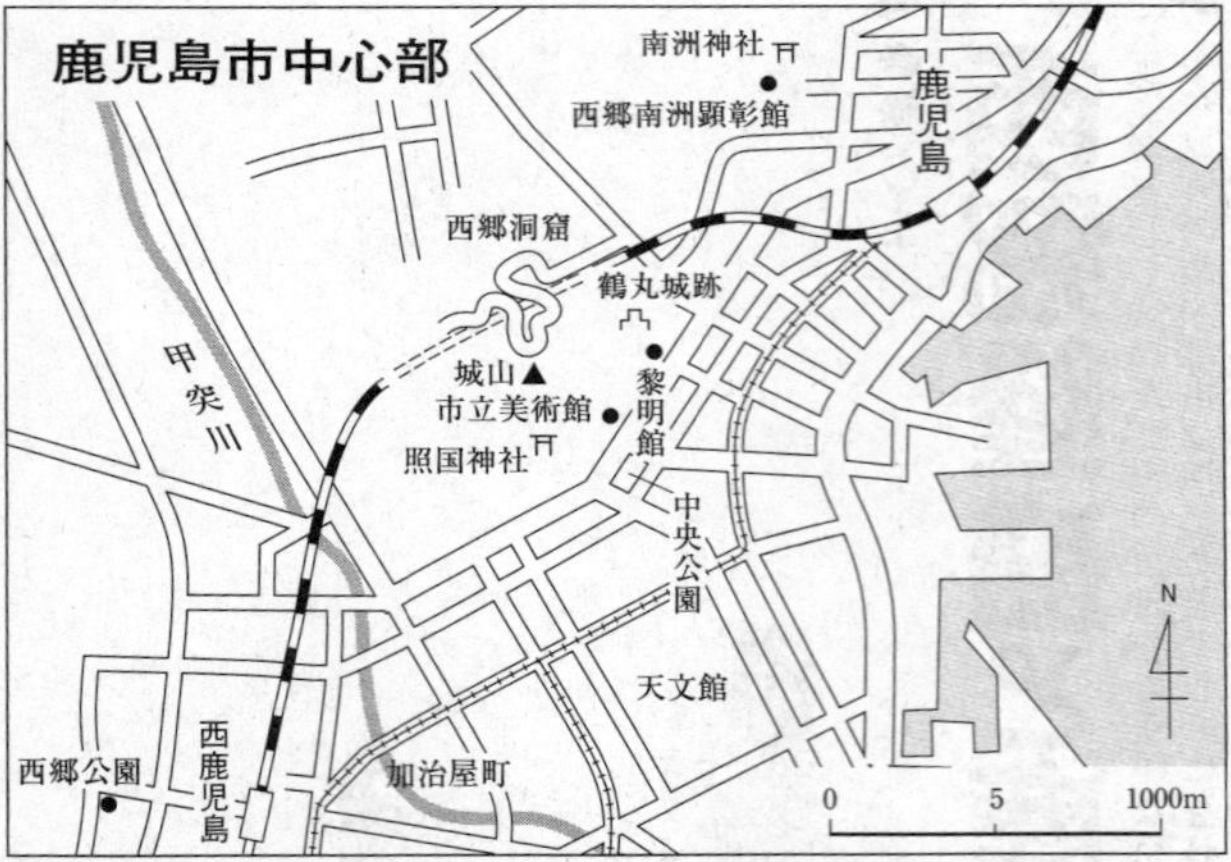
鹿児島市中心部
南洲神社
西郷南洲顕彰館
鹿児島
西郷洞窟
鶴丸城跡
城山
黎明館
市立美術館
照国神社
甲突川
中央公園
天文館
加治屋町
西郷公園
西鹿児島
N
0
5
1000m

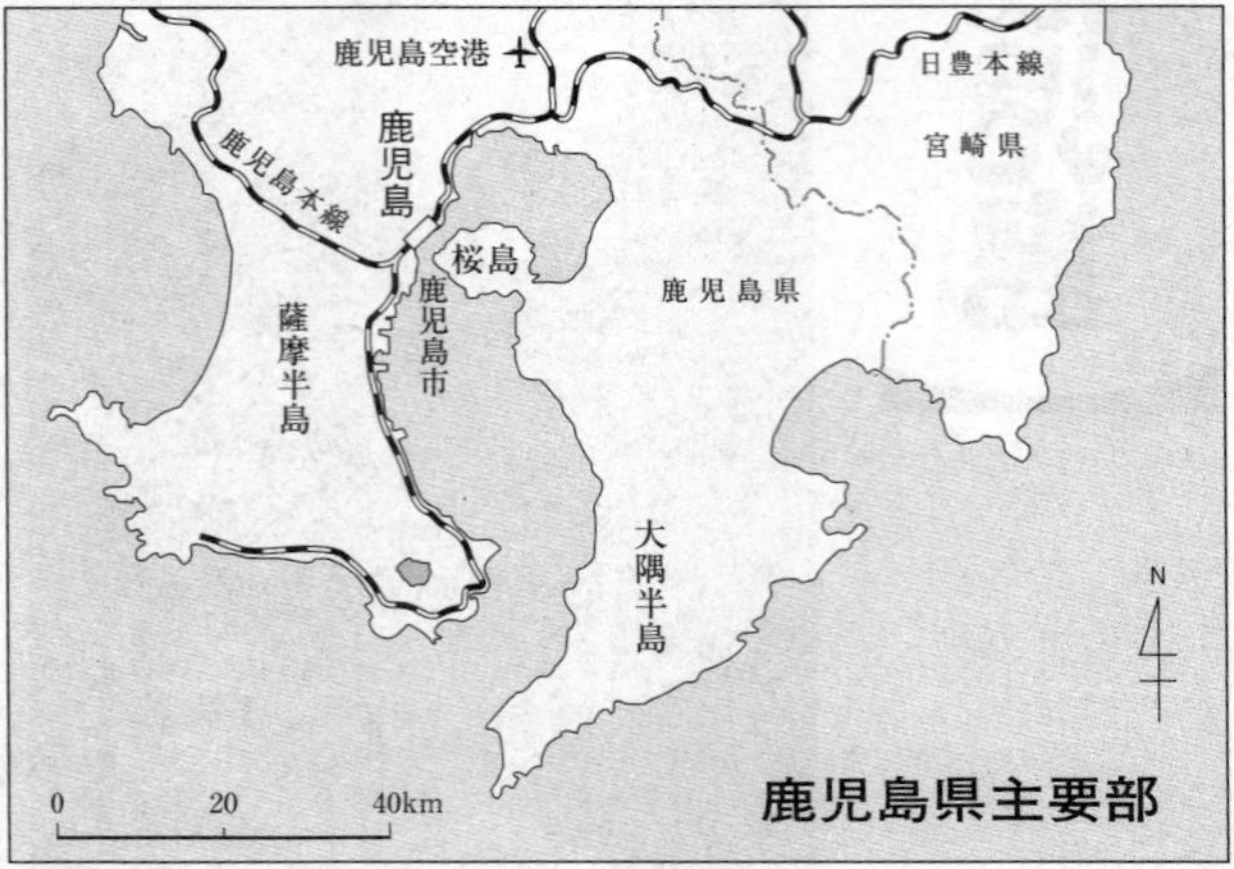
鹿児島空港
日豊本線
宮崎県
鹿児島本線
鹿児島
桜島
鹿児島県
鹿児島市
薩摩半島
大隅半島
N
0
20
40km
鹿児島県主要部

1

銅像が作られるぐらいの偉人にゆかりの地へ行ってみて、銅像と、その街を見て、歴史と土地柄を考えていくというこのシリーズもこれで十回目になった。ここいらでとりあえずひと区切りにしようか、ということになる。

そこで、最後にはどこへ行って、誰の銅像を見るべきか、と考えた。すると、しめくくりにはあの人の銅像を見るしかないじゃないか、という考えが浮かんできた。

その人とは、西郷隆盛《さいごうたかもり》である。西郷さんは大物で、有名であり、人気がある。ラストを飾るのに何の不足もない大スターだ。

その西郷さんの銅像を見に、鹿児島《かごしま》へ行ってみることにしよう。鹿児島には、十年前に行った時にも確かに見ている西郷さんの銅像がある。大西郷を生んだ街鹿児島を、じっくりと散策してみよう。

西郷の銅像で、ひょっとするといちばん有名なのは、東京の上野《うえの》公園にあるものかもしれない。着物の着流しで、すねの部分が半分ほどむき出しで、犬をつれて散歩（狩りをしている姿かもしれない）している姿の像だ。あれは高村光雲《たかむらこううん》の作になる銅像で、芸術的完成度の高い名作である。本当の西郷さんに顔が似ているかという点では各説があるのだが、西郷の大きさ、というものをよく表現していると言っていいだろう。

だが、銅像と街をからめて見ていくこのシリーズでは、上野の西郷像を見てもあまり意味はないだろう。西郷隆盛と上野、という研究をしてもあまり広がりがない（官軍が上野にこもった彰義隊《しょうぎたい》を討伐《とうばつ》したというゆかりで、西郷の像があそこにある。ただし細かいことを言えば、彰義隊を討伐したのは長州《ちょうしゅう》の大村益次郎《おおむらますじろう》である）。

やっぱり西郷像を見るなら鹿児島へ行かなければならない。鹿児島は西郷の出た地であると共に、彼の最期の地でもあるからである。

そういうわけで、平成十三年の秋がだんだん深まってくる頃、私と妻は飛行機で鹿児島へ飛んだ。その頃、イスラム原理主義者によるらしい飛行機を使ったテロがあってまだ記憶に新しかったので、実は少し怯《おび》えていたのだが、飛行機は何事もなく鹿児島空港に到着した。

ホッ、と一息ついた私は、この取材もうまくいくだろうと楽観した。空港に着いたのが正午頃。これから二泊三日で西郷にゆかりの場所をじっくりと見て行けばいいのだ。何の問題もないだろうと思った。その取材がとんだハプニングによって窮地《きゅうち》に立たされようとは、夢にも思っていなかった。

空港から鹿児島の市街まではバスが出ている。だが私たちは、すぐにはそのバスに乗らない。

十年前に鹿児島に来た時にも見ているのだが、空港のすぐ前に西郷の大きな銅像があるのだ。まずはその写真を撮《と》る、というのが要領のいい段取りというものである。

空港ビルを出て、そこへ歩いていった。徒歩五分である。空港の斜め前に西郷公園というものがあるのだ。その公園内に立っている銅像は巨大で、遠くからでも見ることができる。

公園に着き、腕組みをして立つ西郷像にカメラを向ける。ところが、オートフォーカスのせいでレンズがジージー回るだけで、シャッターがおりないのだ。どの取材旅行の時にも持ち歩いた信頼できる相棒だったカメラのはずなのに、銅像を前にして突然撮影拒否である。

電池切れなのかもしれない、と私は思った。西郷公園の売店にカメラ用の電池は売っていなかったので、歩いて空港に戻る。そこで電池を買って入れかえ、もう一度公園へ戻る。写真が撮れなきゃどうにもならない取材だから青ざめる心境であった。

ところが、電池を新しくしてもカメラは働いてくれなかった。どうしてもシャッターがおりないのだ。

「砂嵐のせいかもしれないね」

と妻が言った。私はギクリとした。

その年の五月に、私たちはシリア、レバノン、ヨルダンの三国を旅行し、ヨルダンの砂漠で砂嵐にあっているのだ。添乗員が、砂漠ではカメラが故障しやすいので、密封できるビニール袋に入れるようにして下さい、と言い、そのようにしていたのだが、五メートル先が見えないほどの砂嵐の中を歩いたのだ。あのせいで、カメラが壊《こわ》れたのかもしれない、と思った。

売店に、使い捨てカメラは売っていたので、それを買って、仮おさえのような写真をとにかく撮った。だが、銅像というのはズーム・レンズでないとなかなかいい写真が撮れないものだ。近くに寄れないようなことが多いからである。

困ったことになったなあ、と頭をかかえてしまった。このシリーズの中で、高知《こうち》へ行って桂浜《かつらはま》の坂本龍馬《さかもとりようま》像がなかった（修理中で……40ページ）時以来のピンチである。

私と妻はどうしたものかと途方に暮れて、空港から、鹿児島市内へ行くバスに乗った。空港から市街地までは小一時間である。よく晴れたいい天気だった。

2

ホテルにチェック・インをすませてから、有名なラーメン店へ行って、鹿児島ラーメンを食べた。お婆さんたちがひたすらラーメンを作っていて、客がいっぱいという人気店である。

そのラーメンを食べてみて、少なからずショックを受けた。いや、味は土地ごとの文化だから、そのラーメンに文句があるわけではない。ただ、ラーメンと言ってもここまでの味の広がりがあるのか、と驚くだけだ。東南アジアの国の屋台にラーメンに似たものがあるという情報をテレビで視《み》たことがあるが、そのラーメンは、そんなものに似ているんじゃないかしら、という感想がわいてくるものだった。何はともあれ、一度食べてみたことは、いい体験になった。

それから、繁華街である天文館《てんもんかん》や、その枝道などを、カメラ屋を捜《さが》してあてどもなく歩いた。かくなる上は、安いカメラを買うしかないと判断したのだ。

土曜日の午後で、人通りが多い。若者が潑剌《はつらつ》とたむろしていて、街の印象が思ったより若かった。そのことに私は少し驚いていた。

実は、十年前に鹿児島に来た時、この街には活気がないなあ、という印象を受けたのだ。若い人に活気がなく、街にエネルギーが感じられなかった。

『なんとなく活力がない。若い人に元気がない。自信満々という感じがない』

と、その時の旅行記に私は書いている。

ところが、十年ぶりの鹿児島は印象が大きく変わっていた。街がきれいで、賑《にぎ》わっていて、若者に活気が感じられるのだ。ファッション店も客で混んでいる。十年前には、郷土料理店とラーメン屋ぐらいしかないって印象だったのに、若者好みのイタリア料理店や焼肉店がよく目につく。しゃれたバーなんかもちゃんとある。

やっと鹿児島も現代の都市になってきたんだなあ、という気がしてなんとなく嬉《うれ》しくなってきた。

しかし、大型の安売りカメラ店は見つからなかった。ここはフィルムの現像しかやってないんじゃないかな、というようなカメラ屋を見つけて、そこへ入った。そうしたらそこでは、ほんの五、六台だけ、中古のカメラを売っていたのだ。

オートフォーカスで三倍ズームで、レンジ・ファインダー式の小型カメラで一万円、というのがいちばん安かった。緊急事態である今回だけしのげればいいというカメラなんだもの、これでいいか、という気がした。家に帰れば同じような小型カメラを持っているんだし、あんまり高いものを買う気がしなかったのだ。そこで、その中古カメラを購入。使い捨てのカメラよりはいい写真が撮れるはずである。

そのカメラを手に、中央公園へ歩いていった。鹿児島市には市の中心部に張り出すように城山《しろやま》という山があるのだが、中央公園や、市立美術館や県立図書館の並ぶあたりは、城山の下で、かつて鶴丸城《つるまるじょう》という島津《しまづ》氏の居城だったところだ。そして、市立美術館の前庭に、今回の取材の目玉ともいうべき西郷の銅像がある（279ページ）。

その前庭は崖《がけ》のようになっているので、かなり高いところに銅像があった。ズーム機能のあるカメラでなければいい写真が撮れなかったであろう。

銅像の西郷は、いかめしい軍服姿で堂々と立ち、右手を軽く折って腰にそえている。頭が大きく、体つきも貫禄十分だ。この姿は、明治六年、初代陸軍元帥として習志野《ならしの》で行なわれた大演習を指揮した時の姿を表現したものだそうである。

昭和二年、南洲《なんしゅう》没後五十年記念事業として企画され、十年後の昭和十二年に除幕されたという銅像だ。鹿児島にある西郷の銅像の中ではいちばん古い。

もっとも、古いことでは東京の上野の銅像のほうが古い。上野公園の西郷像は明治三十一年に除幕されている。

帝国憲法発布（明治二十二年）の特赦《とくしゃ》によって、西郷の賊名が除かれ正三位が追贈されたのを記念して建設に着手し、九年後に完成したのだ。その除幕式にはまだ存命中だった西郷の未亡人が招かれていて、像を見たその人が、

「あの人はこんな人ではなかった」

と言ったことが有名である。

だが実はそれは、像の顔が西郷に似ていない、という意味ではなかったらしい。銅像となって、人に見られるところに立つ、というのは晴れがましく、公的なことである。そのことを思って未亡人は、あの人は行儀のいい人だったから、人前に立つのにこんな着流しの姿で出てくるような人ではない、と言いたかったのだそうだ。

その点、城山の下の西郷像は堂々たる正装である。一段高いところに立って、鹿児島の街を見守っているかのようでもある。

たとえ一時的には賊の汚名をきせられたのだとしても、鹿児島の偉人と言えば西郷隆盛

なのだ。鹿児島の人が西郷を誰よりも尊敬しているという、その気分がひしひしと伝わってくるような銅像だった。

そこで十分に写真を撮ってから、私たちはすぐ近くの照国《てるくに》神社へ歩いていった。そこは島津氏二十八代の島津斉彬《なりあきら》をまつる神社である。西郷を発見した英明の殿様で、西郷が最も尊敬した人だ。

その神社には、七五三のお参りに来た家族づれが多くいて、盛んに記念写真を撮っていた。

神社の境内を散策すると、背の高い基壇の上に立つ銅像を発見することができる。それが、斉彬の像だ。衣冠束帯《いかんそくたい》の姿で、右手に笏《しゃく》を持って静かに立っている。

それから、神社の並びの探勝園《たんしょうえん》という庭園に、同様の基壇の上に立つ銅像が二つある。ひとつは斉彬の次に藩政の実権を握った久光《ひさみつ》（生麦《なまむぎ》事件……140ページ、で有名）の像だ。斉彬とほぼ同じ衣裳で、同じポーズで立つ。もうひとつは、久光の子の忠義《ただよし》の像。これだけは明治になってからの、洋風の軍服を着て立つ姿だった。

だが、それらのお殿様の銅像には、あんまり見物人もないような様子だった。薩摩《さつま》と言えばお殿様よりも、やっぱり西郷のほうがヒーローなのであろう。

3

次に、十分ほど歩いて黎明館《れいめいかん》というところへ行った。城山の下の、県立図書館の隣にあるもので、鹿児島県歴史資料センターである。

黎明館のある場所は、鶴丸城の本丸跡だ。石垣や濠《ほり》があって、県指定史跡でもあるところに、大変立派な資料館が建っている。

とてもよくできた歴史資料館で、古代から現代までの鹿児島がすっきりと頭に入る。鉄砲とキリスト教が伝来したのもこの地だったんだ、というのを思い出したりする。幕末には名君や、有能の志士たちが出て、維新への道を拓《ひら》いていった。明治になってからは、西南戦争があって、西郷が滅《ほろ》びる。そういうことをおさらいできた。

この資料館で思いがけなく勉強できたのはシラス地形のことである。鹿児島県の面積の約六割が、平地より四、五十メートル高いシラス台地でおおわれているのだそうだ。約十万年前の火山活動によって、火砕流《かさいりゆう》や火山灰が堆積《たいせき》してできた台地である。シラスは保水性に乏《とぼ》しく、やせた土壌のために農業生産性が低く、この地の人に苦労を強《し》いた。西郷の幼い頃は貧乏で、サツマイモばかり食べて育った、ということもシラス地形と無縁ではないのだ。

そんなふうに、鹿児島の全体像を感じ取って、黎明館見学を終える。少し歩いて市役所前という停留所から市電に乗った。西鹿児島駅前まで行くのだ。

市電はのんびりしていていいものである。線路に車が入ってこないからすいすい走る。

市電の中で私は妻にきいた。

「西鹿児島駅へ行くのはどうしてかな」

「その近くにも、西郷さんの銅像があるの」

そういうことを、すべて妻は調べてくれている。どこに銅像があるか、どこに資料館があるか、そこへはどう行けばいいか、などのことを確実に。毎日インターネットで調べて、行くべきところの地図も刷《す》り出してある。フェリーの発船時刻表も刷り出してある。それどころか、うまそうなレストランや、ムードのよさそうなバーの地図まで用意してある。

このシリーズは半ば《なか》妻との合作であったようだということを、しめくくりにちょっと言っておきたい気がする。

さて、西鹿児島駅前に着いた。鹿児島市には鹿児島駅もあるが、今は西鹿児島駅のほうが栄えており、そこが玄関のようである。土地の人はその駅のことを、西駅と呼んでいた。

その西鹿児島駅の裏手にまわって、ほんの少し歩く。そのあたりでは、いつ開通するのか定かではない新幹線のための工事が、執念をこめて行なわれていた。

武《たけ》、という町名の一角に、西郷屋敷跡があり、こぢんまりとした西郷公園になっている。その公園の中に、〝徳の交わり〟という、人が二人すわって対面する銅像があった。

そこは、西郷が明治二年から住んだ屋敷の跡だそうだ。そして銅像は、明治八年に菅実秀《すげさねひで》（臥牛《がぎゅう》）が来訪し、対話をしている姿である。菅は元庄内《しょうない》藩の家老で、戊辰《ぼしん》戦争の時に、西郷のはからいで庄内藩への処罰が寛大なものになって以来、西郷を尊敬したのだとか。明治八年に来訪して教えを受け、後《のち》に『南洲翁遺訓』という本を刊行し、西郷の偉大さを全国に知らしめたのだそうだ。

その菅と、西郷がすわって向きあう銅像である。二人とも羽織《はおり》をつけた着物姿で、西郷のほうは腕を胸の前で組んでいる。晩年の、貫禄十分の姿だ。

その銅像は、平成三年に除幕されたものだそうで、比較的新しい。

銅像の写真を撮っているうちに、自動的にフラッシュがたかれてしまうほど薄暗くなってきた。今日の取材はこのあたりまで、とするしかない。

私たちは、一度天文館にあるホテルに戻って休息したあと、夕食をとるために街へ出た。十年前の体験で、鹿児島の郷土料理は口に合わない、と知っているので、それとは別のものを食べようという考えだった。郷土料理にケチをつける気はないが、私の好みからすると、甘すぎるのだ。豚の角煮なども砂糖をたっぷり使ってあるという感じ。前回は初夏で、きびなごという白魚《しらうお》のような魚を酢味噌で食べるという一皿がどの店でも必ず出たが、その酢味噌が甘いのにまいってしまった。

そういうわけで、それとは別の鹿児島名物の、黒豚の豚《トン》カツを食べた。まことにおいしいものであったことを報告しておこう。

天文館のあたりは、人出で賑わっていた。そこをあてどもなくうろつくのも、面白い。

そして、妻が調べておいた小粋《こいき》なバーへ行き、センスのよくなった鹿児島の夜を楽しむ。バーテンダーは若くて、酒のことをよく勉強していた。十年前に泊まった一流ホテルのバーで、フローズン・ダイキリを注文したら、クラッシュド・アイスを使ったそれが出てきたことから思うと格段のセンス・アップである。

バーテンダーが、東京の人がどうしてうちのことを知ったのですか、ときくので、インターネットのグルメ情報で知ったのだと答えると驚いていた。銅像の写真を撮りにきた変人の観光客だと自己紹介する。それなのにカメラが故障してうろたえてしまった、と。

さりげない会話のうちに、西郷さんはやはりここの人の誇りなのだろうか、という話になった。それに対して若いバーテンダーくんは、そうでもあり、そうでもないような、という微妙な返事をした。

その答えは、私が予想した通りのものだった。

郷土の英雄の大西郷、というのも鹿児島人の確かな思いである。しかしその西郷は、こ

武村(現・鹿児島市武)西郷屋敷跡にある「徳の交わり」像（左は菅実秀）

の街で悲しく滅《ほろ》びているのだ。しかも政府に反逆した賊として。

西郷のことを思う時、その悲しさを忘れているわけにはいかないのではないか。少しずつ酔いながら、私はそんなことを考えていた。

4

翌日は日曜日。十時にホテルを出て、我々は空港へ行くバスに乗った。

まだ、帰るのではない。そこへわざわざ写真を撮りに行くのだ。考えた末、空港の前の西郷公園の銅像の写真は、あの使い捨てカメラで撮影したものでは使いものになるまい、と判断したのだ。ただ写真のためだけに、小一時間かけて空港まで行く。

しかし、そのおかげで、前日には見過ごし

ていたことに気がついた。バスが鹿児島の市街地をやっと出るという頃、乗ってからまだ十分くらいしかたっていないところで、ふいに道が九十九折《つづらおり》という具合になるのだ。山に登っていく時の道のつき方である。

バスの窓から、かなり大きな滝まで見えた。市街地のこんな近くに滝があるかと驚く。そして、登りつめるとそこは、山ではなくて平らな土地だ。ごくごく普通に市街地があり、畑が広がっている。道はほぼまっすぐであった。

つまりそれが、シラス地形というものなのだ。平地に、いきなり四、五十メートルの崖が迫っていて、その上はまた平らな台地なのである。台地の上は水はけがよすぎて、スポンジのようなものだ。シラス台地の下は、湧水《ゆうすい》があって湿地になるのだそうだ。これが鹿児島なのか、という気が強くした。

さて、銅像のほうに目を移そう。その前にやってくること三度目（前日に二回アプローチしている）という銅像である。その大きさに圧倒されるようなものだ。

袴《はかま》をつけた着物姿の西郷が、腕組みをして立っている。頭部が巨大で、胴体も堂々たるものだ。だが、その人の偉大さを表わそうとして、少し太めに作りすぎたような気もする。というのは、ずんぐりしすぎていて、西郷の背の高さが感じられないのだ。

西郷は恰幅《かっぷく》もよかったが、身長も、約百八十センチはあったという大男なのだ。その長身のイメージがなかった。

でもまあ、高さ十・五メートルもある巨大な像を見て、背が高くない、と文句を言うのも変か。胴回りが五・六メートルもあって、偉人像としては日本一の銅像なのだそうだ。

説明を読んでみると、その銅像が数奇な運命をたどった末にここに建てられたことがわかる。

もともとその像は、西郷没後百年記念事業として、京都市霊山《りょうぜん》護国神社に建立《こんりゅう》するために作られたものだった。鹿児島出身の資産家が、彫刻家故古賀忠雄《こがただお》に制作を依頼し、昭和五十一年に〝現代を見詰める西郷隆盛〟のタイトルで完成した。ところが、制作依頼者が死亡したため、話が宙に浮いてしまう。

空港前の西郷公園にある日本一巨大な銅像

そのため以後十年以上、銅像は富山県高岡《たかおか》市（日本中の銅像のほとんどが、高岡市で作られていることは『前田利家と金沢』の回に書いた……173ページ）の鋳造《ちゅうぞう》業者の倉庫に眠っていたのだ。

後に、制作者の子が、その像を鹿児島に建てたいと望んで運動し、鹿児島県溝辺町《みぞべ》（現・霧島市《きりしま》）の呼びかけなどがあって、昭和六十三年にここに建立され除幕となったのだそうだ。

日本一大きな偉人像（仏像などにはもっと大きなものもある、という意味だろう）には、そんなドラマがあったのだ。その写真をめでたく撮り直すことができて、今回の取材目的がほぼ達成できたことを喜んだ（ところが、その写真というのが、ヒヤヒヤものだったことが後にわかる）。

そこで、またバスに乗って鹿児島市に戻る。西鹿児島駅の近くでバスを降り、駅の近くの手打ちうどんとそばの店で、かき揚《あ》げうどんの昼食をとる。かき揚げがさくさくしていてとてもうまかった。

次に、駅前から市電の通る道を歩いていき、甲突川《こうつきがわ》にぶつかる。市街地の中をゆったりと流れるこの川は、以前に来た時も気に入ったものだった。

その川にかかる高見《たかみ》橋の横に、大久保利通《おおくぼとしみち》の銅像がある。蝶ネクタイにフロックコートの姿ですっくと立つその銅像は、風でコートが少しひるがえっていてとても格好のいいものである。銅像として名作だと言っていいだろう。

しかしその銅像は、昭和五十四年にやっと建てられたものだ。鹿児島で最初の西郷像に遅れること四十二年で、ようやく大久保像はできたのだ。大久保だって郷土の偉人には違いないのだが、西郷どんを討った人物だ、という思いが鹿児島人にはどうしても抜けないのかもしれない。

甲突川の左岸を、川にそって少し歩く。そうすると自然に、大久保利通生《お》いたちの地の碑、というものが、小公園の中に見つかる。そのあたりは加治屋町《かじやまち》というところで、西郷や、大山巌《おおやまいわお》、東郷平八郎《とうごうへいはちろう》、山本権兵衛《やまもとごんべえ》らが生まれ、大久保利通が育った地なのだ。

やがて、西郷隆盛君誕生之地の碑があり、その隣に、まだ新しい維新ふるさと館というものがある。平成六年にできたもので、薩摩藩の歴史や、維新に関する展示を見ることができる。そしてここの目玉は、地下一階にある、維新体感ホールだ。映像や音や光や、ロボットで維新史を一通り勉強できるというもので、ロボットの西郷や、大久保や、土佐《とさ》の龍馬などが出てきてしゃべるのが面白い。子供の時に一度これを見ておけば、維新史に興味が持てるかもしれない。

さて、ふるさと館を出て、我々はその前にあるバス停でバスを待つ。三十分に一本、カゴシマシティビューという、鹿児島の主要観光地を廻る周遊バスが来るのだ。クラシックにデザインされた可愛いバスである。

そのバスに乗ると、ザビエル公園前、西郷銅像前、薩摩義士碑前と通っていく。薩摩義士碑というのは、薩摩藩が尾張の木曾川《きそがわ》の治水工事をした時の犠牲者の碑で、愛知《あいち》県出身の私としては手のひとつも合わすべきところだが、それは十年前にやったので省略。そのあたりからバスは坂道を登り始め、西郷洞窟前を通って城山へ達する。西郷洞窟というのは、西南戦争の最後に、西郷がこもった小さな洞窟だ。こんな狭いところにあの巨漢が入っていたのかと思うと悲痛な思いすらする。以前にじっくり見ているので、今回はバスの中から見るだけとした。

バスは城山から、同じ道を通って下っていき、次に、南洲公園入口に達するのでそこで降りる。

石の階段を登ったところに、桜島《さくらじま》を眼前に見る形で南洲公園というものがある。そこは要するに、西郷隆盛の葬られた墓地だ。石段を登った正面に南洲墓地、右に西郷隆盛らをまつる南洲神社、左に西郷南洲顕彰館《けんしょうかん》がある。

南洲墓地には、西郷隆盛の墓碑を中央にして、村田新八《むらたしんぱち》や桐野利秋《きりのとしあき》ら七百四十九基の墓碑が並んでいる。高台にあるから、それらが鹿児島市を見守り、かつ、桜島と対面しているようにも思える。

西郷の悲劇性がひしひしと感じ取れた。

5

南洲顕彰館にも入ってみた。それは昭和五十二年の大西郷百年祭の記念事業として建てられたもので、昭和五十三年から鹿児島市立となっている。堂々たる建物で、中には、西郷の生涯がジオラマ（人形を使った立体展示）やビデオで展示紹介してある。

それを見ながら、だんだん私には、西郷を愛するということは、心情的にとても複雑なものじゃないのだろうかという気がしてきた。

一階の展示を見ている限りには、文句なしの偉人の生涯なのである。若き日の学問や、挫折《ざせつ》（僧月照《げっしょう》を守りきれず、二人で海へ飛びこむが、西郷は蘇生《そせい》する）や、島流しにされたエピソードは、偉人の苦労時代だ。ところが島から戻って、薩長連合が結ばれるあたりから、革命の英雄西郷、というイメージになってくる。

西郷という人は、会って話をした人が必ずファンになってしまうほど、人間的魅力のあった人らしい。心優しく、誰に対しても礼儀正しく、正直だった。その上度胸があり、決断すべき時には迷いなく決断した。まさに革命のリーダーとして申し分ない人間だったのだ。

鳥羽伏見《とばふしみ》の戦い、戊辰戦争と、西郷が先頭に立っているだけで革命は進行していった。そして勝海舟《かつかいしゅう》の願いを受け入れ、江戸城を無血開城したあたりまでが西郷の栄光の頃であろう。

そのあたりまでの展示を見て、顕彰館の二階にあがる。するとそこには、明治になってからの西郷が展示されている。そこにあるのは、悲劇への道なのだ。

西郷は維新後の明治政府がいやだったのかもしれない。革命を目指していた頃は理想をひたすら追求していられたが、革命が成った後は、政治的権力闘争が始まるからだ。どうも自分が思い描いていた理想の時代とは少し違う、という気がしたのではないだろうか。

しかし、その時はもう革命の時ではなく、政治の時だった。そんな中に、西郷はやむなく巻きこまれていた。

明治六年に、征韓論をめぐっての政府内の対立がおこる。

顕彰館のジオラマ展示では、征韓論という言葉は使わず、遣韓論《けんかん》という表現が使われていた。一般に、西郷は征韓論者だとされているが、西郷が主張したのは、韓国を征服するなんてことではなく、自分が全権大使として韓国へ行って話を（平和裏《へいわり》に）つけてくる、という内容だったのだと、つい訴えずにはいられないのだろう。

しかし、普通に言えば西郷は征韓論を唱《とな》え、岩倉具視《いわくらともみ》、大久保利通らに反対されて否決される。そこで西郷は参議を辞して郷里鹿児島に帰る。初めは好きな狩りなどをして時を過ごしたが、後には私学校という、私設学校を作って若者たちを教育した。

西郷には人望がありすぎたのが問題の種《たね》だった。そうなってみると、鹿児島は西郷国のようになってしまうのである。

もともと西郷とは親友の、大久保利通としても、西郷の存在は頭痛の種になっていく。出来たばかりの新政府だというのに、国の中にもうひとつ別の国があるようなことになっているのだ。

革命の後には、必ず不満分子がいる。そういう者たちが、西郷を反政府運動の旗頭《はたがしら》に持ちあげようともする。西郷は無私の聖人だが、無私だからかえって扱いに困るのだ。

明治十年、政府側が挑発して、ついに西南戦争がおこる。西郷軍は熊本《くまもと》まで攻めのぼるが、熊本城は落とせず、九州を大行軍して鹿児島に帰り着く。

九月に入り、西郷は城山の狭い洞窟の中にいた。

九月二十四日、官軍が総攻撃を始める。西郷は洞窟を出て、最前線に出ようと歩いていくが、途中で腹に官軍の弾丸が当たる。

西郷はかたわらの別府晋介《べっぷしんすけ》にむかって、

「晋どん、晋どん。もうここでよかろ」

と言ってすわった。晋介がその西郷の首を介錯《かいしゃく》した。

そういうジオラマを、顕彰館の二階では見なければならない。それは、英雄の活躍と、その人の悲劇を両方見せられるということである。とてものこと、高知の坂本龍馬記念館で、格好いい天才だなあ、と感心して見ているような気分にはなれない。

そこが西郷の複雑さなのだ。西郷のことをこの上なく尊敬し、愛する鹿児島人も、西郷の最期を考えるのはなんとなく気が重いのではないだろうか。だから、好きだけど、あまり考えないようにしているのでは。

顕彰館を出て、私たちは勘を頼りに歩いて鹿児島駅へ出た。そうだ、途中でたこ焼き屋に寄って、ビールとたこ焼きを楽しんだのだったな。でも、そんなことは省略してもいいのか。

鹿児島駅から市電に乗って天文館に戻り、ホテルに帰った。そのホテルの入っているビルの二階は大きな書店だったので、そこで資料となるような郷土本を何冊か買う。いつも取材旅行の時にしていることである。

そのあと、部屋に戻ってひと休みした。

6

その夜は、黒毛和牛を食べよう、ということにして、焼肉店へ行った。狂牛病騒動のまっただなかだったが、こわい飛行機にも乗っているんだし、狂牛病なんか構うものか、というステバチな気分になっていたのである。焼肉はとてもうまかった。

それから、ゆうべとは別の、気軽なバーへ行ってカクテルなどを飲んだ。そのバーも、マスターとバーテンダーが若い。こういう若い人が鹿児島をハイセンスな街にしていくんだろうな、と頼もしく思った。

そこに、名のみきいている電気ブランがあって、試しに飲むことができたのはいい体験だった。

「電気ブランの、電気というのは、工業的な合成で作ったブランデー、ということで、電気、という流行語で、最先端技術の、という意味を表わしていたんだよ」

いつの間にかすっかりオヤジになった私はそんなウンチクをたれるのであった。

しかし、ゆっくりと酔いがまわるにつれ、頭の中には西郷への思いがわきおこってくる。

「革命家って、革命が成功してしまうと、もう出番がなくなるんだよね。そこから必要なのは政治家だから。西郷さんは、あまりに理想主義的で、政治家ではなく、とことん革命家だったんだろうなあ」

「西郷さんは自分のことを軍人だと思っていたと思うの」

と妻が言う。

「ところが、長州の大村益次郎という、天才的軍人を見ちゃったのよ。人情も何もわからなくて、ただ軍略だけが見えちゃうという異様な天才よね」

私たち夫婦のこういう話は、二人ともが司馬遼太郎《しばりょうたろう》の歴史小説のファンだったことがあるせいで出てきている、ということを白状しておく。

「私には、西郷さんが大村益次郎を知っちゃったことが大きい意味を持っているような気がするわ」

つまり、それ以来ますます西郷は聖人のようになっていくしかなかった、という意味だろう。

「でも、大村は維新後すぐ死んで、西郷が陸軍元帥になるんだけどね」

もう少し酔って、私はこう言った。

「西郷が征韓論で政争に敗《やぶ》れて下野したのはいいんだよ。政府の職に未練のあるような人ではなかっただろうし。でも、その時に鹿児島に帰郷したのが間違いだったような気がするなあ。千葉《ちば》の田舎あたりに引退して、好きな狩りでもしていればよかったんだよ。そうすれば問題にはならなかった。鹿児島へ帰ったら、絶対に若者たちにかつぎあげられてしまって、ああいうことになるんだもの」

私のその言葉は、西郷の最期を悲しんでのものである。

「そうね。偉人は古里へは帰っちゃいけないのかもしれない」

大久保利通は東京の人として、東京で暗殺されて死んだ。だから鹿児島ではあまり人気がない。

「十年前に来た鹿児島には、西南戦争に負けた側の人々の街、というような活気のなさが感じられただろう」

その時の旅行記に、私はそんなことを書いている。鹿児島出身の勝ち組はみんな東京へ出てそこで栄えた。鹿児島に残ったのは西南戦争の負け組で、だからこの街には自信たっぷりの表情や、活力が感じられないのだろうか、と。

「でも、鹿児島は変わったじゃない。すごく活気のある若々しい街になったと思うわ」

「うん。確かにそんな気がする」

鹿児島も、普通の大都市になってきたということだ。中央へのこだわりなんて、もうすっかり忘れて。

そのバーの若いマスターもバーテンダーも、鹿児島県にある西郷の銅像のうち、城山の下の軍服の銅像のことしか知らなかった。ほかにもあるんですか、なんて言っていた。

それでいいのだろう。西郷さんは英雄だけれど、その人にまつわるこだわりのことは、ちょっと忘れていたほうがいいのだ。

鹿児島はこれから、ますます洗練された都市になっていくかもしれない。

かなり酔った私は、こんな思いつきを口にしたりしていた。

「西南戦争というのは、いさぎよく死にたがる癖《くせ》のある西郷の、壮大な自殺だったのかもしれないなあ」

さて、取材は終わった。その翌日は、私たちも観光を楽しむことにして、飛行機の時間まで、桜島を見物した。風景も地形的にも、とても面白いところで満足した。溶岩焼きの急須《きゅうす》を買ったりするのが、普通の旅の楽しみというものである。

写真がどう撮れていたかの報告をしよう。

写真店に現像に出してみたら、出来あがりに異常があった。カメラが、半パノラマなんてことに固定されていたのだそうで、すべての写真で上下五ミリくらいずつ、真っ黒に欠けていたのである。ヒヤリとするではないか。

それでも、なんとか使えそうな銅像の写真を選んで、大事には至らなかったのだけれど。

というわけで、シリーズ最終回の取材は、ギリギリでセーフの危機一髪旅行だったのである。

でも、このシリーズは楽しかった。私は、もっともっと銅像を見に、日本中をまわってみたいという気分になっている。銅像は、人と街と歴史を考えさせてくれるこの上ないきっかけとなるからである。旅行の楽しみ方の新手《あらて》かもしれないという気すらする。

（二〇〇二年一月号）

（本書は平成十四年四月、小社から四六判で刊行されたものを一部改題したものです）

銅像めぐり旅

一〇〇字書評

切り取り線

購買動機（新聞、雑誌名を記入するか、あるいは○をつけてください）	
□（　　　　　　　　　　）の広告を見て	
□（　　　　　　　　　　）の書評を見て	
□ 知人のすすめで	□ タイトルに惹かれて
□ カバーがよかったから	□ 内容が面白そうだから
□ 好きな作家だから	□ 好きな分野の本だから

●最近、最も感銘を受けた作品名をお書きください

●あなたのお好きな作家名をお書きください

●その他、ご要望がありましたらお書きください

住所	〒				
氏名		職業		年齢	
Eメール	※携帯には配信できません		新刊情報等のメール配信を 希望する・しない		

あなたにお願い

この本の感想を、編集部までお寄せいただけたらありがたく存じます。今後の企画の参考にさせていただきます。Eメールでも結構です。

いただいた「一〇〇字書評」は、新聞・雑誌等に紹介させていただくことがあります。その場合はお礼として特製図書カードを差し上げます。

前ページの原稿用紙に書評をお書きの上、切り取り、左記までお送り下さい。宛先の住所は不要です。

なお、ご記入いただいたお名前、ご住所等は、書評紹介の事前了解、謝礼のお届けのためだけに利用し、そのほかの目的のために利用することはありません。またそのデータを六カ月を超えて保管することもありませんので、ご安心ください。

〒一〇一―八七〇一
祥伝社文庫編集長　加藤　淳
〇三（三二六五）二〇八〇
bunko@shodensha.co.jp

祥伝社文庫

上質のエンターテインメントを！　珠玉のエスプリを！

祥伝社文庫は創刊15周年を迎える2000年を機に、ここに新たな宣言をいたします。いつの世にも変わらない価値観、つまり「豊かな心」「深い知恵」「大きな楽しみ」に満ちた作品を厳選し、次代を拓く書下ろし作品を大胆に起用し、読者の皆様の心に響く文庫を目指します。どうぞご意見、ご希望を編集部までお寄せくださるよう、お願いいたします。

2000年1月1日　　祥伝社文庫編集部

銅像《どうぞう》めぐり旅《たび》　ニッポン蘊蓄《うんちく》紀行

平成18年9月10日　初版第1刷発行

著者　清《し》水《みず》義《よし》範《のり》

発行者　深澤健一

発行所　祥《しよう》伝《でん》社《しや》

東京都千代田区神田神保町3-6-5
九段尚学ビル　〒101-8701
☎ 03(3265)2081(販売部)
☎ 03(3265)2080(編集部)
☎ 03(3265)3622(業務部)

印刷所　図書印刷

製本所　図書印刷

ISBN4-396-33308-0 C0193

祥伝社のホームページ・http://www.shodensha.co.jp/